『게르다가 사라졌다』와 쌍을 이루는 책

- 에스페란토 초보자용 읽기 책

Lasu min paroli plu!

내가 더 말하게 내버려 두세요

클로드 피롱(Claude Piron) 지음

내가 더 말하게 내버려 두세요(에·한 대역)

인 쇄: 2024년 6월 1일 초판 1쇄
발 행: 2024년 6월 6일 초판 1쇄
지은이: 클로드 피롱(Claude Piron)
옮긴이: 오태영(Mateno)
펴낸이: 오태영
출판사: 진달래
신고 번호: 제25100-2020-000085호
신고 일자: 2020.10.29
주 소: 서울시 구로구 부일로 985, 101호
전 화: 02-2688-1561
팩 스: 0504-200-1561
이메일: 5morning@naver.com
인쇄소: TECH D & P(마포구)

값: 15,000원
ISBN: 979-11-93760-15-4(03890)

『게르다가 사라졌다』와 쌍을 이루는 책

- 에스페란토 초보자용 읽기 책

Lasu min paroli plu!

내가 더 말하게 내버려 두세요

클로드 피롱(Claude Piron) 지음

오태영(Mateno) 옮김

진달래 출판사

원서

Aŭtoro : Claude Piron
Eldonjaro : 1984
Urbo : Ŝapekoo, Brazilo
Eldoninto : Fonto
Paĝoj : 125

목차(Enhavo)

Antaŭparolo

Oni ne vere posedas Esperanton, se oni ne kapablas ekspluati la multajn eblecojn, kiujn jam entenas minimuma vorta kaj gramatika scio. Nur malmultajn radikojn la lernanto ekkonas en ĉiu unuopa ĉapitro de «Gerda malaperis!», sed ilia latenta esprimpovo estas grandega. Helpi lin malkovri tiun riĉecon estas unu el la celoj de ĉi tiu kolekto.

Por tion atingi, la lernanto saĝe agos, se, studinte ĉapitron de «Gerda», li tuj legos la samnumeran tekston en ĉi tiu kolekto. Li jam konos ĉion necesan, vorte kaj gramatike, por kompreni ĝin. Ekzemple, se li lernis la materialon de «Gerda» ĝis, inkluzive, ĉapitro 7, li trovos sub la numero 7 de ĉi tiu kolekto tekston, en kiu nenio nelernita prezentiĝos. Aŭ, pli ĝuste, li renkontos en tiu teksto neniun novan gramatikaĵon kaj neniun novan radikon, sed jes novajn vortojn, kaj la neceso diveni ilian sencon surbaze de la elementoj, kiujn li lernis, iom post iom enkondukos lin en la vortfaran sistemon de Esperanto.

Dua celo de ĉi tiu kolekto estas firmigi la akiritajn sciojn. La tuta lingva materialo de «Gerda malaperis!», estas ĉi tie reuzata, kaj tiuj radikoj, kiuj aperis tro malofte en la romaneto, estas daŭre ripetataj en ĉi tiuj tekstoj, tiel ke ili firme fiksiĝos en la memoro de la lernanto kun peno minimuma. Al la firmiga efiko kontribuos ankaŭ la fakto, ke la koncernaj elementoj troviĝas ĉi tie en tekstoj kun tute alia atmosfero, pritraktantaj tute aliajn temojn.

Ĉi tiu kolekto konsistas plejparte el monologoj. Tio ebligas al la lernanto ekzerci sin sola: legante tekston laŭtvoĉe, li uzos vere parolan lingvon, kaj povos identigi sin al la koncerna rolulo, kiel aktoro faras. Tia identigo estas unu el la konataj psikologiaj rimedoj favori la asimiladon de lingvo.

De numero 13 ĝis numero 24, inkluzive, du malsamaj tekstoj prezentiĝas por ĉiu paralela ĉapitro de «Gerda». La lernanto tiel povos elekti la pecon, kiu unuarigarde pli plaĉas al li, se li ne volos legi ambaŭ.

Se, dank' al ĉi tiuj ekzemploj de parola Esperanto, verkitaj kun malgranda vortprovizo, la lernanto konsciiĝos, kiel multe kaj diverse minimumaj lingvo-elementoj ebligas esprimi sin, la ĉefa celo de ĉi tiu verko estos atingita.

Claude Piron

머리말

최소한의 어휘와 문법 지식을 이미 내면에 가지고 있으면서 그 많은 가능성을 살리지 못한다면 정말로 에스페란토를 소유한 것이 아닙니다. 〈게르다가 사라졌다!〉의 각 장에서 몇 가지 어근만을 배우게 되었지만, 그 잠재된 표현력은 엄청납니다. 풍요로움을 드러내도록 돕는 것이 이 책의 목표 중 하나입니다.

이를 달성하기 위해 "게르다" 의 한 장을 공부한 후 즉시 이 책에 있는 같은 번호의 글을 읽는다면 현명하게 행동하는 것입니다. 그것을 이해하는 데 필요한 언어적, 문법적 모든 것을 이미 알고 있을 것입니다. 예를 들어, "게르다" 에서 7장까지의 자료를 배웠다면, 이 책의 7번 이하에서 배우지 않은 내용은 없음을 발견하게 될 것입니다. 또는 더 정확하게 말하면, 그 글에서 새로운 문법적 요소나 새로운 어근을 만나지 못할 것입니다. 그러나 새로운 단어는 있습니다. 지금껏 배운 요소에 기초하여 그 의미를 추측해야 할 필요성은 에스페란토의 어휘조성 체계를 이해하도록 점차 인도할 것입니다.

이 책의 두 번째 목적은 획득한 지식을 강화하는 것입니다. "게르다가 사라졌다!" 의 모든 언어 자료는 여기에서 재사용되며, 소설에서는 아주 조금 나오는 어근이 이

텍스트에서 지속적으로 반복되므로 최소한의 노력으로 기억 속에 확고하게 고정됩니다. 전혀 다른 주제를 다루는 전혀 다른 분위기의 글에서 관련 요소가 발견된다는 사실도 강화 효과에 기여할 것입니다.

이 책은 대부분 독백으로 구성되어 있습니다. 이를 통해 스스로 연습할 수 있습니다. 본문을 큰 소리로 읽음으로써 실제 음성 언어를 사용하고 배우처럼 자신을 문제의 인물과 동일시할 수 있게 됩니다. 이러한 동일시는 언어 습득에 유익한 유명한 심리적 방법 중 하나입니다.

13번부터 24번까지 "게르다"의 각 병렬 장에 대해 두 개의 서로 다른 글이 나타납니다. 따라서 두 가지를 모두 읽고 싶지 않다면 첫눈에 더 마음에 드는 작품을 선택할 수 있습니다.

작은 어휘로 쓰인 구어체 에스페란토의 예문 덕분에 자신의 표현을 가능하게 하는 최소한의 언어 요소가 얼마나 많고 다양한지 알게 된다면, 이 작품의 주요 목표는 달성될 것입니다.

클로드 피롱

1. Izabela

Izabela rigardas al la granda spegulo. La knabino en la granda spegulo rigardas al Izabela. Izabela scias, kiu estas la knabino en la spegulo. Tiu enspegula knabino estas juna, malgranda kaj ne bela. Estas Izabela.

«La mondo ne estas bela,» diras Izabela al la spegulo. «Mi ne estas bela, mi ne estas granda, mi estas juna, tro juna. Nenio okazas al mi. En la tuta mondo ne estas knabo, kiu venas al mi kaj diras al mi «saluton» kaj sidas kun mi. En la tuta mondo ne estas juna viro, kiu venas al mi kaj rigardas al mi kaj diras : «Kara Izabela, vi estas juna kaj bela, sed vi laboras tro multe. Ne laboru nun. Venu kun mi. Ne demandu, kiu mi estas, kio mi estas. Mi estas nur juna viro, kiu rigardas al vi kaj diras : "Vi estas tute sola. Venu kun mi. Kun mi la mondo estas bela kaj granda."» Sed ne venas tiu knabo, kaj en la tuta mondo nenio okazas. Nenio okazas al mi, nenio nova okazas, nenio speciala okazas. Nur laboro, laboro, laboro··· Estas tro.»

«Mi sidas tute sola. Mi rigardas al vi, spegulo. Kaj en la spegulo estas nur Izabela, la plej malbela knabino en la tuta mondo. Vere la nuna mondo ne estas bela.»

1. 이자벨라

이자벨라는 큰 거울을 쳐다봅니다. 큰 거울 속의 소녀가 이자벨라를 바라봅니다. 이자벨라는 거울 속의 소녀가 누구인지 압니다. 거울 속의 그 소녀는 어리고 작고 예쁘지도 않습니다. 이자벨라입니다.

"세상은 아름답지 않아요." 이자벨라가 거울을 향해 말합니다. "나는 아름답지도 않고, 크지도 않지만, 어리고, 너무 어립니다. 나에게는 아무 일도 일어나지 않습니다. 나에게 다가와 '안녕하세요.'라고 인사하고 옆에 앉는 남자아이는 이 세상에 없습니다. 나에게 와서 나를 바라보며 이렇게 말하는 청년은 세상에 하나도 없습니다. "이자벨라 님, 당신은 젊고 아름답지만 당신은 일을 너무 많이 해요. 지금은 일하지 마세요. 나와 함께 가요. 내가 누구인지, 내가 무슨 일을 하는지 묻지 마세요. 나는 단지 당신을 바라보며 "당신은 혼자네요. 나와 함께 가요. 나와 함께라면 세상은 아름답고 크지요" 라고 말하는 청년일 뿐입니다." 그러나 그 소년은 오지 않고, 온 세상에 아무 일도 일어나지 않습니다. 나에게는 아무 일도 일어나지 않고, 새로운 일도 일어나지 않으며, 특별한 일도 일어나지 않습니다. 오직 일, 일, 일…. 너무 심합니다.

"나는 혼자 앉아 있어요. 나는 당신, 거울을 봐요. 그리고 거울 속에는 세상에서 가장 못생긴 소녀 이자벨라만이 있어요. 사실, 지금 세상은 아름답지 않아요."

2. Stranga strangulo

Tiu ulo estas stranga. Ĉu vi vidas lin? Tiu granda viro, vere forta, kiu staras proksime al la spegulo, kun io en la mano. Li ne plu estas tre juna, sed li ne estas maljuna. Ĉu vi vidas lin? Ĉu vi vidas lin nun?

Turnu vin iomete. Jen. Nun vi certe vidas lin, ĉu ne?

Nu, tiu stranga ulo parolas tute sola. Dum vi rigardas lin, li haltas, sed se vi ne rigardas, li reparolas. Li iras rapide al la pordo, staras proksime al tiu alia ulo, kiu sidas en la angulo kun bela knabino, staras proksime al ŝi, tute proksime al ŝi, fakte. Li rigardas ŝin, sed ne parolas al ŝi. Estas io en lia mano, sed mi ne scias, kio. Poste li revenas al la pordo, staras inter la pordo kaj la alta spegulo, kaj nenio okazas.

Nun li malrapide proksimiĝas al la spegulo, parolas al la spegulo, dum juna virino sidas tute proksime. Sed li ne parolas al ŝi, li parolas al la spegulo! Strange, ĉu ne? Vere stranga ulo!

Nun, jen li malrapide revenas al alia angulo. Io

estas tute ne-natura en lia rigardo.

Ĉu vi scias, kiu estas tiu viro? Li estas forta kaj alta, sed pala, tro pala, multe tro pala. Li estas ne-nature pala. Vera strangulo!

Ĉu mi demandu al li, kiu li estas? Diable! Mi ne plu vidas lin. Knabo kaj knabino staras inter li kaj mi. Ĉu vi vidas lin nun? Mi ne. Mi ne plu vidas lin. Ho jes, jen mi lin revidas. Fakte, li nun staras iom malproksime. Rigardu! Jen, nun li iras tre malrapide al la pordo. Vere, li agas plej strange. Mi demandas min···

Kio estas en lia mano? Ĉu vi vidas? Ha, jen li reproksimiĝas. Mi bone vidas nun. Nun mi vidas, kio estas en lia mano. Estas taso. Estas nur taso. Rigardu, li agas vere strange! Li parolas al la taso. Li iras al tiu juna studentino, kiu sidas en la angulo, haltas, staras proksime al ŝi, sed ne parolas al ŝi. Li parolas nur al la taso. Li agas vere strange, vere tre strange, vere tro strange. Nun mi ne plu vidas lin.

Ho jes! Se mi turnas min iomete, mi revidas lin. Stranga ulo. Mi vere demandas al mi, kiu li estas. Li certe ne estas nova studento. Li estas tro maljuna.

2. 이상한 낯선 사람

그 사람은 이상합니다. 그 사람을 봅니까? 정말 힘센 저 덩치 큰 남자가 손에 뭔가를 들고 거울 가까이에 섰습니다. 그 사람은 더 이상 아주 젊지 않지만, 그렇다고 늙지도 않습니다. 그 사람을 봅니까? 지금 그 사람을 봅니까?

조금 돌아보세요. 그래요. 이제 확실히 그 사람을 봅니까?

그런데 그 이상한 사람이 혼자 얘기를 하고 있군요. 당신이 쳐다보는 동안은 말을 멈추고, 당신이 쳐다보지 않으면 다시 말을 시작합니다. 그 사람은 재빨리 문으로 가서 구석에 아름다운 소녀와 함께 앉은 다른 남자 옆에 섭니다. 소녀 옆에, 사실 아주 가까이 섭니다. 그 사람은 소녀를 바라보지만 말을 걸지는 않습니다. 손에 뭔가가 들려 있는데 그게 뭔지 모르겠어요. 그 후에 그 사람은 문으로 돌아와서 문과 높은 거울 사이에 섰지만 아무 일도 일어나지 않습니다.

이제 천천히 거울로 다가가서 거울에게 말하는데, 한 젊은 여성이 아주 가까이 앉아 있습니다. 하지만 그 사람은 여성에게 말하는 것이 아니라 거울에게 말합니다! 이상하지 않나요? 정말 이상한 사람이에요!

이제 그 사람은 천천히 다른 구석으로 돌아갑니다. 외모는 뭔가 완전히 자연스럽지 못합니다.

그 사람이 누군지 아세요? 그 사람은 강하고 키가 크지만 창백하고, 너무 창백하고, 너무 많이 창백합니다. 자연스럽지 못하게 창백합니다. 진짜 낯선 사람!

그 사람이 누구인지 물어볼까요? 젠장! 나는 더 이상 그 사람을 보지 못합니다. 그 사람과 나 사이에 소년과 소녀가 서 있습니다. 지금 그 사람을 봅니까? 나는 아니에요. 나는 더 이상 그 사람을 보지 못합니다. 아 네, 그 사람을 다시 봤어요. 사실 그 사람은 지금 조금 멀리 서 있습니다. 바라보세요! 이제 그 사람은 아주 천천히 문 쪽으로 다가갑니다. 실제로 가장 이상하게 행동합니다. 궁금해….

그 사람의 손에 무엇이 있습니까? 당신은 봅니까? 아, 그 사람이 또 오네요. 이제 잘 봅니다. 이제 나는 그 사람의 손에 무엇이 있는지 봅니다. 컵이 있습니다. 그냥 컵이에요. 보세요, 그 사람은 정말 이상하게 행동해요! 그 사람은 컵에게 말합니다. 구석에 앉은 어린 여학생에게 다가가 멈춰 서서 가까이 섰지만 말을 걸지 않습니다. 그 사람은 오직 컵에게만 말합니다. 그 사람은 행동이 정말 이상해요, 정말 이상해요, 정말 너무 이상해요. 이제 더 이상 그 사람을 보지 못합니다.

그래 맞아요! 조금만 돌아보면 그 사람을 다시 봅니다. 낯선 사람. 그 사람이 누구인지 정말 궁금하네요. 확실히 신입생은 아닙니다. 너무 늙었거든요.

3. Amdeklaro

Izabela, pardonu min, sed mia deklaro estas plej grava. Permesu, ke mi parolu al vi. Permesu, ke mi rigardu al vi, al via bela, serioza vizaĝo.

Mi min demandas, ĉu vi povas kompreni min. Eble ne. Eble vi ne povas. Okazas io stranga en mi. Io tute nekomprenebla. Vi estas tro bela. Tio estas la grava fakto, la sola vere grava fakto en la mondo.

Mi rigardis al via tro bela vizaĝo, kaj io nekomprenebla okazis en mi. Io nekomprenebla okazis al mi. Mi ne plu komprenas min. Mi ne plu estas mi. Mi rigardis vin, mi simple rigardis vin, kaj mi ne plu estas la juna malserioza knabo, kiu mi estis.

Mi estis knabo, kaj nun estas viro. Mi estis malforta, kaj mia forto nun estas nekompreneble granda. Mi estas kvazaŭ tute nova. Mi estis sola en la mondo. Nun mi povas esti kun vi. Se vi volas, kompreneble.

Mi volas proksimiĝi al vi. Mi volas esti kun vi. Mi volas paroli al vi pri la belo de la tago, pri la bono de la naturo, pri la grando de la mondo. Mi volas paroli al vi pri viaj belaj manoj, pri via bela vizaĝo.

Mi scias, ke vi estas mistera. Virinoj al mi aspektas mistere. Mi volas ke vi, mistera virino, rigardu min, amu min. Mi volas sidi ĉe via tablo, mi volas paroli kun vi dum la tuta tago, dum multaj kaj multaj tutaj tagoj. Mi scias, ke mi ne esprimas min bone. Pardonu min, mi petas. Mi estas certa, ke vi komprenas min. Sed eble ne. Eble vi ne povas kompreni. Mi volas, ke vi komprenu min, sed eble vi ne povas. Mi petas vin, montru al mi, ke vi komprenas. Montru al mi, ke vi permesas, ke mi parolu plu. Diru al mi, ke vi permesas, ke mi deklaru plu, kiel forte mi amas vin. Certe vi permesas, ĉu ne?

Ho Izabela, permesu, ke mia mano proksimiĝu al via mano, ke mia mano iomete haltu sur via mano. Ĉu ne? Ĉu vi ne volas? Ĉu vi malpermesas? Ĉu mi estas nepardonebla? Ĉu mi agis nepardoneble? Mi agis nur nature.

Mi parolas serioze. Ĉu mi estis malprava? Ĉu vi ne pardonas min? Tamen, Izabela, mi nur amas. Ĉu vi ne volas, ke mi amu vin? Ĉu vi ne povas min ami? Ĉu vi ne volas min ami? Ĉu vi ne volas min?

Permesu tamen, ke mi vin rigardu. Mi parolas plej serioze. Vi ne komprenas, ke mi amas vin, ĉu? Ĉu eble vi ne scias, ke vi estas bela, tre bela, tre tre bela, fakte?

Se vi ne volas, ke mi amu vin tute, se vi preferas, ke mi ne amu vin, eble vi tamen permesas, ke mi amu vin iomete. Nur iomete, Izabela, mi petas. Se vi ne permesas, ke mi amu vin multe, mi petas vin, permesu, ke mi amu vin iomete.

Amo estas la plej alta vero en la mondo. Kio estas pli bela? Kio estas pli granda? Kio estas pli forta? Nenio.

Mi povas plej serioze deklari al vi, ke nenio estas pli bela, nenio estas pli alta, nenio estas pli forta. Mi povas ankaŭ diri: nenio estas pli natura. Tio estas la plej certa vero en la tuta mondo.

Mi amas vin, Izabela. Mi vin amas forte. Mi amas vin pli kaj pli.

Mi petas vin, pardonu al mi, sed se vi povas, ankaŭ vi amu min. Ĉu vi scias, kiel simpla estas amo? Kiel simpla kaj bona? Nenio estas pli simpla. Nenio estas pli bona.

Mi amas vin, Izabela. Pardonu, se mi parolas iom strange. Sed mia amo estas tro forta, tro grava. Ne gravas, se vi ne komprenas. La sola, simpla fakto estas, ke mi amas vin. Kaj ke tio estas bona.

3. 사랑 고백

이자벨라, 미안하지만 내 고백이 가장 중요합니다. 내가 당신에게 말할 수 있도록 허락해 주세요. 당신의 아름답고 진지한 얼굴을 살펴보도록 허락해 주세요.

당신이 나를 이해할 수 있는지 궁금합니다. 아마 아닙니다. 어쩌면 당신은 할 수 없습니다. 내 안에서 이상한 일이 일어나고 있습니다. 완전히 이해할 수 없는 것입니다. 당신은 너무 아름답습니다. 그것이 바로 중요한 사실이고, 세상에서 유일하게 정말 중요한 사실입니다.

나는 당신의 너무 아름다운 얼굴을 보았고 이해할 수 없는 일이 내 안에서 일어났습니다. 이해할 수 없는 일이 나에게 일어났습니다. 나는 더 이상 내 자신을 이해하지 못합니다. 나는 더 이상 내가 아닙니다. 나는 당신을 보았고, 단지 당신을 보았고, 그리고 더 이상 예전의 경박하고 어린 소년이 아닙니다.

나는 소년이었지만 지금은 남자입니다. 나는 약했지만 이제 내 힘은 이해할 수 없을 정도로 큽니다. 나는 아주 새로운 것 같습니다. 나는 세상에 혼자였습니다. 이제 나는 당신과 함께 할 수 있습니다. 물론 당신이 원한다면요.

나는 당신에게 더 가까이 다가가고 싶습니다. 당신과 함께 있고 싶습니다. 하루의 아름다움, 자연의 선함, 세상의 위대함에 대해 당신에게 이야기하고 싶습니다. 당신의 아름다운 손과 아름다운 얼굴에 대해 이야기하고 싶습니다.

나는 당신이 신비하다는 것을 압니다. 내가 보기엔 여자들이 신비롭게 보입니다. 신비한 여인이여, 당신이 나를 바라보고 사랑해 주기를 바랍니다. 나는 당신의 탁자에 앉고 싶고, 하루 종일, 아주 많은 날 동안 당신과 이야기하고 싶습니다. 내가 표현을 잘 못한다는 걸 알아요. 제발 용서 해주세요. 나는 당신이 나를 이해한다고 확신합니다. 하지만 그렇지 않을 수도 있습니다. 어쩌면 당신은 이해하지 못할 수도 있습니다. 나는 당신이 나를 이해해주기를 바라지만 당신은 이해하지 못할 수도 있습니다. 당신이 이해한다는 것을 보여주세요. 내가 더 말할 수 있도록 허락한다고 나타내주세요. 내가 당신을 얼마나 세게 사랑하는지 더 많이 고백할 수 있도록 허락한다고 말해 주세요. 당연히 허락하시죠?

오! 이자벨라, 내 손을 당신 손에 가까이 대고 내 손을 당신 손 위에 조금 올려놓게 해주세요. 그렇지 않나요? 원하지 않습니까? 금지합니까? 나는 용서할 수 없는 사람인가요? 내가 용서받을 수 없는 행동을 했나요? 그냥 자연스럽게 행동했어요.

나는 진지하게 말합니다. 내가 틀렸나요? 나를 용서하지 않습니까? 하지만 이자벨라, 난 그냥 사랑해요. 내가 당신을 사랑하기를 원하지 않나요? 나를 사랑할 수 없나요? 나를 사랑하고 싶지 않나요? 당신은 나를 원하지 않습니까?

그러나 당신을 바라볼 수 있게 해주세요. 나는 가장 진지하게 말합니다. 내가 당신을 사랑한다는 걸 당신은 이해하지 못하죠? 실제로 당신이 아름답고, 매우 아름답고, 아주 매우 아름답다는 사실을 아마 당신은 알지 못합니까?

내가 당신을 완전히 사랑하기를 원하지 않는다면, 내가 당신을 사랑하지 않기를 더 원한다면, 아마도 당신은 내가 당신을 조금 사랑하도록 허락할 것입니다. 조금만 주세요, 이자벨라. 내가 당신을 많이 사랑하도록 허락하지 않는다면, 조금이라도 사랑하게 해주세요.

사랑은 세상에서 가장 높은 진리입니다. 무엇이 더 아름답나요? 무엇이 더 큰가요? 무엇이 더 강합니까? 아무것도 없습니다.

나는 당신에게 더 아름다운 것은 없고, 더 높은 것은 없으며, 더 강한 것은 없다고 가장 진지하게 고백할 수 있습니다. 나는 또한 이렇게 말할 수 있습니다. 이보다 더 자연스러운 것은 없습니다. 그것은 세상에서 가장 확실한 진리입니다.

사랑해요, 이자벨라. 난 아주 많이 당신을 사랑합니다. 나는 당신을 점점 더 사랑합니다.

제발 저를 용서해주세요. 하지만 가능하다면 저 역시 사랑해 주세요. 사랑이 얼마나 단순한지 아시나요? 얼마나 간단하고 좋은가요? 더 간단한 것은 없습니다. 더 나은 것은 없습니다.

사랑해요, 이자벨라. 제가 좀 이상하게 얘기했다면 죄송합니다. 하지만 내 사랑은 너무 강하고 너무 중요해요. 이해하지 못해도 상관없습니다. 한 가지 간단한 사실은 내가 당신을 사랑한다는 것입니다. 그리고 그것은 좋은 것입니다.

4. Lingvistiko

Mi deziras, ke vi komprenu, ke lingvistiko estas scienco inter multaj aliaj sciencoj. Lingvistiko estas mia fako. Oni do prave povas diri, ke mi estas fakulo pri lingvistiko. Lingvistiko estas mia specialaĵo, se vi volas.

Sed la fakto, ke mi lernis multe pri lingvoj kaj pri lingvistiko, la fakto, ke mi estis studento pri tiu fako, ne permesas al vi diri, ke mi scias multe pri la aliaj sciencoj. Multaj sciencaj aferoj estas por mi misteraj, en fakoj, kiuj ne estas la mia.

Nu, ni ne parolu pri tio. Ni ne parolu pri tiuj aliaj sciencoj. Ni parolu nur pri mia fako, nome lingvistiko. Lingvistiko estas la scienco pri lingvo. Pri lingvoj, se vi preferas. Lingvistiko, t.e. (= tio estas) lingvoscienco··· jes, oni povas diri ankaŭ «lingvoscienco»···, estas la scienco pri tio, kiel ni esprimas nin lingve. Mi demandas, kaj vi respondas. Kiel? Ĉu mane? Ne. Ni ne demandas kaj respondas mane. Por demandi kaj respondi, ne niaj manoj agas, ni tute ne agas, fakte, ni parolas.

Eble oni povas diri, ke paroli jam estas agi. Ke

parolo estas ago. Sed tamen, se oni povas konsideri, ke paroli estas agi, parolo tamen ne estas mana ago, parolo estas lingva ago.

Kiam do ni demandas kaj respondas, ni parolas, t.e. ni agas lingve. Kiam ni komunikas parole, ni rilatas lingve inter ni. Nia interrilato estas lingva. Niaj komunikoj estas lingvaj. Lingvo ekzistas por komuniki, por ke ni rilatu inter ni, por ke ni povu diri al aliulo, kio okazas, kio okazis, ĉu ni konsentas kun li, ĉu ni ne konsentas, ĉu ni deziras, ke li agu por ni. Lingvo ekzistas por lerni kaj por instrui. Se ideo venas al vi, eble vi deziras ĝin komuniki. Nu, por tio lingvo ekzistas. Por tio multaj lingvoj ekzistas. Por tio ni lernas ilin. Por rilati inter ni, ne nur mane, sed ankaŭ parole.

4. 언어학

언어학은 다른 많은 과학들 사이에서 하나의 과학이라는 것을 이해하시기 바랍니다. 언어학은 나의 전공입니다. 그래서 사람들이 나를 언어학의 전문가라고 옳게 말할 수 있습니다. 원하신다면 언어학은 내 특기입니다.

하지만 내가 언어와 언어학에 대해 많이 배웠다는 사실, 내가 그 학과의 학생이었다는 사실로 인해 내가 다른 과학에 대해 많이 안다고 말할 수는 없습니다. 내 분야가 아닌 분야에서 많은 과학적인 일들이 나에게는 신비롭습니다.

한편, 그것에 대해서는 이야기하지 맙시다. 다른 과학에 대해서는 이야기하지 맙시다. 내 분야, 즉 언어학에 대해서만 이야기합시다. 언어학은 언어에 대한 과학입니다. 더 선호한다면 언어들에 대한 과학입니다. 언어학, 즉 언어과학은…. 네, "언어과학"이라고 말할 수도 있습니다. 그것은 우리 자신을 언어적으로 표현하는 방법에 대한 과학입니다. 내가 묻고 당신은 대답합니다. 어떻게? 손으로? 아니요. 우리는 손으로 묻고 대답하지 않습니다. 묻고 답하는 것은 우리 손이 행동하는 것이 아니라 전혀 행동하지 않고 실제로 말하는 것입니다.

어쩌면 말하기는 이미 행동이라고 말할 수 있습니다. 그 말이 행동입니다. 그러나 그래도 말하는 것이 행위라고 생각할 수 있다면, 말하는 것은 여전히 손으로 하는 행위가 아니고 언어적 행위입니다.

그래서 우리가 묻고 대답할 때 우리는 말합니다. 즉 우리는 언어적으로 행동합니다. 우리가 말로 의사소통을 할 때, 우리는 언어적으로 서로 관계를 맺습니다. 우리의 관계는 언어적입니다. 우리의 의사소통은 언어적입니다. 언어는, 우리가 우리 사이에서 관계를 맺도록, 무슨 일이 일어나고 있는지, 무슨 일이 일어났는지를 다른 사람에게 말할 수 있도록, 우리가 그 사람의 의견에 동의하는지, 동의하지 않는지, 그 사람이 우리를 대신해 행동하기를 우리가 원하는지 의사소통을 위해 존재합니다. 언어는 배우고 가르치기 위해 존재합니다. 계획이 떠오른다면 아마도 그것을 소통하고 싶을 것입니다. 음, 그것을 위해 언어가 존재합니다. 그렇기 때문에 많은 언어가 존재합니다. 그렇기 때문에 우리가 그것들을 배웁니다. 우리 사이에서 관계를 맺도록 손으로만이 아니라 말로도 합니다.

5. Ĉu vere vi ne volas labori?

Rigardu, la sukerujo estas malplena. Se iu dezirus sukeron, li ne povus havi ĝin. Vi iras promeni kun Izabela, vi parolas kun ŝi dum la tuta tago pri arto kaj scienco, eble, sed eble ankaŭ pri malpli belaj aferoj — la diablo scias, pri kio vi parolas, kiam vi promenas kun ŝi — kaj dume la sukerujoj staras tute malplenaj sur la tabloj.

Vi tute ne atentas vian laboron. Ŝajnas, ke nur Izabela gravas por vi. Mi konsentas, ke ŝi estas tre bela junulino. Sed tamen vi agas malprave. Se subite iu dezirus sukeron, ĉe kiu li ekhavus ĝin?

Nur imagu! Se Profesoro Zuzu venus kaj vidus, ke la sukerujoj estas malplenaj··· Mi ne povas imagi — pli bone: mi preferas ne imagi — kio okazus, se li tion vidus. Vi scias, ke havi multe da sukero tre gravas por li. Vere mi ne komprenas vin.

Vi ne estas serioza. Vi ne laboras serioze. Kiam vi ne promenas, vi sidas en angulo kaj atentas nenion, nur Izabelan. Ofte mi demandas min, ĉu vi estas normala. Se via imago malpli laborus, certe pli laborus viaj manoj. Vi povus tamen atenti, ĉu la sukerujoj estas plenaj.

Se mi ne estus kun vi, se mi ne atentus la simplajn aferojn de la labortago, nenio okazus normale. Vi permesas al vi iri promeni, vi iras kaŝi vin en la naturo kun via belulino, kaj vi tute ne konsideras, ke vi estas en la universitato por labori mane, ne por deklari vian amon dum tuta tago, ne por rigardi vin en la spegulo por vidi, ĉu vi ne ŝajnas tro malbela por Izabela, ne por komuniki al ŝi la belajn esprimojn de via juna, drama imago, sed por labori.

Atenti la sukerujojn estas via laboro, ne mia. Se mi permesus al mi agi kiel vi··· Ne. Mi tion ne povas imagi. Mi estas serioza, mi ne iras promeni, mi ne iras kaŝe sidi dum la labortago kun bela fortulo.

Mi ne plu estas tiel juna, kiel vi, sed tamen··· Se vi nur scius, kiel ofte viroj min petas··· La viroj, kiuj konas min, konsideras ke··· hehe[1]··· Nu, viroj estas viroj, ĉu ne? Sed mi neniam konsentas. Mi neniam diras «jes». Mi neniam jesas al ili. Ami la virojn ne estas mia specialaĵo. Ne por atenti la virojn la universitato petas min veni, nur por labori. Ne havu strangajn ideojn pri mi. Mi atentas vin, juna viro,

---

1) Hehe: pli malpli kiel ho! (Se vi ne komprenas «hehe», tute ne gravas).

nur rilate al via laboro. Ke la sukerujoj estas malplenaj, tio gravas por mi. Sed ke vi parolas bele kaj havas ne malbelan vizaĝon, tio al mi tute ne gravas. Vi povus plibeliĝi de tago al tago, mi ne atentus vian plibeliĝon, mi atentus vian laboron kaj rigardus — inter-alie — ĉu la sukerujoj estas plenaj, ĉu ili estas malplenaj. Kaj se ili ne estas tute plenaj, permesu, ke mi tion diru al vi.

Se mi revidus vin reiri promeni kun Izabela dum la labortago kaj ne atenti vian laboron, mi turnus min[2] al Profesoro Zuzu kaj dirus la aferon al li. Ne gravas al vi, ĉu vere? Ĉu vere tion vi respondis? Diable! Bela respondo! Nu, bone! Se vi preferas agi neserioze, se vi preferas ne labori, la dramo okazu. Al mi tute ne gravas. Mi diras tion por vi, ne por mi.

Ĉu vi imagas, ke povus gravi por mi, ke vi ne laboras normale, ke vi malkonsentas labori? Tute ne gravas. Mi estas bona kun vi kaj komunikas al vi miajn ideojn. Sed se vi ne volas konsideri ilin serioze, tio estas via afero.

Ĉu laboro pri sukerujoj estas tro malalta por vi? Ĉu vi imagas, ke vi estas en la universitato kiel studento? Kiel profesoro, eble? Ne, ne, kara mia. Vi estas simpla laborulo. Estas tro multe da ideoj en

---

2) Mi turnus min al: mi irus paroli al.

via imago, kaj tro malmulte da laborforto en viaj manoj. Ne. Laborforton vi havas. Mi volis diri: tro malmulte da laborvolo.

Tro ofte mi vidas vin promeni kun la manoj en la poŝoj. Ĉu vi estus tiel malforta, ke vi ne plu povus labori nun? Vi eble ne estas tre granda, sed vi ne ŝajnas malforta. Ĉu vi jam laboris tro multe? Diable! Mi ne povas kompreni vin.

Kiam mi estis juna, mi ne konis knabojn, kiuj laboris tiel malmulte, kiel vi. Knaboj, kiuj ne laboris, ĉe ni ne ekzistis. Mi ne diras, ke vi estas malbona knabo. Mi konsideras nur, ke vi agas absurde. Mi konsentas, ke Izabela kaj vi estas bela paro. Sed··· Eble vi konsideras, ke mi parolas tro multe pri aferoj, kiuj ne rilatas al mi. Pardonu, sed tamen permesu, ke mi komuniku al vi miajn ideojn. Rilatoj estas pli bonaj, se tiuj, kiuj laboras kune, estas sinceraj, ĉu ne? Kaj vidi junan viron kiel vi, plenan de forto, promeni tuttage kun knabino, dum li povus multe labori, kaj dum la sukerujoj estas malplenaj, nu, tio estas tro.

5. 정말 일하기 싫어요?

보세요, 설탕 그릇이 비어 있어요. 누군가 설탕을 원해도 그것을 가질 수 없을 겁니다. 당신은 이자벨라와 함께 산책을 하고, 하루 종일 예술과 과학에 대해 이야기할 수도 있지만 어쩌면 덜 아름다운 것에 대해서 이야기할 수도 있습니다. 악마는 당신이 그 여자와 함께 걸을 때 당신이 무슨 말을 하는지 알고 있겠지요. 그러는 동안 설탕 그릇은 완전히 빈 채 탁자 위에 놓여 있습니다.

당신은 자신의 일에 전혀 관심을 기울이지 않습니다. 당신에게는 이자벨라만이 중요한 것 같군요. 나는 그 여자가 매우 아름다운 젊은 아가씨라는 데 동의합니다. 하지만 여전히 당신은 잘못하고 있습니다. 누군가 갑자기 설탕을 원하면 어디서 구할 수 있을까요?

상상 해보세요! 주주 교수가 와서 설탕 그릇이 비어 있는 것을 본다면…. 상상할 수 없습니다. 더 좋게는 상상하지 않기를 더 원하지요. 만약 교수가 그것을 본다면 무슨 일이 일어날까요? 설탕을 많이 섭취하는 것이 교수에게 매우 중요하다는 사실을 당신은 알고 있습니다. 나는 정말로 당신을 이해하지 못해요.

당신은 진지하지 않습니다. 당신은 진지하게 일하지 않습니다. 산책하지 않을 때는 구석에 앉아 아무것에도 주의를 기울이지 않고 오직 이자벨라에게만 신경을 씁니다. 나는 종종 당신이 정상인지 궁금합니다. 당신이 상상을 덜 한다면 확실히 손으로 더 많이 일할 것입니다. 그래서 설탕 그릇이 가득 차 있는지 주의 깊게 살펴보겠지요.

내가 당신과 함께 있지 않았다면, 근무 중 단순한 일들에 주의를 기울이지 않았다면 보통 아무 일도 일어나지 않았을 것입니다. 당신은 산책하러 가고, 애인과 자연 속에서 숨바꼭질하러 갑니다. 하루 종일 사랑을 고백하려고가 아니라, 이자벨라에게 너무 추해 보이지 않는지 거울 속의 자신을 바라보려고가 아니라, 당신의 젊고 극적인 상상력의 아름다운 표현을 이자벨라에게 전달하기 위해서가 아니라 일하기 위해서, 손으로 일하기 위해 대학에 있다고 전혀 생각하지 않습니다.

설탕 그릇에 주의를 쏟는 것은 당신의 일이지 내 일이 아닙니다. 내가 당신처럼 행동하도록 허용했다면…. 아니. 나는 그것을 상상할 수 없어요. 나는 진지하고, 산책하러 가지도 않고, 잘 생긴 힘 센 사람과 함께 근무 중 몰래 앉으려고 가지도 않습니다.

당신만큼 젊진 않지만 그래도…. 남자들이 나한테 얼마나 자주 부탁하는지 알았더라면…. 나를 아는 남자들은 생각하겠지요…. 헤헤헤…. 뭐 남자는 남자잖아요? 그러나 나는 결코 동의하지 않습니다. 나는 결코 "예" 라고 말하지 않습니다. 나는 결코 그들에게 그렇다고 대답하지 않아요. 남자를 사랑하는 건 내 전문이 아닙니다. 대학에서는 나에게 남자들에게 관심을 가지러 오는 것이 아니라 단지 일하러 오라고 요구하지요. 나에 대해 이상한 생각은 하지 마세요. 젊은이여, 나는 당신의 일과 관련해서만 당신에게 관심을 기울입니다. 설탕 그릇이 비어 있다는 것이 나에게는 중요합니다. 하지만 당신이 말을 잘하고 얼굴이 못생기지 않았다는 사실은 내게 전혀 중요하지 않습니다. 당신은 날마다 자신을 아름답게 꾸밀 수 있습니다. 아름답게 꾸밈에 나는 관심을 기울이지 않을 겁니다. 나는 당신의 일에 관심을 기울이고 무엇보다도 설탕 그릇이 가득 차 있는지 비어 있는지 살필 겁니다. 그리고 만약 그것들이 완전히 채워지지 않았다면, 내가 그것을 지적하도록 허락해 주세요.

근무 중에 이자벨라와 걷고 일에 주의를 기울이지 않는 것을 또 본다면 주주 교수에게 가서 그것에 대해 이야기할 겁니다. 당신에게 중요하지 않군요! 진짜 그렇죠? 정말 그렇게 대답했나요? 젠장! 좋은 답변입니다! 글쎄요! 만약 당신이 경박하게 행동하고 싶다면, 일하기를 원하지 않는다면, 비극이 일어나도록 두세요. 내겐 전혀 중요하지 않습니다. 내가 이 말을 하는 것은 나를 위해서가 아니라 당신을 위해서입니다.

당신이 정상적으로 일하지 않고 일을 거부하는 것이 나에게 중요할 수 있다고 생각합니까? 그것은 전혀 중요하지 않아요. 나는 당신과 잘 지내고 내 생각을 당신에게 전달합니다. 하지만 진지하게 받아들이고 싶지 않다면 그것은 당신의 일입니다.

설탕 그릇 작업이 너무 하찮은가요? 당신이 대학에 학생으로 있다고 생각합니까? 아마도 교수처럼요? 아니, 아니, 젊은이여. 당신은 단순한 일꾼입니다. 당신의 상상 속에는 너무 많은 계획이 있고 당신의 손에는 노동력이 너무 적습니다. 아니요. 노동력이 있습니다. 내 말은 일할 의지가 너무 적다는 것입니다.

당신이 주머니에 손을 넣고 걷는 모습을 자주 봅니다. 이제 더 이상 일을 할 수 없을 만큼 약해졌나요? 당신은 그다지 크지는 않을지 몰라도 약해 보이지는 않습니다. 이미 일을 너무 많이 했나요? 젠장! 나는 당신을 이해할 수 없습니다.

나는 젊었을 때 당신처럼 일을 적게 하는 남자를 본 적이 없었습니다. 일하지 않는 소년은 우리 옆에 있지 않았습니다. 나는 당신이 나쁜 소년이라고 말하는 것이 아닙니다. 나는 단지 당신이 터무니없이 행동하고 있다고 생각할 뿐입니다. 이자벨라와 당신이 아름다운 한 쌍이라는 데 동의합니다. 하지만…. 어쩌면 당신은 내가 나와 관련 없는 이야기를 너무 많이 한다고 생각할 수도 있습니다. 미안하지만 그래도 내 생각을 당신에게 전달하도록 허락해주세요. 같이 일하는 사람이 진심이 있으면 관계도 좋아지겠죠? 그리고 당신처럼 힘이 넘치는 청년이 하루 종일 여자와 함께 걷는 것을 보는 것은, 열심히 일할 수 있고 설탕 그릇이 비어 있는 동안에도, 음, 그것은 너무하지요.

6. La ulo, kiu ne plu pensas

Pri kio mi pensas, li demandis. Ĉu vi aŭdis lin? Kiel strangaj tiuj uloj estas! Kvazaŭ mi scius, pri kio mi pensas. Ĉu mi vere pensis ion? Ĉu oni devas pensi dum la tuta tempo? Tio ne ŝajnas al mi prava.

Mi perdis la forton pensi antaŭ multe da tempo. Kiam mi estis juna, fakte. Mi foriris por promeni en la naturo. La naturo estis bela. Mia povo pensi forfalis dum tiu promeno. Kaj nun, mi estas «la ulo, kiu ne pensas».

Verdire (ver-dire), mi ne estas la sola. Ankaŭ aliaj viroj kaj virinoj, ankaŭ aliaj knaboj kaj knabinoj preferas ne pensi. Ankaŭ multaj universitataj profesoroj neniam pensas. Ili ŝajnas pensi, sed ne pensas vere. Ili agas, kvazaŭ ili pensus. Nur agas kvazaŭ ; ĉu vi komprenas?

Mi scias. Antaŭ iom da tempo, ankaŭ mi instruis en universitato. Sed mi ne volis forperdi mian forton en absurdan agon, kiel pensi. Estas tro riske. Imagu! Se mi perdus miajn ideojn! Mi verŝajne havas ideojn. Mi ne scias tute certe — mi neniam rigardas ilin — sed plej verŝajne ideojn mi havas.

Se jes, miaj ideoj restas trankvilaj en iu anguleto en mi. Mi timas perdi ilin kaj do neniam iras ilin vidi. Fakte, mi ne scias, ĉu ili ekzistas. Verŝajne ili restas solaj en iu anguleto de mi. Solaj kaj trankvilaj. Ili ne timu mian venon. Mi ne riskas veni.

Ĉu vi aŭdis pri Kartezio[3]? Li estis granda profesoro antaŭ multe da tempo. Li diris: «Mi pensas, do mi estas». Mi diras malsame: «Mi ne pensas, tamen mi estas. Mi ne pensas, tamen mi ekzistas». Mi scias, ke mi ekzistas. Pri mia ekzisto mi estas tute certa. «Kiel vi povas tion scii, se vi ne pensas?» vi eble demandas vin. Nu, karuloj, mi scias, ke mi ekzistas: mi aŭdas. Mi aŭdas, do mi estas. Mi aŭdas, do mi ekzistas.

«Ĉu esti, ĉu ne esti, jen la demando», diris alia grandulo. Nu, por mi, tio ne estas demando. Mi estas, kaj tio estas bela fakto por mi. Eble mi estas stranga, sed mi amas mian ekziston. La fakto, ke mi ekzistas, estas por mi — eble ne por vi! — bela fakto. Antaŭ la demando «ĉu esti, ĉu ne esti», mi tute ne timas. Mi respondas simple «esti», kaj restas tute trankvila.

«Mi aŭdas, do mi ekzistas», mi diris. Jes, mi aŭdas. Mi aŭdas tre bone. Mi havas tre bonan aŭdpovon. Fakte, mi aŭdis vin diri ion ne tre belan pri mi.

---

3) Kartezio = Descartes.

Haha! Vi pensis, ke mi ne aŭdas, ĉu ne? Sed mi aŭdas plej bone. Vi povas diri ion tre malforte, kvazaŭ vi tute perdus la forton paroli. Tamen mi aŭdas vin. Mia aŭdo estas tre bona. Tro bona, eble. Ofte okazas, ke mi aŭdas aferojn, kiujn mi devus ne aŭdi. Jes, mi aŭdas vere tre bone.

Same pri mia vidpovo: mi ankaŭ vidas tre bone. Nur mia penspovo ne estas bona kiel miaj aŭdo kaj vido. Mi malamas pensi. Mi ne havas la tempon pensi. Mi havas tempon por neseriozaj aferoj, ne havas tempon por seriozaj, ĉu vi komprenas?

Se mi metas mian forton en tiun laboron — pensi estas labori, ĉu ne? — mi perdas ĝin. Mi tute ne deziras perdi mian forton. Estas bone esti forta[4].

Verdire, ŝajni forta estas ankoraŭ pli bone, en la nuna mondo, ŝajnas al mi. Plej ofte gravas la aspekto. Se vi ŝajnas forta, oni timas vin, kvazaŭ vi estus forta. Se vi estas forta, sed ŝajnas malforta, oni ne konsideras vin serioze. Nur se la aliaj vidas, ke, kun via malforta aspekto, vi tamen estas vere forta, nur tiam ili konsideras vin serioze.

Ĉu vi aŭdis min? Mi diris, ke mia forto estas grava por mi. Mi do ne volas perdi ĝin, kaj mi do malkonsentas pensi. La aliaj pensu pri tiel gravaj

---

4) En Esperanto, oni diras: estas -e -i, -i estas -e, estas -e, ke … Same kiel oni diras: natura ago, sed nature agi, same oni diras la ago estas natura, sed agi estas nature.

demandoj kiel «ĉu esti, ĉu ne esti», «ĉu mi pensas, kaj do ekzistas? ĉu mi ne pensas, kaj do ne ekzistas?». Ne mi. Mi ne deziras diskuti pri tiuj demandoj. Mi povas observi min multatempe, mi neniam vidas deziron pripensi pri la demando de mia ekzisto. Sed mi bone komprenas, ke vi eble havas aliajn dezirojn. Eble vi deziras pridiskuti la demandon, ĉu vi ekzistas. Diskutu ĝin do, sed ne kun mi.

Pensu vi, se vi volas. Pensu, fakte, kion vi volas. Ne gravas al mi, ĉu vi pensas, ĉu vi ne pensas, ĉu vi pensas prave, ĉu vi pensas malprave. Tute ne gravas al mi. Viaj pensoj povas fali unu post la alia sur la tablon, vi povas meti ilin en vian tason da kafo, vi povas kaŝi ilin en sukerujon, tute ne gravas al mi. Se viaj pensoj faras grandan bruon dum-fale, ne gravas al mi. Se ili ne falas sur la tablon, kaj bruon tute ne faras, kaj restas trankvile en via poŝo, same ne gravas al mi. Nur unu peton mi havas: permesu al mi ne pensi. Kaj post tiu deklaro, permesu, ke mi salutu vin. Bonan tagon! Ne pensu tro! Kaj la forto restu kun vi!

6. 더 이상 생각하지 않는 사람

내가 무슨 생각을 하고 있는 걸까, 그 사람이 물었습니다. 그 사람 말 들었나요? 그 사람들은 참으로 이상해요! 마치 내가 무슨 생각을 하는지 아는 것처럼. 내가 정말 뭔가 생각했나요? 우리들은 항상 생각해야 하나요? 내겐 그게 옳지 않은 것 같습니다.

나는 오래 전에 생각할 힘을 잃었습니다. 사실 어렸을 때요. 자연 속으로 산책을 나갔습니다. 자연은 아름다웠습니다. 그 산책을 하는 동안 나의 사고력은 사라졌습니다. 그리고 이제 나는 "생각하지 않는 사람"이 되었습니다.

사실 (진실로) 나만 그런 게 아닙니다. 다른 남성과 여성, 다른 소년과 소녀 역시 생각하지 않는 것을 선호합니다. 많은 대학 교수들도 결코 생각하지 않습니다. 그들은 생각하는 것처럼 보이지만 실제로는 생각하지 않습니다. 그들은 생각하는 것처럼 행동합니다. 그처럼 그냥 행동합니다. 이해하나요?

나는 알아요. 얼마 전에는 나도 대학교에서 가르쳤습니다. 하지만 생각 같은 터무니없는 행동에 힘을 낭비하고 싶지 않았습니다. 너무 위험해요. 상상해보세요! 내가 생각을 잃었다면! 아마 나는 생각이 있을 겁니다. 완전히 확실히 나는 알지 못합니다. 나는 그것들을 전혀 보지 않습니다. 그러나 아마도 분명히 생각이 있을 것입니다.

그렇다면 내 생각은 내 속 어딘가에 조용히 남아 있습니다. 나는 그들을 잃을까 봐 두려워서 결코 그들을 보러 가지 않습니다. 사실 그런 것들이 존재하는지 모르겠어요. 아마도 그들은 내 어느 한구석에 혼자 남아 있을지도 모릅니다. 혼자서 조용하게. 내가 오는 것을 그들이 두려워하지 않게 하세요. 나는 오려고 위험을 무릅쓰지 않습니다.

데카르트에 대해 들어보셨나요? 그분은 오래전에 훌륭한 교수였습니다. 그분은 "나는 생각한다. 고로 존재한다." 고 말했습니다. 나는 다르게 말합니다. ≪나는 생각하지 않지만 있습니다. 나는 생각하지 않지만 존재합니다.≫. 나는 내가 존재한다는 것을 압니다. 나는 나의 존재를 절대적으로 확신합니다. "생각하지 않으면 어떻게 알 수 있습니까?" 당신은 스스로에게 물어볼 수도 있습니다. 글쎄, 여러분, 나는 내가 존재한다. 즉 나는 듣는다는 것을 압니다. 나는 듣는다. 그러므로 나는 있습니다. 나는 듣는다. 그러므로 나는 존재합니다.

또 다른 위대한 사람은 "사느냐 죽느냐, 그것이 문제로다" 라고 말했습니다. 글쎄, 나에게 그것은 질문이 아닙니다. 나는 있습니다. 그것은 나에게 아름다운 사실입니다. 내가 이상할 수도 있지만, 나는 내 존재를 사랑합니다. 내가 존재한다는 사실은, 어쩌면 당신을 위한 것이 아닐 수도 있지만, 나에게 좋은 사실입니다. "사느냐, 죽느냐" 라는 질문 앞에서 나는 전혀 두렵지 않습니다. 나는 단순히 "있다" 라고 대답하고 완전히 침착함을 유지합니다.

"나는 듣는다. 그러므로 나는 존재한다." 고 나는 말했습니다. 네, 듣습니다. 나는 아주 잘 듣습니다. 나는 청력이 아주 좋습니다. 사실 당신이 나에 대해 별로 좋지 않은 말을 한다고 들었습니다. 하하! 내가 들을 수 없다고 생각했지요? 그러나 나는 가장 잘 듣습니다. 당신은 마치 말할 힘을 완전히 잃은 것처럼 매우 약하게 말할 수 있습니다. 그래도 나는 당신의 말을 듣습니다. 내 청력은 매우 좋습니다. 너무 좋은 것 같아요. 듣지 말아야 할 말을 듣는 경우가 종종 있습니다. 응, 정말 아주 잘 듣습니다.

내 시력도 마찬가지입니다. 나는 또한 아주 잘 봅니다. 오직 내 사고력만 내 청각과 시각만큼 좋지 않습니다. 나는 생각하기 싫습니다. 생각할 시간이 없어요. 나는 시시한 일을 할 시간은 있고, 심각한 일을 할 시간은 없습니다. 이해하나요?

그 일에 힘을 쏟는다면, 생각하는 것이 곧 일하는 것이겠죠? 그것을 잃어버립니다. 나는 힘을 전혀 잃고 싶지 않습니다. 힘이 센 것이 좋습니다.

솔직히 말하면 강해 보이는 게 더 좋은 것 같은데, 요즘 세상에는 그런 것 같아요. 대부분 중요한 것은 외모입니다. 당신이 강해 보이면 사람들은 마치 당신이 강한 것처럼 당신을 두려워합니다. 당신이 강하지만 약해 보인다면, 사람들은 당신을 진지하게 받아들이지 않습니다. 다른 사람들이 당신의 약한 외모에도 불구하고 당신이 정말로 강하다는 것을 알게 될 경우에만 그들은 당신을 진지하게 받아들일 것입니다.

내 말 들었나요? 나는 내 힘이 나에게 중요하다고 말했습니다. 그래서 나는 그것을 잃고 싶지 않으며 따라서 생각에 동의하지 않습니다. 다른 사람들이 "사느냐 죽느냐", "나는 생각한다. 그러므로 존재하는가?" "내가 생각하지 않아서 존재하지 않는가?" 와 같은 중요한 질문에 대해 생각하게 하세요. 나는 제외하고요. 나는 그러한 질문에 대해 논의하고 싶지 않습니다. 나는 많은 시간 내 자신을 관찰할 수 있지만 내 존재에 대한 질문에 대해 생각하고 싶은 욕구는 전혀 보이지 않습니다. 그러나 나는 당신이 다른 소망을 가질 수도 있다는 것을 잘 이해합니다. 아마도 당신은 당신이 존재하는지에 대한 질문에 대해 토론하고 싶을 것입니다. 그러면 그것에 대해 토론하되 나하고는 아닙니다.

원한다면 스스로 생각해 보세요. 실제로 당신이 원하는 것이 무엇인지 생각해 보세요. 나에게는 당신이 생각하든, 생각하지 않든, 옳게 생각하든, 틀리게 생각하든 중요하지 않습니다. 그것은 나에게 전혀 중요하지 않습니다. 당신의 생각이 탁자 위에 하나씩 떨어질 수도 있고, 커피 잔에 담아도 되고, 설탕 그릇에 숨겨도 전혀 중요하지 않아요. 넘어지면서 생각이 큰 소리를 내도 중요하지 않아요. 탁자 위에 떨어지지 않고, 소리도 전혀 나지 않고, 주머니 속에 조용히 머문다면, 마찬가지로 내게 중요하지 않습니다. 내가 바라는 것은 단 하나뿐입니다. 내가 생각하지 않게 허락해주세요. 그리고 그 말씀을 마치고 인사를 드리도록 허락해주세요. 안녕히 계세요! 너무 많이 생각하지 마세요! 그리고 그 힘이 당신과 함께 머물도록 하세요!

7. Oni venis el alia mondo

La unua afero estas informi ilin. Jes, mi devos unue informi la aŭtoritatojn. Mi konas min: mi jam nun timas tiun devon, kaj mi timos ĝin multe pli, poste, kiam la tago venos kaj mi devos iri al ili, kaj diri: «Jen kio okazis, jen kio certe okazos».

Ili opinios, ke mi ne diras la veron. Tute certe ili rigardos min malverulo. Ankaŭ kiam mi montros la… la «aĵon»[5], ili ne konsentos pri la vero de miaj diroj. Ili rigardos ĝin kaj ili ne komprenos. Ili diros, ke temas pri io tre stranga kaj nekomprenebla, sed ili ne opinios, ke mi diras la veron. Aŭ ĉu eble tamen…?

Ili eble vokos fakulojn, specialistojn. Mia koro batos! Mi jam povas imagi tion: kiel rapide mia koro batos, kiam mi staros antaŭ ili kaj devos diri, kio okazis, kiel kaj de kiu (diable!) mi ekhavis tiun neimageblan aĵon.

Kion oni povas fari por superi la timon? Kion faras la aliaj, kiam granda forta timo envenas en

5) Aĵo: afero.

ilian koron? Mi scias pri tiuj aŭtoritatoj[6]. Ili deziros tutforte, ke mi malpravu. Ili multe preferus, ke mi malpravu. Ofte la aŭtoritatoj tute ne deziras aŭdi la veron. Ili konsentas kompreni ĝin, nur se la vero estas normala. Kiam la faktoj estas strangaj, kiam okazis io ne normala, io pli malpli supernatura, tiam ili preferas scii nenion.

Ankaŭ mi preferus dormi trankvile kaj vivi trankvilan vivon. Ne mi petis··· eee[7]··· «tiujn» veni. Ne mi deziris aŭdi iliajn timofarajn parolojn. Ĉu vi opinias, ke mi amas dramojn? Tute ne.

Kaj tamen, kion fari? Mi faros mian devon. Mi iros. Kaj mi devos iri sola. La afero, kompreneble, estas plej sekreta. Se almenaŭ mi povus paroli pri ĝi kun iu! Sed sekreto estas sekreto. Kaj kun··· tiuj··· tiuj uloj··· eee··· tiuj estaĵoj, la risko estus tro granda.

La simpla fakto pensi, ke mi staros tie, antaŭ la aŭtoritatoj, jam faras, ke mi timas. Mi grave antaŭtimas tiun tagon. Ili sin demandos, ĉu mia kapo laboras normale. Ili diros, ke miaj ideoj estas absurdaj. Mi respondos, ke ne temas pri ideoj, sed

---

6) Mi scias pri tiuj aŭtoritatoj: mi scias, kiel agas tiuj aŭtoritatoj; mi scias, kiel ili reagas al okazaĵoj; mi konas tiujn aŭtoritatojn.

7) La viro, kiu parolas, ne scias, kiel esprimi la penson; li do diras 'eee'; en aliaj lingvoj oni diras 'hm', 'aaa', 'er', 'euh', 'nu', 'oh' ···

pri faktoj, simplaj faktoj, pri kiuj mi preferus neniam paroli.

Tiam mi diros: «Estaĵoj alimondaj[8] venis al mi. Jen. Ili petis min montri al vi jenan aferon, por ke vi certiĝu, ke mi diras la veron kaj ke ververe ili petis min veni por diri al vi, kion ili volas, ke mi diru». Kaj mi montros la··· la aĵon··· kaj ili ne scios, kion pensi. Sed ili certe devos diri unu al la alia, ke tiu··· tiu aĵo··· ne povus esti niamonda (nenio sama povas ekzisti en nia mondo; oni do ĝin faris alimonde; alimonduloj do ekzistas kaj venis al mi).

Ili demandos kaj demandos. Mi respondos, ke mi scias nenion, ke la afero same misteras al mi, kiel al ili, kaj ke mi preferus ne havi la devon ilin informi. Mi respondos plu, ke estis mia devo veni, tiel ke mi venis, malbonvole, eble, sed tamen venis. Se ili ne volas aŭdi tion, kion mi devas diri, estas ilia afero. Ili iru al la diablo, se ili preferas.

Mi venis por fari mian devon. Tio estas la ĝusta faro, ĉu ne? Kio estas pli ĝusta ol tio? Kio estus pli prava ol informi la superulojn? Ankaŭ mi preferus sidi kun la kapo en imago kaj la piedoj sur la tablo, se vi vidas, kion mi volas diri, sed ne gravas mia prefero, ĉu? Gravas multe pli, ke iu informu la aŭtoritatojn pri tiu grava, stranga, drama afero. Kion

8) Alimondaj (= alia-mond-aj)

fari, se tiu «iu» nur povas esti mi? Sincere, mi preferus, ke iu alia iru.

Unu eble konsentos iomete aŭdi min, sed ne la aliaj, ne la plimulto. Nu, estas ilia afero. Ne, mi diras malveron al mi. Ne estas nur ilia afero. Estas ankaŭ mia afero. Estas mia devo. Kiam mi ekpensas pri tio, kio okazos al la tuta mondo, se oni faros nenion, kiel mi ektimas! Mi preferus resti trankvile ĉi tie ol devi informi ilin.

La vero ofte ŝajnas pli absurda ol imagaĵoj. Estas vere, ke la aŭtoritatoj estos en malkomforta pozicio. Sed ne mi decidis, ke ili havos superan, aŭtoritatan pozicion. Ili decidis mem. Ili mem tion deziris.

Jes, karaj granduloj, vi deziris iĝi superaj aŭtoritatoj. Vi deziris la Povon, la povon super ni simpluloj. Nun, vi havas ĝin. Agu do! Vi devos komuniki la informon al la tuta mondo, tiel ke la tuta mondo sciu, sed tamen ne tro timu. Ĉu tio estas ebla? Mi timas, ke ne. Mi timas, ke oni ne povas fari, ke la mondo ne timu. Sed kion fari? Ĉu fari nenion, ĝis la dramo okazos? Ne. Neeble. Vi certe faros vian devon. Mi estas kore kun vi.

7. 사람들은 다른 세계에서 왔습니다

첫 번째 일은 그들에게 알리는 것입니다. 네, 먼저 책임자들에게 알려야겠습니다. 나는 나 자신을 알고 있습니다. 나는 이미 그 의무를 두려워하고 있으며 나중에 날이 오면 그 일이 훨씬 더 두려울 것입니다. 나는 그들에게 가서 말해야 합니다. “이것이 일어난 일이고, 이것은 확실히 일어날 일입니다.“ .

그들은 내가 진실을 말하지 않는다고 주장할 것입니다. 정말로 확실하게 그들은 나를 거짓말쟁이로 볼 것입니다. 내가 그…. ‘그것’을 보여주더라도 그들은 내 말의 진실에 동의하지 않을 것입니다. 그들은 그것을 보고도 이해하지 못할 것입니다. 그들은 그것이 매우 이상하고 이해할 수 없는 무엇에 관한 것이라고 말할 테지만, 그들은 내가 진실을 말하고 있다고 생각하지 않을 것입니다. 아니면 그래도 아마…?

그들은 아마 교수, 전문가를 부를 것입니다. 내 심장이 뛸 것입니다! 나는 이미 그것을 상상할 수 있습니다. 즉 내가 그들 앞에 서서 무슨 일이 일어났는지, 어떻게 그리고 누구에게서 (쳇!) 상상할 수 없는 일을 알게 되었는지 말해야 할 때 내 심장이 얼마나 빨리 뛰게 될지.

두려움을 극복하기 위해 무엇을 할 수 있습니까? 크고

강한 두려움이 그들의 마음에 들어올 때 다른 사람들은 어떻게 합니까? 나는 그 책임자들을 압니다. 그들은 내가 틀리기를 필사적으로 바랄 것입니다. 그들은 내가 틀리기를 훨씬 더 선호할 것입니다. 책임자들은 진실을 전혀 듣고 싶어 하지 않는 경우가 많습니다. 진실이 정상인 경우에만 그들은 그것을 이해하는 데 동의합니다. 사실이 이상할 때, 정상적이지 않은 일, 다소 초자연적인 일이 일어났을 때 그들은 아무것도 모르는 것을 선호합니다.

나도 평화롭게 잠을 자고 평화로운 삶을 살고 싶습니다. «그것들»이 오길 부탁한 건 내가 아니에요. 그들의 무서운 말을 듣기 원하는 건 내가 아녜요. 내가 극을 매우 좋아할 것 같나요? 천만에요.

그럼에도 불구하고 무엇을 해야 할까요? 나는 내 의무를 다할 겁니다. 나는 갈 겁니다. 그리고 나는 혼자 가야 할 겁니다. 물론 그 문제는 최고의 비밀입니다. 누군가와 그것에 대해 적어도 이야기할 수만 있다면! 하지만 비밀은 비밀입니다. 그리고… 저… 저 사람들… 어… 저 존재와 함께라면 위험이 너무 클 것입니다.

내가 거기, 책임자 앞에 서게 될 것이라는 단순한 사실만으로도 벌써부터 두렵습니다. 나는 그날이 중요하게 미리부터 두렵습니다. 그들은 내 머리가 정상적으로 작동하는지 궁금해 할 것입니다. 그들은 내 생각이 터무니없다고 말할 것입니다. 나는 생각에 관한 것이 아니라 사실, 결코 말하고 싶지 않은 단순한 사실에 관한 것이라고 대답하겠습니다.

그때 나는 말하겠습니다. "다른 세계의 존재가 나에게

왔습니다. 보세요. 그들은 내가 진실을 말하고 있고 그들이 원하는 것을 당신에게 내가 말하도록 오라고 실제로 그들이 요청했고 내가 말하라고 한 것을 확신할 수 있도록 다음 사항을 보여 달라고 요청했습니다." 그리고 나는 그… 그 일을… 보여줄 것이고 그들은 무엇을 생각해야 할지 모를 것입니다. 그러나 그들은 확실히 그….그것이 우리 세계의 것일 수 없다고 서로에게 말해야 할 것입니다. (우리 세계에는 같은 종류의 어떤 것도 존재할 수 없습니다. 그러므로 그것은 다른 세계에서 만들어졌습니다. 따라서 다른 세계인들이 존재하고 나에게 왔습니다).

그들은 묻고 또 물을 것입니다. 나는 아무것도 모른다고, 그 문제가 그들에게 그렇듯이 나에게도 신비하며, 그들에게 알릴 의무를 갖지 않기를 더 원한다고 대답하겠습니다. 내가 오는 것이 나의 의무라 아마도 의도하지 않게 왔지만 그럼에도 왔다고 계속 대답하겠습니다. 그들이 내가 해야만 하는 말을 듣고 싶어 하지 않는다면 그것은 그들의 일입니다. 그들이 원한다면 악마에게 가도록 놔두십시오.

나는 내 의무를 다하러 왔습니다. 그게 옳은 일이겠죠? 그보다 더 정확한 것은 무엇입니까? 윗사람에게 알리는 것보다 더 옳은 일이 어디 있겠습니까? 내가 말하고 싶은 것을 당신이 본다면 나는 머리로는 상상하고 발은 탁자위에 올려놓고 앉는 편이 더 좋습니다. 그렇지만 내 취향은 중요하지 않습니다. 그렇죠? 누군가가 이 중요하고 이상하며 극적인 일에 대해 책임자에게 알리는 것이 훨씬 더 중요합니다. 그 "누군가" 가 바로 나뿐이라면 어떻게 해야 할까요? 솔직히 다른 누군가가 가는 게 더 나을 것 같아요.

한 사람은 내 말을 조금 듣는 데 동의할 수 있지만 다른 사람이나 대다수는 동의하지 않습니다. 글쎄, 그것은 그들의 일입니다. 아니, 나 자신에게 거짓말을 하고 있어요. 그것은 단지 그들의 일이 아닙니다. 그것은 내 일이기도 합니다. 나의 의무입니다. 사람들이 아무것도 하지 않으면 온 세상이 어떻게 될지 생각하기 시작하면 얼마나 겁이 나나요! 그들에게 반드시 알리느니 차라리 여기에 조용히 머물고 싶습니다.

진실은 상상보다 더 터무니없어 보일 때가 많습니다. 책임자가 불편한 처지에 놓이게 되는 것도 사실입니다. 그러나 그들이 우월하고 책임 있는 자리를 가질 것이라고 결정한 것은 내가 아닙니다. 그들은 스스로 결정했습니다. 그들은 스스로 그것을 원했습니다.

그렇습니다, 사랑하는 거인이여, 당신은 최고의 권위자가 되기를 원했습니다. 당신은 우리 평범인을 능가하는 힘, 힘을 원했습니다. 이제 당신은 그것을 가지고 있습니다. 그렇다면 행동하세요! 전 세계가 알 수 있도록 정보를 전 세계에 전달해야 합니다. 하지만 그래도 너무 두려워하지 마세요. 그게 가능합니까? 난 불가능하다고 두렵습니다. 세상을 두려워하지 않게 우리가 만들 수 없다고 나는 두렵습니다. 하지만 무엇을 해야 할까요? 극이 일어날 때까지 아무것도 안 하시나요? 아니요. 불가능합니다. 당신은 반드시 당신의 의무를 다할 것입니다. 나는 진심으로 당신과 함께 있습니다.

8. Iru kiel vi volas

Oni nomas tiun restoracion «memserva restoracio», ĉar en ĝi oni servas sin mem. Ne estas ulo, kiu venas al via tablo kun via tomato aŭ kafo. Vi devas servi vin mem.

Ĉu vi ne volas iri al memserva restoracio? Vi preferas, ke oni servu vin. Nu, bone. Kiel vi volas. Ĉiaokaze, mi ne iros kun vi. Vi devos iri sola. Mi devas resti ĉi tie. Mi laboros en mia ĉambro.

Kion? Ĉu vi timas perdiĝi? Ne timu. Miaopinie, vi ne riskas perdiĝi. Estas tre simple iri tien. Nur sekvu tion, kion Tom diris al vi. Tiel vi ne perdiĝos.

Se vi ne volas iri al memserva restoracio, iru do al alia restoracio. Ne gravas al mi. Same pri tio, ĉu vi iru buse, aŭte aŭ piede. Busi eble estas pli bone ol piediri, almenaŭ rilate al la piedoj, sed la buson vi devas atendi. Okazas, ke oni atendas longe. Aŭto estas pli rapida ol buso, kaj vi povas foriri per ĝi, kiam vi volas, sed ĉu vi havas aŭton?

Vi baldaŭ havos aŭton, ĉu? Nu, bone, sed «baldaŭ» ne estas «nun». Se vi deziras iri al la urbo nun, tre gravas, ĉu vi havas aŭton nun. Ke vi havos ĝin baldaŭ, tio estas grava iurilate, mi konsentas, sed tio ne helpas vin nun, eĉ iomete, por iri al la urbo, ĉu? Por aŭti ĝis la urbo, oni devas havi aŭton.

Sed fakte vi povas iri tien promene. Piediri estas bone por la koro. Kaj ankaŭ por la kapo, cetere. Kiam venas nokto, la urbo iĝas tiel bela! Kiam oni subite ekvidas la tutan urbon de malproksime, kaj noktiĝas, oni ekhavas senton pri io mistera, io ekstermonda, eĉ supermonda.

Ne estas tro longe ĝis la urbo. Kompreneble, vi ne estos tie tuj, vi devos tamen promeni iom da tempo. Sed ne estas tro longe. Ne timu, ke viaj kruroj tro laboros kaj perdos sian tutan forton.

Sed mi deziris diskuti kun vi ankaŭ pri io tute alia. Ĉu vi havas informojn pri Ana? Ŝi kuŝis en sia ĉambro kaj ne sentis sin tre bone. Tom iris al ŝi kun sia kuracisto, sed ŝi ne rigardas tiun kuraciston serioza, ŝi preferas sian kuraciston, ŝi vere ne amas lian. Li do forsendis sian kuraciston kaj vokis ŝian. Strange, kiam ŝi vidis lian kuraciston, ŝi sentis sin malbone, sed tuj kiam ŝi vidis sian kuraciston eniri en ŝian ĉambron[9], ŝi jam sentis sin pli bone.

Oni sin demandas, pri kio vere temas, ĉu ne? Ho, ĉu vi jam foriras? Do, bonan vesperon, kaj ankaŭ bonan nokton! Ĝis revido! Ni revidos nin baldaŭ, verŝajne. Do, ĝis!

---

9) Ŝi vidis sian kuraciston: kiu vidis? — ŝi. La kuraciston de kiu? — de ŝi (de tiu, kiu vidis). Eniri en ŝian cambron: kiu eniris? — ne ŝi, sed la kuracisto. En la cambron de kiu? — ne de la kuracisto (ne de tiu, kiu eniris), sed de ŝi. Se vi dirus: «Ŝi vidis la kuraciston eniri en sian ĉambron», tio volus diri, ke ŝi vidis la kuraciston eniri en la ĉambron de la kuracisto.

8. 원하는 대로 가세요

이 식당은 "자율 식당"이라고 불리는데, 그 이유는 서비스를 자신이 직접 하기 때문입니다. 당신의 탁자에 토마토나 커피를 들고 오는 사람은 없습니다. 당신은 스스로 서비스해야합니다.

자율 식당에 가고 싶지 않으신가요? 당신은 서비스받는 것을 선호합니다. 글쎄, 좋아요. 당신이 원하는대로. 어쨌든 나는 당신과 함께 가지 않을 것입니다. 혼자 가야합니다. 나는 여기 있어야 해요. 나는 내 방에서 일할 겁니다.

무엇을? 길을 잃을까 두렵나요? 두려워하지 마십시오. 제 생각에는 길을 잃을 위험은 없습니다. 거기에 가는 것은 매우 간단합니다. 톰이 말한 대로 따르세요. 그렇게 하면 길을 잃지 않을 것입니다.

자율 식당에 가고 싶지 않다면 다른 식당으로 가십시오. 그것은 나에게 중요하지 않습니다. 버스, 자동차, 도보로 이동하는 경우에도 마찬가지입니다. 적어도 발에 관련해서는 버스를 타는 것이 걷는 것보다 나을 수 있지만 버스를 기다려야 합니다. 오랫동안 기다리는 일이 발생합니다. 자동차는 버스보다 빠르고 원할 때 떠날 수 있습니다만 자동차를 가지고 있나요?

곧 차를 가지게 되겠죠? 글쎄, 좋지만 '곧'은 '지금'이 아닙니다. 지금 도시로 가고 싶다면 지금 차가 있는지가 매우 중요합니다. 당신이 그것을 곧 갖게 된다는 것은 어떤 면에서는 중요하다는 점에 동의합니다. 하지만 그것은 지금 당신이 시내에 가는 데 조금도 도움이 되지 않습니다. 그렇죠? 시내로 가려면 차가 있어야 합니다.

하지만 실제로는 도보로 갈 수 있습니다. 걷는 것은 심장에 좋습니다. 그밖에, 머리에도 마찬가지입니다. 밤이 오면 도시는 너무 아름다워집니다! 갑자기 멀리서 도시 전체가 보이고, 밤이 되면 신비롭고, 다른 세상, 심지어는 초세계적인 느낌을 받게 됩니다.

시내까지 그리 멀지 않습니다. 물론, 바로 거기에 있을 수는 없고, 여전히 한동안 걸어다녀야 할 것입니다. 하지만 너무 길지는 않습니다. 다리가 너무 많이 움직여 모든 힘을 잃을 까봐 두려워하지 마십시오.

하지만 나는 또한 당신과 완전히 다른 것에 대해 논의하고 싶었습니다. 아나에 대한 정보가 있나요? 아나는 방에 누워 있었고 몸이 별로 좋지 않았습니다. 톰은 자신의 주치의와 함께 아나에게 갔지만 아나는 그 의사를 진지하게 받아들이지 않고 자신의 주치의를 더 좋아하며 그 의사를 정말로 좋아하지 않습니다. 그래서 톰은 자신의 주치의를 내보내고 아나의 주치의를 불렀습니다. 이상하게도 톰의 주치의를 만났을 때 아나는 기분이 좋지 않았지만 자신의 주치의가 방에 들어오는 것을 보자마자 기분이 좋아졌습니다.

그것이 실제로 무엇에 관한 것인지 궁금하지 않습니까? 아, 벌써 떠나시나요? 그럼, 좋은 저녁 되세요, 그리고 좋은 밤 되세요! 안녕히 가세요! 우리는 곧 만나게 될 것입니다. 그럼 안녕!

9. Zorgi pri zorgado

Kion kredi? Ĉu liajn okulojn? Ĉu liajn vortojn? Liaj vortoj alvokas kompaton. Li montras sin kompatinda. Li diras ion ajn, por ke oni kompatu lin. Sed la okuloj! Oni povas sin demandi, ĉu ili ne estas pli kredindaj ol la vortoj, kiujn li eldiras. Kaj ili ne esprimas la samon. Tiuj pale bluaj okuloj estas strange senesprimaj. Ĉu ne strange, ke ili restas tiel senesprimaj, dum li parolas tiel bele, por ke ni kompatu lin?

«Multo estas dirita, sed nenio farita», li diras. «Multe da parolado, malmulte da agado», li plu diras. Sed, ĝuste, ĉu, kiam li tion diras, li ne parolas pri si? «Rigardu, kiel maldika mi estas», li diras, «jen kiel agas la zorgoj al mia kompatinda korpo. Mia sano iom post iom forsvenas. Vidu: miaj haroj forfalas. Baldaŭ mi estos tute senhara. Aŭ restos nur kelkaj haroj sur mia kapo. De tago al tago mi pli kaj pli senhariĝas. Baldaŭ mi estos tute malsana, ĉar tiu senhalta zorgado agas tre malbone al mia sano, tiel ke mia bela hararo iom post iom malgrandiĝas, iom post iom forperdiĝas.

«La kuracisto diris al mi: "Se vi volas, ke mi kuracu vin, kaj vi resaniĝu, tiu zorgado devas halti. Sen tio, sen via kunlaboro, la plej bona kuracisto ne povas sukcesi. Mi trovas vin helpinda. Mi deziras kuraci vin, mi deziras nenion alian, ol ke vi plene resaniĝu, sed vi devas helpi min. Por min helpi, vi devas labori super[10] viaj zorgoj. Zorgado nur povas malhelpi mian laboron. Via malsano rilatas nur al via troa zorgado. Ankaŭ via maldikiĝo. Ne temas pri alia grava malsano. Ne temas pri tiu serioza malsano, pri kiu vi pensadas la tutan tempon. Ne. Kelkaj malsanoj estas tre seriozaj. Ne via. Temas nur pri tio, ke vi tro zorgas. Kiam via troa okupiĝado pri tiuj zorgoj haltos, via sano revenos. Sed mi estas senpova rilate al via trozorgado. Nur vi povas helpi vin kaj kuraci vin tiurilate"».

«Jen kion la kuracisto diris al mi. "Vivu senzorge", li diris, "kaj vi resaniĝos". Kaj, kredu min, li estas tre bona kuracisto. Li scias, pri kio li parolas. Do, kiam li petas min ne plu zorgi, mi devas ne plu zorgi, se mi volas retrovi mian sanon, se mi volas, ke la falado de miaj haroj finfine haltu. Sed vivi senzorge ne estas simple. Mi provis ne plu zorgi, mi provis kaj provadis. Sed kion ajn mi faras, mi malsukcesas. Kiel ajn mi provas ne zorgi, zorgoj

10) Labori super io: labori pri io.

revenadas. Kaj mi eĉ pli kaj pli zorgas pri mia malsukcesa provado ne zorgi: mi ne sukcesas ne plu zorgi, kaj tiu penso, ke mi tro zorgas, ĉar mi ne povas ne zorgi, tro okupas min. La penso fariĝi senharulo estas timinda, ĉu ne? Kaj tion mi pensas la tutan tagon. Kion fari, diable, kion fari?»

Jen kiel li parolas. Li tute certe deziras, ke ni lin kompatu. Li certe pensas: «Se ili kompatos min, ili faros la aferojn por mi, kaj mi povos trankvile dormi, dum ili faras mian laboron». Tion diras liaj okuloj.

Estas vere, ke, antaŭe, lia korpo estis tiel grasa, ke ĝi estis tute ronda, kaj nun li sengrasiĝis. Ankaŭ estas fakto, ke lia hararo, tiel dika antaŭe, tre maldikiĝis. Sed dum liaj vortoj parolas pri malsano, zorgado, senhariĝo, malgrasiĝo, liaj pale bluaj okuloj ne elvokas[11] kompatindan vivon. Ili esprimas la ideon «Mi estas pli forta ol vi. Mia korpo eble estas maldika kaj malforta, pli malforta ol la viaj, sed mi pli fortas pense. Mi havis la bonan ideon agi tiel, ke vi kompatu min. Kaj nun vi kredas min malsana, kaj vi faros la tutan laboron por mi. Tiel mi povos senzorge dormi, kaj regrasiĝi trankvile».

---

11) Elvoki: fari, ke pensoj venas pri···

9. 걱정에 대한 염려

무엇을 믿어야 할까요? 그 사람의 눈? 그 사람의 말? 그 사람의 말은 동정심을 부릅니다. 그사람은 불쌍한 모습을 보여줍니다. 그 사람은 불쌍한 말을 합니다. 하지만 눈! 그 사람이 하는 말보다 더 신빙성이 있는 것은 아닐까 궁금할 수도 있습니다. 그리고 그들은 같은 것을 표현하지 않습니다. 그 창백한 푸른 눈은 이상하게도 무표정합니다. 우리가 그 사람을 불쌍하게 여기도록 그 사람이 그렇게 아름다운 말을 하는데도 그들이 무표정을 유지하고 있어서 이상하지 않습니까?

그 사람은 "말은 많이 하지만 아무것도 이루어지지 않았다" 고 말했습니다. "말은 많고 행동은 적습니다" 라고 그 사람은 계속합니다. 그런데 그 사람이 그런 말을 하는 것은 정확히 자기 자신을 두고 하는 말이 아닌가요? "내가 얼마나 마른지 보세요" 라고 그 사람은 말합니다.

걱정이 내 불쌍한 몸에 미치는 영향은 이렇습니다. 건강이 점점 나빠지고 있어요. 보세요. 머리카락이 빠지고 있어요. 곧 나는 완전히 머리카락이 없게 될 것입니다. 아니면 머리에 머리카락이 몇 개 남지 않을 것입니다. 날이 갈수록 나는 점점 더 많은 머리카락을 잃어가고 있습니다. 머지않아 나는 완전히 아프게 될 것입니다. 왜냐하면 이러한 끊임없는 걱정은 내 건강에 매우 해롭고, 아름다운 머리카락이 점점 줄어들고, 점차 사라지고 있기 때문입니다.

의사가 나에게 말했습니다. “내가 당신을 치료하고 당신이 회복되기를 원한다면 그런 걱정은 중단되어야 합니다. 그것이 없이는, 당신의 협력 없이는 최고의 의사도 당신을 치료할 수 없습니다. 나는 당신이 도움받을 가치가 있다고 생각합니다. 나는 당신을 치료하길 원하고, 당신이 건강해지는 것 외에는 다른 아무것도 바라지 않습니다. 하지만 당신은 나를 도와야만 합니다. 나를 돕기 위하여 당신은 걱정을 초월하도록 일해야 합니다. 걱정은 나의 일을 방해할 뿐입니다. 당신이 아픈 것은 당신이 너무 많이 걱정하는 데에만 관계가 있습니다. 또한 당신의 쇠약함, 다른 심각한 질병에 대한 것이 아닙니다. 당신이 매시간 생각하는 그런 심각한 질병에 대한 것이 아닙니다. 아니요. 몇 가지 질병은 매우 심각합니다. 당신은 아닙니다. 당신이 너무 걱정한다는 그것만이 주제입니다. 그런 걱정을 너무 많이 함을 중단한다면 건강이 회복될 것입니다. 그러나 나는 당신의 너무 많은 걱정에 대해 무력합니다. 오직 당신만이 그것과 관련하여 당신을 돕고 치료할 수 있습니다.”

의사가 나에게 “걱정없이 사세요. 그럼 회복될 겁니다” 하고 말했습니다. 그리고 저를 믿으세요. 그 사람은 아주 훌륭한 의사입니다. 그 사람은 자신이 무슨 말을 하는지 알고 있습니다. 그래서 그 사람이 나에게 걱정하지 말라고 하면, 건강을 되찾고 싶고, 머리카락이 빠지는 것을 마침내 멈추기를 원한다면 걱정을 그만두어야 합니다. 하지만 근심 없이 산다는 것은 간단하지 않습니다. 나는 더 이상 걱정하지 않으려고 노력했고, 계속 노력했습니다.

그러나 나는 무엇을 하든 실패합니다. 아무리 걱정하지 않으려고 노력해도 걱정은 다시 찾아옵니다. 그리고 나는 걱정하지 않으려는 나의 실패한 시도에 대해 더욱 더 걱정합니다. 나는 더 이상 걱정하지 않는 데 성공하지 못하고, 걱정하지 않을 수 없기 때문에 너무 많이 걱정한다는 생각이 나를 너무 많이 차지합니다. 대머리가 된다는 생각만 해도 무섭지 않나요? 그리고 나는 하루 종일 그것을 생각합니다. 무엇을 해야 하는가, 도대체 무엇을 해야 하는가?

그 사람이 말하는 방식은 다음과 같습니다. 그 사람은 분명히 우리가 자신을 불쌍히 여기기를 원합니다. 그 사람은 '그들이 나를 불쌍히 여기면 나를 위해 일을 해줄 것이고, 그들이 내 일을 하는 동안 나는 편히 잠을 잘 수 있을 것이다'라고 생각할 것입니다. 그 사람 눈은 그렇게 말하고 있습니다.

예전에는 몸이 둥그스름할 정도로 뚱뚱했는데, 지금은 살이 빠진 게 사실입니다. 이전에 두꺼웠던 머리카락이 많이 가늘어진 것도 사실입니다. 그러나 그 사람의 말은 질병, 근심, 탈모, 쇠약함을 말하고 있지만, 그 사람의 창백한 푸른 눈은 불쌍한 삶을 보여주지 않습니다. 그들은 이런 생각을 표현합니다. "나는 당신보다 강하다. 내 몸은 아마도 마르고 약하고 당신보다 더 힘이 없지만 정신적으로는 더 강하다. 당신이 나를 불쌍히 여기도록 행동하는 것은 좋은 생각이었다. 그리고 이제 당신은 내가 아프다고 생각하고 나를 위해 모든 일을 하게 될 것이다. 그러면 나는 걱정 없이 잠을 잘 수 있고, 평안하게 다시 살이 찔 것이다."

10. La fortegulo

Johano estas viro fortega. Tiu altega, dikega fortegulo ŝatas laboregi. Li havas tre grandan forton, forton grandegan, oni povas diri, kaj se li ne faras ion per sia fortego, li ne ŝatas sin mem. Li do laboregas en la urbego. Tagon post tago li iras al sia laborloko, kiun li tre ŝatas, kaj tie seriozege laboregas.

Li ŝatus ŝati la vivon. Multrilate oni povas diri, ke li jam ŝategas ĝin, sed⋯.

La vivo estus belega por li, se li ne havus strangan malsanon. Li malsanas en la kapo, kaj tio estas malbona. Vi vin demandas, pri kio mi parolas, ĉu ne? Nu, jen lia malsano: li timas, li ege timas, li timegas tion, kio estas eta.

Se li promenas en la urbo kaj jen, plej normale, aliras lin vireto por ion demandi, la koro de Johano emas bati rapidege, li paliĝas, li sentas sin malbone, kaj grandega timo ekokupas lin. Li normale ŝatas knabinojn, sed se knabino aspektas tro malgranda, tro malforta, nia grandegulo emas timi ŝin. Ĉu vi imagas? Li neniam iras al urbeto, ĉar li sentas sin bone nur en urbegoj kun multegaj homoj, kiuj rapide iras tien kaj tien ĉi. Kaj se vi servas lin per kafo en malgranda taseto, lia kapo emas turniĝi, li sentas sin malkomforta ĉe la koro, li iĝas palega, kaj devas superi nekredeble fortan emon forrapidi el la loko, kie li troviĝas.

Strange, ĉu ne? Kaj ĉu vi scias, kial? Mi parolis pri tio kun amiko lia. Tiu diris al mi, ke Johano fakte estas tre sentema pri sia troa forto. Li ne havas fidemon al si mem. Li opinias sin nefidinda. Kiam li estis knabeto kaj iris al la lernejo, li jam estis nenormale forta. Li batis la etulojn por senti sin supera. Li ŝatis povi deklari: «Mi estas ege forta. Mi estas la plej forta. Mi estas la plej forta el la lernejo. Mi estas la plej forta el la tuta urbego». Kaj por montri al si kaj al la aliaj, kiel forta li estas, li ekbatis ilin, kaj ilin batadis kaj bategis, ĝis ili falis kaj petegis: «Kompaton!» Tiam li sentis sin grava, granda, multopova.

Iutage, li batis knabeton tiel senkompate, ke estis neeble tiun resanigi: la etulo restos nenormala dum la tuta vivo. Ekde tiu tago Johano timegas sian forton. Ĝi povas mis-agi. Ĝi povas agi fuŝe. Viretoj iĝis por li timindaj. Same kiel la plej etaj aferetoj. Ĉu la vivo ne estas stranga?

10. 아주 힘 센 사람

요하노는 아주 힘이 센 남자입니다. 그 키 크고 덩치 큰 남자는 열심히 일하는 걸 좋아합니다. 매우 큰 힘, 엄청난 힘을 가졌다고 말할 수 있으며, 큰 힘으로 무언가를 하지 않으면 자신을 좋아하지 않습니다. 그래서 대도시에서 열심히 일합니다. 매일 자신이 매우 좋아하는 직장에 가서 그곳에서 열심히 일합니다.

요하노는 삶을 좋아하고 싶어 합니다. 여러모로 이미 마음에 들었다고 할 수 있지만…

만약 요하노에게 이상한 질병이 없다면 인생은 정말 멋질 것입니다. 요하노는 머리가 아프고 그것은 나쁜 일입니다. 내가 무슨 말을 하는지 궁금하지 않나요? 글쎄, 이것은 요하노의 질병입니다. 요하노는 두려워하고 매우 두려워하며 작은 것을 두려워합니다.

요하노가 도시를 걷고 있을 때 가장 평범하게 작은 남자가 자신에게 다가와서 무엇인가를 물어보면 심장은 빠르게 뛰고 창백해지고 기분이 나빠지며 큰 두려움에 사로잡힙니다. 요하노는 평소 여자를 좋아하지만, 여자가 너무 작고 약해 보이면 그 여자를 두려워하는 경향이 있습니다. 상상할 수 있나요? 요하노는 작은 도시에는 절대 가지 않습니다. 이곳저곳 빠르게 이동하는 사람이 많은 대도시에서만 기분이 좋아지기 때문입니다. 그리고 작은 컵에 커피를 담아내면 머리가 어질어질해지고, 마음이 불편해지고, 얼굴이 창백해지고, 지금 있는 곳에서 뛰쳐나오고 싶은 엄청나게 강한 충동을 이겨내야 합니다.

이상하지 않나요? 왜 그런지 아시나요? 나는 요하노의 친구와 그것에 대해 이야기했습니다. 그 사람은 요하노가 실제로 자신의 과도한 힘에 대해 매우 민감하다고 말했습니다. 요하노는 자신에 대해 자신감이 없습니다. 자신을 신뢰할 수 없다고 생각합니다. 어린 소년 시절에 학교에 갔을 때 요하노는 이미 비정상적으로 강했습니다. 요하노는 우월감을 느끼기 위해 어린아이들을 때렸습니다. 다음과 같이 선언할 수 있는 것을 좋아했습니다. "나는 매우 강하다. 나는 가장 강하다. 나는 학교에서 가장 강한 사람이다. 나는 도시 전체에서 가장 강하다." 그리고 자신과 다른 사람들에게 자신이 얼마나 강한지 보여주기 위해, 그들이 쓰러져 "살려줘!" 하고 간청할 때까지 요하노는 그들을 때리고, 때리고, 때리기 시작했습니다. 그때 자신이 중요하고 위대하며 전능하다고 느꼈습니다.

어느 날, 요하노는 어린 소년을 너무 무자비하게 때려서 치료가 불가능했습니다. 그 어린 소년은 남은 생애 동안 불구로 지내야 합니다. 그날부터 요하노는 자신의 힘이 두려웠습니다. 오작동할 수 있습니다. 비정상적으로 작동할 수 있습니다. 작은 남자들은 요하노에게 무서움을 줄만한 가치가 있었습니다. 가장 작은 것들과 마찬가지로 같았습니다. 인생이 이상하지 않나요?

11. Malkontentas la mekanikisto

Mi miras, ke li ne dankis min. Estis tamen granda servo, kiun mi faris al li. Mi helpis, ĉu ne? Mi nenion misfaris, mi nenion fuŝis, mi nenion malbonigis. Nur okazis tio, ke mi malsukcesis.

Kion vi volas? Mi ne povas fari mirindaĵojn. Mi estas homo, sinjoro, simpla homo, kiu perlaboras la vivon[12] laborante per siaj manoj. Kaj per sia kapo. Jes, la kapo, ĉar oni devas kompreni, kio misfunkcias. Nu, mi komprenis. Li tute fuŝis sian motoron. Ne mirige, kun tia maniero ekrapidi, kaj subite ekmalrapidi, kaj ree eĉ pli subite rerapidi. Tiuj motoroj estas malfortaj.

Li do ne diru, ke mi ne helpis, ĉar mi helpis. Aŭ almenaŭ mi provis. Se motoro estas tute fuŝita, ĝi ne estas riparebla tujtuj. Ĉiam la sama afero: ili ne povas atendi. Sed li ne diris eĉ etan, eĉ apenaŭ aŭdeblan «dankon!». Li eĉ ne danketis. Senkora homo! Vere ne helpinda.

---

12) Perlabori la vivon: ekhavi, per sia laboro, tion, kion oni devas havi por vivi.

Kion ajn oni faras, li ne dankas. Eĉ misparolante, eĉ fuŝe, li povus esprimi sian dankon, eĉ per la mano, eĉ per la kapo. Kiel ajn li volas. Per la piedoj eĉ, se li preferas. Aŭ per la haroj. Kiel ajn li deziras. Nur li danku.

Konsentite, la afero ne estas finita, la servo ne estas finfarita. Sed la mesaĝo estas dirita: «Vi fuŝis vian aŭton, sinjoro, mi faros tion, kio eblas, ne pli, ĉar mi estas nur homo».

Mi ne speciale volas, ke li longe paroladu. Mi ne deziras, ke li dankadu min dum tagoj kaj tagoj, ke li esprimadu siajn dankojn ĉiam kaj ĉiam, ĝis mia vivo estos finita. Nur kelkaj dankvortoj, kaj mi estus kontenta. Tamen ne estas malfacile. Ekzistas homoj, kiuj dankegas vin, ĉar tute malgranda servo estas al ili farita. Eta helpo, kaj jen venas longa danka deklarado. Kvazaŭ dank' al vi[13] ili vivus plu, eĉ se vi faris nenion, aŭ almenaŭ nenion gravan.

Sed tiu ĉi simple ne dankis. Eĉ ne unu vorto. Mi ne havis la tempon rigardi, kio okazas al li, jam la pordo estis fermita, jam li estis for. Tiel foriri sendanke… ĉu vi imagas? Mi ne ŝatas tian manieron agi. Kvazaŭ la aliaj ne ekzistus, kvazaŭ ni ne indus kelkajn vortojn de danko. Vere, li estas

13) Dank' al vi, danke al vi : pro via dankinda helpo.

malbonmaniera homo.

Lia motoro estas fuŝita. Kion li faris per tiu aŭto, mi iom povas imagi. Tute ne estas nature, ke la motoro tiamaniere fuŝiĝis, se li agis normale. Ofte oni sin demandas, kion la homoj faras per siaj veturiloj. Nu, mi faris, kion mi povis. Mi longe rigardadis la motoron, provis ĉu tion, ĉu tion ĉi, ĉu tion alian, rebonigis kelkajn aferetojn, kiuj misfunkciis, remetis unu novan pecon. La tutan farindan laboron mi faris.

Sed superhomaĵojn mi ne povas fari. Se li fuŝis sian motoron tiel grave, kion mi faru? Ĉiam estas la sama afero. Ili aŭtas kiel malsaĝuloj, kvazaŭ ili tute perdis la kapon[14], jes kiel senkapaj knabegoj ili irigas sian veturilon, kaj poste ili miras, ke post kelkaj tagoj ĝi ankoraŭ ne estas riparita.

Tiuj motoroj ne estas tre serioze faritaj. Almenaŭ oni estu afabla kun ili. Se ne, ili facile fuŝiĝas.

Nu, se mi devas remeti tutan novan motoron, ne mirinde, ke li kelktage atendu. Mi parolis tute afable al li, ne eldiris eĉ plej etan malbelan vorton, kaj tamen mi povus, se konsideri tian nekredeblan manieron fuŝi belan novan veturileton.

14) Perdi la kapon: ekmispensi, ekpensi fuŝe, perdi la povon ĝuste pensi.

Ne mi faris, ke lia aŭto ne plu funkcias. Sed mi laboris super ĝi, restis longan tempon en la laborejo ĉe tiu fuŝita motoro. Sed ĉar la aŭto ne estas jam plene riparita, tiu sinjoro senigas min de la simpla, unuvorta danko, kiun mi devus aŭdi.

Por tiaj homoj ni laboras! La vivo vere ne estas facila. Kontentigi la homojn niaepoke ne plu eblas. Mi tion diras al vi, sinjoro, ĉar almenaŭ vi ŝajnas komprenema. Tia agmaniero tute senigas min de la emo labori.

11. 정비사는 불만족스러워요

나는 그 사람이 내게 감사하지 않아 놀랐습니다. 내가 그 사람에게 한 것은 훌륭한 조치였습니다. 내가 도왔어요, 그렇죠? 나는 아무 잘못도 하지 않았고, 아무것도 망치지도 않았고, 나쁜 짓도 하지 않았습니다. 오직 내가 성공하지 못한 일이 일어난 것뿐입니다.

당신은 무엇을 원합니까? 나는 기적을 행할 수 없습니다. 선생님, 저는 손으로 일하여 생계를 유지하는 보통 사람입니다. 그리고 제 머리로. 예, 머리입니다. 무엇이 잘못되고 있는지 이해해야 하기 때문입니다. 글쎄요, 이해했어요. 그 사람은 엔진을 완전히 망쳤습니다. 급가속 했다가 급감속 하다가 다시 더 급가속 하는 이런 방식으로는 당연한 일입니다. 그 엔진은 약하거든요.

그러니 내가 도움을 주지 않았다고 말하지 마세요. 도움을 줬기 때문이죠. 아니면 적어도 하려고 했습니다. 엔진이 완전히 망가지면 즉시 수리할 수 없습니다. 항상 같은 일이지만 그들은 기다릴 수 없습니다. 그러나 그 사람은 작게 거의 들리지 않게라도 "고마워요!" 라는 말도 하지 않았습니다. 조금이라도 고맙다고 하지 않았습니다. 무심한 사람! 정말로 도움을 줄 가치가 없습니다.

사람들이 무엇을 하든 그 사람은 감사하지 않습니다. 말투가 틀리더라도, 엉성하더라도 손으로, 머리로 감사를 표현할 수 있을 겁니다. 자신이 원하는 방식대로요. 원할 경우 발로도 됩니다. 아니면 머리카락으로. 원하는 어떤 식으로든. 그 사람만이 감사해야 합니다.

문제는 끝나지 않았고 조치도 끝나지 않았다는 것은 동의합니다. 그러나 메시지는 다음과 같습니다. “당신은 차를 망쳤습니다. 저는 가능한 일을 할 것입니다. 더 이상은 아닙니다. 왜냐하면 저는 단지 인간이기 때문입니다.”

나는 그 사람이 길게 이야기하는 것을 특별히 원하지 않습니다. 나는 그 사람이 내 인생이 끝날 때까지 며칠 동안 나에게 감사하고 영원히 감사를 표현하는 것을 원치 않습니다. 몇 마디 감사 인사만 하면 만족할 것 같아요. 그리 어렵지는 않습니다. 아주 작은 협조에도 크게 감사하다고 하는 사람들이 있거든요. 약간의 도움에, 긴 감사의 말씀이 오기도 합니다. 당신이 아무것도 하지 않았거나 적어도 중요한 일을 하지 않았더라도 마치 당신 덕분에 그들은 계속 살아갈 것입니다.

하지만 이 사람은 고맙다는 말을 하지 않았습니다. 한 마디도 없습니다. 나는 그 사람에게 무슨 일이 일어나고 있는지 볼 시간이 없었고 문은 이미 닫혀 있었고 그 사람은 이미 사라졌습니다. 이렇게 감사도 없이 떠나다니…. 상상이 가시나요? 나는 그런 식으로 행동하는 것을 좋아하지 않습니다. 마치 다른 사람들은 존재하지 않는 것처럼, 우리는 몇 마디 감사의 말도 받을 자격이 없는 것처럼. 사실 그 사람은 예의가 없는 사람이에요.

그 사람의 엔진이 엉망이 됐어요. 그 사람이 그 차로 무엇을 했는지 짐작이 가네요. 정상적으로 작동하고 있던 엔진이 이런 식으로 잘못 작동하는 것은 전혀 자연스러운 일이 아닙니다. 사람들은 종종 자신의 차량으로 무엇을 하는지 궁금해 합니다. 글쎄요, 저는 제가 할 수 있는 일을 했습니다. 오랫동안 엔진을 살펴보고, 이것저것 시도해 보고, 잘못된 몇 가지를 고치고, 새 부품을 다시 장착했습니다. 해야 할 일을 모두 했습니다.

하지만 초인적인 일을 할 수는 없어요. 그 사람이 엔진을 그렇게 심하게 망가뜨렸다면 어떻게 해야 합니까? 항상 같은 것입니다. 그들은 마치 머리가 완전히 빠진 것처럼 바보처럼 운전합니다. 그렇습니다. 머리 없는 어린 소년처럼 그들은 차를 운전합니다. 그러다가 며칠이 지나도 차가 여전히 수리되지 않은 것을 보고 놀랐습니다.

그 엔진은 그다지 튼튼하게 만들어지지 않았습니다. 적어도 그것들을 살살 다뤄주세요. 그렇지 않으면 쉽게 엉망이 됩니다.

글쎄, 내가 완전히 새로운 엔진을 다시 장착해야 한다면 그 사람이 며칠을 기다려야 하는 것도 당연합니다. 나는 그 사람에게 아주 친절하게 말했고, 조금도 불친절한 말을 하지 않았지만, 멋진 새 작은 차를 그토록 믿을 수 없을 만큼 망칠 수 있다는 점을 고려하면 그렇게 할 수 있었습니다.

나는 그 사람의 차를 멈추게 하지 않았습니다. 하지만

나는 그 일을 하고, 그 망가진 엔진 작업장에 오랫동안 머물렀어요. 하지만 차가 아직 완전히 수리되지 않았기 때문에 그 신사는 내가 들어야 할 간단한 한 마디의 감사 인사조차 나에게서 빼앗았습니다.

우리는 그런 사람들을 위해 일합니다! 인생은 정말 쉽지 않습니다. 우리 시대의 사람들을 만족시키는 것은 더 이상 불가능합니다. 적어도 당신은 이해하고 있는 것 같기 때문에 이렇게 말씀드립니다. 이런 식으로 행동하면 일하려는 욕구가 완전히 사라집니다.

12. Jen vi ree trinkas!

Sufiĉas! Nekredeble! Jam denove vi ektrinkas! Ne, amiketo, vi jam trinkis sufiĉe. Tro estas tro. Kial vi ĉiam devas troigi? La kuracisto diris: «Ne permesu, ke li ricevu tiom da glasoj. Unu jam estas multe por li. Aŭ ĉu vi volas, ke li fariĝu tute malsana? Se li plu soifas, akvon li trinku. Akvo estas bonega por la sano.»

Kaj jen vi denove aĉetis brandon! Kion vi diris? Vi soifas, ĉu? Ho jes, vi soifas. Via soifo estas senfina. Via soifo estas ĉiama.

Vere mi ne komprenas vin. Vi ne plu estas knabeto. Vi eĉ ne plu estas knabego. Vi estas viro, alta, forta, granda viro.

Se almenaŭ vi ricevus plezuron el via trinkado! Sed pripensu iomete. Ĉu brando plezurigas vin? Eĉ ne. Fakte, ĝi eĉ ne sensoifigas vin. Vi tion diris al mi, ĉu ne? Laŭ vi mem, ĝi ne forsvenigas vian soifegon. Laŭ viaj diroj, tiel estas: post kiam vi trinkis glason, vi deziras denove trinki, vi tuj resentas la deziregon brandi.

Viaj malsaĝaj diroj dolorigas al mi la koron. Kiam vi diras, ke ĉar vi estas tre grandkorpa, via brandotrinkego ne faras malbonon, kiel mi povus kredi vin? Mi havas okulojn kaj vidas. Kiam vi diras, ke korpa laborado tuj eligas el vi la troon da brando, ke laborante kun plena forto vi tuj elkorpigas la malsanigajn substancojn, permesu al mi esprimi mian plenan malkonsenton.

Jes ja, vi estas granda, eĉ grandega. Jes ja, via korpo estas alta kaj larĝa. Vi estas forta kaj dika. Pli ol sufiĉe dika, verdire. Mi eĉ diru simple: tro dika, multe tro dika, ĉar la brando dikigas vin sen vin serioze fortigi.

Kiam mi ekvidis vin la unuan tagon — ĉu vi memoras? — mi vin ekamis, ĝuste ĉar vi aspektis tiel bele. Fortegulo vi estis tiutempe. Jen bela viro, mi diris al mi, larĝa kaj forta. Tiutempe vi ne estis dika. Sed vi havis fortan korpon, belan vizaĝon, kun amika, plezuriga esprimo, kaj mi enamiĝis tuj. Mi ne imagis tiuepoke, ke vi fuŝos ĉion ĉi per brandemo, ke vi fuŝos vin mem, ke vi fuŝos nian kunan vivon, manke de volo. Mi ne imagis, ke vivi apud vi estos ĉiama doloro, ke mi vivos, ne apud fortulo, kiu helpos min, sed apud senvolulo, kiu fuŝos mian vivon.

Ho! Mi konas viajn ĉiamajn rediraĵojn! Laŭ via opinio, mi estas senkora. Laŭ via sento, mi estas nekomprenema. Laŭ viaj paroloj, mi estas aŭtoritatema. Mi ŝatas Povon, laŭ vi. Mi deziras esti supera al vi, laŭ via pensmaniero, kaj mi volas ĉiam diradi al vi, kion vi faru. Tiel vi sentas nian rilaton, ĉu ne? Laŭ vi, mia sola deziro en la vivo estas superforti vin.

Ne, amiketo; tiel ne estas. Mi tiom ŝatis, kiam mi sentis vin supera al mi. Ĝuste tio igis min vin ami: via maniero ĉiam superi la malfacilaĵojn de la vivo. Kio ajn okazis, la ĝusta decido estis klara por vi. Kio ajn okazis, vi ĉiam estis la plej forta, la plej saĝa, la plej supera.

Kvankam ni travivis malfacilajn tagojn — ĉu vi memoras? — en la unua tempo de nia kunvivado, tamen ĉiam vi sukcesis elturni vin. Kiom ŝatinda estis la vivo apud vi tiuepoke! Kiom plezuriga!

Ŝajnis, ke vi havas povon super la okazaĵoj, super la vivo. Povon vi havis, ĉar vi havis volon. Sed kio restas el via volo nun? Kio postrestas el via volforto, el via povo voli, kaj per tiu simpla volo aliigi la tutan vivon? Kie ĝi postrestis? Kien ĝi forsvenis? Kio okazis al ĝi? Kion vi faris el ĝi? Vi iras aĉeti brandon. Vi sidas apud glaso da brando. Vi rigardas ĝin. Vi rigardadas ĝin. Vi rigardegas ĝin. Kaj vi ne plu povas malkonsenti. Vi ne plu trovas en vi la volon kapnei[15] al ĝi. Kial vi fuŝis nian vivon, kara? Kara, kara mia, eta mia karulo, koro mia, vivo mia, kial vi fuŝis ĉion inter ni?

Kial vi permesis al tiu brando ricevi la Povon? Ĝi estas nia superulo nun! Decidas ĝi, kion ni faru. Kaj ni povas nur sekvi ĝian volon. Vi aĉetas ĝin, kaj tiu aĉetaĵo direktas la vivon ĉi tie. Aĉetadi brandon denove kaj denove, dum la akvo estas tiel bona ĉe ni, kia malsaĝa maniero vivi!

Mi scias, ke vi ektrinkis brandon, kiam okazis tiuj timigaj malfacilaĵoj ĉe via laboro. Ne estis facile por vi. Ne estis klare, kion fari. Viaj labordonantoj ne volis, ke vi malkaŝe diru la veron. Ili timegis, ke la homoj ekstere scios la veron, ke oni klarigos al la tuta urbo, kion ili faris, ke la tuta urbo parolos pri ilia misfaro, pri tiu gravega fuŝo, pri tiu gravega misdirektado de la aferoj. Kaj ili elsendis vin for. Ili forsendis vin eksteren, timante, ke la polico intervenos.

Forsendita! Senoficigita! Kaj sen eblo respondi, sen eblo rebati, sen eblo pravigi vin, klarigi, kion vi

15) Kapnei (kap-ne-i): diri «ne» per la kapo; montri per la kapo, ke oni malkonsentas.

faris, kaj kial. Vi retrovis vin senlabora. Esti senlaborulo nuntempe ne estas facila vivo. Neniam estis, cetere. Vivo de senlaborulo ne estas facile akceptebla. Brando akceptigis ĝin pli facile al vi, ĉu ne? Aŭ almenaŭ tion vi imagis. Kun kiom da malpravo!

Ĉar kvankam vi aĉetis pli kaj pli da brando, via vivo ne faciliĝis. Male. Estas pli malfacile trovi laboron, kiam oni montriĝas brandoplena. Kaj kvankam mi amis vin, kaj komprenis vian zorgadon, mi ne povis akcepti tion. Ĉiaokaze ne la fakton, ke vi iris ĉiam denove aĉeti brandon, kaj ke nia aĉetpovo pli kaj pli mallarĝiĝis.

Kvankam vi ne trinkis tro multe en la unuaj tagoj, tamen mi ne akceptis. Mi timis, ke post la epoko kun unu duonglaso vespere venos epoko kun duonglaso posttagmeze, kaj poste epoko kun plenaj glasoj dumtage kaj ĉe noktiĝo, kaj tiel plu, kaj tiel plu.

Kaj evidentiĝis finfine, ke mi pravis, ĉu ne?

Kvankam mi konsentas, ke mi eble ne sufiĉe komprenis viajn zorgojn de senlaborulo, tamen, ĉu oni povas diri, ke se mi agus alimaniere rilate al vi, vi ne trinkus tiun diablan brandon? Kvankam eble estas iom da vero en tio, tamen tiu pensmaniero ŝajnas al mi neĝusta. Kiom ofte mi pensis: «Jen estas la fina glaso. Post ĉi tiu li ne plu trinkos brandon!» Sed tiom ofte la faktoj montris min malprava.

Kaj nun, kion fari? Ĉu vi povus tion diri al mi? Kiel eligi vin el tiu diabla emo? Kiel resanigi vin, kaj samokaze rebonigi nian kompatindan, fuŝitan kunekziston?

Se vi scius, kiom mi malamas tiun brandon! Kara, kara, se almenaŭ vi komprenus min! Mi vin amas. Mi vin amegas. Ankoraŭ plu. Eĉ se de tempo al tempo mi diras la malon, mia koro ankoraŭ batas amege por vi.

Sed kiom ĝi doloras! Kiom doloras vidi vin fordoni vian vivon al brando! Karulo! Karulo mia! Ĉu vere vi ne povas forigi el vi tiun diablan emon? Ĉu vi ne povus reekprovi, eĉ se nur kompate al mi?

Ekzistas malsanulejoj, kie oni kuracas brandemon, mi aŭdis. Oni tie akceptus vin. Mi petegas vin, konsentu iri al tia malsanulejo! Mi faros ion ajn, por ke vi akceptu tiun ideon. Mi laboros ankoraŭ pli multe ol nun, se ne estos eble alimaniere.

Aŭ almenaŭ konsentu, ke venu vin kuraci faka kuracisto. Ekzistas kuracistoj, kiuj specialiĝis pri brandotrinkemo, oni diris al mi. Eble se ni rigardos la aferon malsano, eble estos por vi pli facile seniĝi de ĝi. Akceptu. Mi petegas vin, karulo, akceptu almenaŭ diskuti kun fakulo. Vi ne imagas, kian plezuregon tio donus al mi. Kaj kiel kontentega vi mem sentus vin! Vi sentus, ke vi refariĝas viro. Vi sentus reviviĝon, reviriĝon, refortiĝon. Vi refariĝus la fortega bonulo, kiu tiel ame iun belan tagon ekrilatis kun mi.

Vi tion faros, ĉu ne? Jes, mi vidas en viaj okuloj, ke vi pli kaj pli konsentas. Mi vokos la kuracan fakulon. Li venos kaj resanigos vin. Kaj vi refariĝos vera viro. Kaj ni reamos ege ege bele unu la alian.

12. 여기서 또 술을 마시네요!

충분해요! 믿을 수 없군요! 당신은 또 술을 마시는군요! 아니, 마음 약한 친구여, 당신은 이제 충분히 마셨어요. 너무 많으면 과하거든요. 왜 항상 과해야만 하나요? 의사는 이렇게 말했어요. "그렇게 여러 잔 마시도록 허락해서는 안 됩니다. 한 잔도 이미 많거든요. 아니면 완전히 아프기를 원하나요? 여전히 목마르면 물을 마시게 하세요. 물은 건강에 좋습니다."

그런데 당신은 여기에서 다시 술을 사는군요! 뭐라고 했지요? 목마르군요. 그렇죠? 아, 그래요, 당신은 목마르지요. 당신의 갈증은 끝이 없어요. 당신의 갈증은 영원해요.

나는 정말로 당신을 이해하지 못해요. 당신은 더 이상 어린 소년이 아니에요. 더 이상 큰 소년도 아니거든요. 남자로서 키가 크고 힘이 세고 덩치도 큰 어른이에요.

술을 마시면서 즐거움을 얻을 수만 있다면! 하지만 조금 생각해 봐요. 술이 마음에 드나요? 아니잖아요. 사실 갈증도 해소되지 않아요. 당신이 나한테 그렇게 말했잖아요, 그렇죠? 당신에 따르면 그것은 타는 갈증을 해소하지 않아요. 당신 말에 따르면, 한 잔을 마신 후 다시 마시고 싶고 즉시 술에 대한 욕망을 다시 느끼잖아요.

당신의 어리석은 말이 내 마음을 아프게 하는군요. 당신은 몸집이 너무 커서 음주가 아무 해가 없다고 하는데, 내가 어떻게 당신을 믿을 수 있겠어요? 나는 눈이 있어 보거든요. 육체적 노동을 하면 과도한 술기운이 즉각적으로 배출되고, 온 힘을 다해 일하면 건강에 해로운 물질이 즉시 배출된다고 당신이 말한다면 나는 완전히 동의하지 않는다고 표현함을 양해해 주세요.

그래요. 당신은 크고 심지어 거대해요. 그래요, 정말 키가 크고 덩치가 커요. 당신은 힘이 세고 뚱뚱해요. 솔직히 말해서 충분히 뚱뚱 이상이에요. 간단히 말해서, 너무 뚱뚱해요, 너무 심하게 뚱뚱하거든요. 왜냐하면 술은 당신을 진짜 건강하게 만들지 않으면서 뚱뚱하게 만들기 때문이에요.

내가 당신을 처음 봤을 때 - 기억하나요? - 나는 당신이 너무 잘 생겨서 당신과 사랑에 빠졌거든요. 당신은 그때 힘이 센 남자였어요. 이 사람은 잘 생긴 남자이고, 떡 벌어지고 힘이 세다고 나는 혼잣말했지요. 그땐 뚱뚱하지 않았거든요. 반대로 당신은 탄탄한 몸매와 잘 생긴 얼굴, 다정하고 유쾌한 표정을 하고 있어서 나는 단번에 반해버렸어요. 그 당시 나는 당신이 의지 부족으로 인해 술로 모든 것을 망칠 것이라고, 당신 자신을 망칠 것이라고, 우리 공동의 삶을 망칠 것이라고는 상상하지 못했어요. 당신 옆에 사는 것이 끊임없는 고통이 될 것이라고, 힘이 세서 나를 도와 줄 사람 옆이 아니라 의지력이 없어 내 인생을 망칠 사람 옆에서 살게 될 것이라고 상상하지 못했어요.

오! 나는 당신의 끊임없는 반박을 알고 있습니다. 당신 생각에 나는 무정합니다. 당신의 느낌에 따르면 나는 이해할 줄 모릅니다. 당신의 말에 따르면 나는 권위주의자입니다. 당신 말에 따르면 나는 힘을 좋아해요. 당신의 사고방식에 따르면 나는 당신보다 우월해지고 싶고, 항상 당신에게 당신이 무엇을 해야 할지 말해 주고 싶어 합니다. 우리 관계에 대해 당신도 그렇게 생각하죠, 그렇죠? 당신 말에 따르면 내 인생의 유일한 소망은 당신을 압도하는 것입니다.

아니, 소심한 친구여. 그렇지 않습니다. 당신이 나보다 우월하다고 느낄 때 나는 그것을 너무 좋아했습니다. 항상 삶의 어려움을 극복하는 당신의 방식, 그것이 바로 내가 당신을 사랑하게 만든 이유입니다. 무슨 일이 일어났든, 올바른 결정이 당신에게는 분명했습니다. 무슨 일이 일어나든 당신은 언제나 가장 강하고, 가장 현명하고, 최고였습니다.

비록 힘든 나날을 보냈지만 - 기억하나요? - 우리가 처음 같이 살았을 때, 당신은 항상 외면했지요. 그 당시 당신과 함께한 삶은 얼마나 아름다웠습니까! 정말 즐거웠어요!

당신은 사건을 초월하는, 삶을 초월하는 힘을 가지고 있는 것 같았습니다. 당신에게는 의지가 있었기 때문에 힘이 있었습니다. 하지만 이제 당신의 의지에는 무엇이 남았나요? 당신의 의지력, 살려는 힘, 그리고 인생 전체를

변화시키려는 그 단순한 의지에서 남은 것은 무엇입니까? 어디가 뒤처졌나요? 어디로 갔나요? 무슨 일이 일어났나요? 당신은 그것을 어떻게 만들었나요? 당신은 술 사러 가는군요. 브랜디 한 잔을 옆에 두고 앉는군요. 그것을 바라보네요. 당신은 그것을 쭉 바라보네요. 당신은 그것을 힘껏 바라보네요. 그리고 당신은 더 이상 동의하지 않을 수 없습니다. 당신은 더 이상 그것에 고개를 가로로 흔들 의지를 스스로 발견하지 못합니다. 왜 우리 인생을 엉망으로 만들었나요? 사랑이여, 내 사랑이여, 작은 나의 동반자여, 내 마음이여, 내 삶이여, 왜 우리 사이의 모든 것을 엉망으로 만들었나요?

왜 그 술이 힘을 얻도록 허락했나요? 그것이 이제 우리 상사입니다! 우리가 하는 일을 그것이 결정합니다. 그리고 우리는 그 뜻을 따를 수밖에 없습니다. 당신이 그것을 사면, 그 구매가 이곳으로 삶을 이끌어 줍니다. 물이 우리에게 이렇게 좋은데 술을 계속해서 사다니, 얼마나 어리석게 사는 것인가!

당신이 직장에서 그런 무서운 어려움을 겪었을 때 술을 마시기 시작했다는 것을 나는 알고 있습니다. 당신에게는 쉽지 않았습니다. 무엇을 해야 할지 명확하지 않았습니다. 상사들은 당신이 공개적으로 진실을 말하는 것을 원하지 않았습니다. 그들은 밖에 있는 사람들이 진실을 알게 될까 봐, 그들이 한 일을 도시 전체에 설명할까 봐, 도시 전체가 그들의 실수, 매우 심각한 잘못, 매우 심각한 잘못된 방향에 대해 이야기할까 두려웠습니다. 그리고 그들은 당신을 멀리 보냈습니다. 그들은 경찰이 개입할 것을 두려워하여 당신을 밖으로 내보냈습니다.

쫓겨났습니다! 해고되었습니다! 그리고 대답할 기회도 없고, 반박할 기회도 없고, 자신을 정당화하거나, 자신이 한 일과 이유를 설명할 기회도 없었습니다. 당신은 실업자가 되었습니다. 요즘 실업자는 쉬운 삶이 아닙니다. 게다가, 그런 적이 없었습니다. 실업자의 삶은 받아들이기 쉽지 않습니다. 술이 당신을 더 쉽게 만들어줬죠, 그렇죠? 아니면 적어도 당신이 상상했던 것입니다. 얼마나 잘못인가요?

왜냐하면 당신이 술을 점점 더 많이 샀음에도 불구하고 당신의 삶은 더 편해지지 않았기 때문입니다. 반대로 술을 잔뜩 마시고 나타나면 일자리를 찾는 것이 더 어렵습니다. 그리고 나는 당신을 사랑하고 당신의 걱정을 이해하면서도 그것을 받아들일 수 없었습니다. 그럼에도 불구하고, 당신이 술을 계속 사러 가고 우리의 구매력이 점점 더 낮아진 건 사실이 아닙니다.

처음 며칠 동안은 술을 너무 많이 마시지 않았지만 그래도 나는 받아들이지 않았습니다. 저녁에 반잔을 마시는 때가 지나면 오후에 반잔을 마시는 때, 낮과 해질녘에 한 잔을 가득 마시는 때 등등이 올까 봐 두려웠습니다.

그리고 결국 내가 옳았다는 것이 밝혀졌죠, 그렇죠?

실업자인 당신의 걱정을 충분히 이해하지 못했을 수도 있다는 점은 동의하지만, 그래도 내가 당신에게 다르게 행동했다면 당신은 그 악마 같은 술을 마시지 않았을 것이라고 말할 수 있습니까? 비록 그 말에 일리가 있을지라도, 그런 사고방식은 여전히 나에게 잘못된 것 같습니다. 나는 얼마나 자주 "이것이 마지막 잔이다. 그 후에는 더 이상 술을 마시지 않을 거다!" 생각했습니까? 그러나 사실은 내가 틀렸다는 것을 종종 입증했습니다.

이제 무엇을 해야 할까요? 그걸 나한테 말해줄래요? 그 마귀의 성품에서 어떻게 벗어날 건가요? 당신을 어떻게 치유하고 동시에 불쌍하고 엉망인 우리의 삶을 어떻게 회복할까요?

내가 그 술을 얼마나 싫어하는지 당신이 아신다면! 여보, 내 사랑이여! 당신이 나를 이해할 수만 있다면! 사랑해요. 더 많이 사랑해요. 아직도 더. 가끔 반대로 말하더라도 내 심장은 여전히 당신을 위해 아주 사랑스럽게 뛰고 있습니다.

하지만 얼마나 가슴이 아픈지! 당신이 술에 당신의 삶을 포기하는 것을 볼 때 얼마나 고통스러운 일입니까! 여보! 내 사랑이여! 정말 그 마귀적인 성향을 없앨 수는 없나요? 나를 불쌍히 여겨 다시 시도해 볼 수는 없나요?

음주를 치료하는 병원이 있다고 들었습니다. 당신을 거기에 등록할 것입니다. 그런 병원에 가는데 동의해주길 간절히 부탁합니다! 나는 당신이 그 생각을 받아들이도록 하기 위해 무엇이든 할 것입니다. 다른 방법으로 불가능하다면 지금보다 더 열심히 일하겠습니다.

아니면 적어도 전문의가 와서 치료하는 데 동의하십시오. 음주경향을 전문적으로 다루는 의사도 있다고 들었습니다. 아마도 그것을 질병이라고 바라본다면 없애는 것이 더 쉬울 수도 있습니다. 받아들이세요. 적어도 전문가와 논의하는 데 동의해 주시기를 간절히 바랍니다. 그것이 나에게 얼마나 큰 즐거움을 줄지 당신은 전혀 모릅니다. 그리고 당신 자신도 얼마나 큰 만족감을 느낄 것인지! 당신은 다시 남자가 된 듯 느낄 것입니다. 당신은 다시 살게 되고 다시 남자가 되고 다시 힘을 되찾을 것입니다. 당신은 어느 화창한 날 나와 그토록 사랑스럽게 관계를 시작한 아주 힘세고 좋은 남자로 돌아올 것입니다.

당신은 그렇게 할 것입니다, 그렇죠? 네, 당신의 눈에서 당신도 점점 더 동의하고 있는 것을 봅니다. 전문의를 부를게요. 그분이 오셔서 당신을 고쳐 주실 것입니다. 그리고 당신은 다시 진짜 남자가 될 것입니다. 그리고 우리는 서로를 아주 아주 멋지게 사랑할 것입니다.

13. Revenis amo, feliĉu ni!

Mi devas rakonti al vi. Mi estas tiel feliĉa! Mi retrovis ŝin! Mi revidis ŝin! Kiun? Karletan, kompreneble. Evidente mi parolas pri Karleta. Pri kiu mi parolus? Ĉu ekzistas alia virino en la mondo? Jes, mi revidis ŝin.

Ŝi sidis ĉe tablo en trinkejo, sola, antaŭ taso da kafo. Mi soifis, kaj eniris la trinkejon. Mi tuj rimarkis ŝin. Ŝi aspektis kiel persono, kiu atendas iun. Mi min demandis, ĉu mi iru al ŝi, ĉu mi iru sidi ĉe la apuda tablo, aŭ ĉu ĉe pli malproksima. Mi decidis iri iom pli malproksimen. Mi trovis bonan lokon, de kie mi povis facile observi ŝin.

Mi volis komence observi ŝian vizaĝon, provi ekscii, laŭ ŝia esprimo, ĉu ŝi feliĉas aŭ ne. Krome, mi deziris ne aliri ŝin tuj, ĉar ŝajnis al mi, ke estas pli saĝe lasi mian koron trankviliĝi antaŭ ol ekrilati kun ŝi.

Ĉu vi memoras tiun tagon, tiun dolorigan tagon, kiam ŝi forlasis min? Antaŭ longe tio okazis. Ŝi malkontentis pri mi, pri io, kion mi fuŝe faris. Kaj, malsaĝe, mi malkonsentis pardonpeti pri mia fuŝo.

Kiel malsaĝa mi estis! Ŝi pravis, kaj mi ne. Se tiuepoke mi sincere dirus: «Jes, mi mispaŝis. Bonvolu pardoni min. Mi estas fuŝulo. Mi riparos la aferon.», ŝi certe plu restus kun mi, ĉar ŝi trovis min plej aminda. Sed mi malsaĝe volis, ke ŝi konsideru min prava.

Ŝi tiam opiniis, ke vivo kun mi ne estos ebla, se mi devas senmanke senti min prava, eĉ kiam mi fuŝe agis kaj estas evidente malprava. Jes, tiam ŝi foriris, lasante min sola, malĝojige sola. Mi sentis min forgesita, forlasita.

Kiom mi bedaŭris mian malsaĝan reagon! Sed mia bedaŭro ne helpis. Simpla bedaŭro neniam helpas, ĉu?

La vivo iĝis seninteresa por mi. Mi laboris laŭkutime. La ekzisto estis daŭro, ne vivo. Mi eĉ min demandis, ĉu estas iu ajn intereso en daŭrigo de tiu vivo. Se vivo estas senĝoja, senplezura, kial daŭrigi ĝin? La ideo min mortigi envenis en mian kapon, kaj restadis en ĝi dum kelka tempo. Mi hezitis: ĉu plu vivi, aŭ ĉu morti tuj? Kio estas preferinda, kiam la vivo perdis ĉian intereson?

Se paroli sincere, mi diru, ke mi timas la morton. Nur ĉar mi ĝin timas, mi forlasis la ideon min mortigi. Mi do daŭrigis mian malfeliĉan ekziston.

Kaj jen Karleta trovis alian viron, kaj enamiĝis al

li. Mi konis lin. Li nomiĝas Jozefo. Malseriozulo. Fuŝulo. La ideo, ke ŝi emas kunvivi kun simila ulo, dum mi ekzistas, estis··· nu··· mi ne trovas vortojn por esprimi, kion mi sentis. Mi ne povis porti tiun pezon. Mia koro estis peza. Pli kaj pli peza.

Tamen, mia vivo··· ne, vivo ne estas ĝusta vorto, tiel vivi ne estas vivi, mi diru: mia ekzistado··· tamen, do, mia ekzistado estis seninteresa. Mi provis forgesi ŝin, sed ne povis. Amikoj proponis al mi promenojn, veturadojn, agadojn, teatrovidon, diskutojn, kuntrinkadon. Ili estis tre afablaj. Sed nenio interesis min.

Mi eĉ pensis pri tio, ĉu mi mortigu Jozefon. Mian morton mi timas — mi pensis — ne la morton de aliuloj! Ĉu vi trovas min timige malŝatinda? Pardonu, mi nur sinceras pli ol kutime. Jes, komence mi havis tiun ideon. Meti finon al[16] mia doloro mortigante mian malamikon.

Mi malamis lin. Kaj en malamo kuŝas nekredebla forto. Ĉu vi jam sentis tion? Eble vi neniam malamis. Videble, vi estas plej bonkora homo.

Mi tamen forlasis la ideon meti finon al la vivo de Jozefo (eble ĉar mi timas la policon!). Mi provis revidi Karletan, sed Jozefo forlasis la urbon, kaj Karleta sekvis lin for. Ŝi trovis alian laboron, ie, kaj

16) Meti finon al x: fari, ke x finiĝu; igi, ke x ne plu ekzistu.

mi plu restis same sola.

Komence mi pensis: «Ŝi ne rajtas fari tion al mi. Ŝi ne havas tiun rajton. Ŝi devas vivi kun akceptinda viro, saĝa, bonkora, juna. Unuvorte, kun viro kiel mi. Ne kun fuŝulo kiel Jozefo».

Sed poste mia pensmaniero aliiĝis. Kion similaj pensoj ja povus alporti al mi? Nenion helpan, nur bedaŭron. Fakte, mi ne pensis prave, ĉu? Ŝi ja rajtas fari el sia vivo, kion ŝi volas. Kaj mi ne havas rajton devigi ŝin min ami. Ŝi rajtas forlasi min, se mi agas malsaĝe. Neniam ni kunigis niajn vivojn antaŭ iu urba aŭ alia aŭtoritato. Mi do havis neniun rajton super ŝi. Tiuj kaj similaj konsideroj helpis min forlasi mian ne-sanan pensovojon, kaj aliri vojon pli bonan.

Mi atendis ion ajn, sed ne tiun trinkejan revidon. Kara Karleta! Dum ŝi sidis tie en la angulo, ŝi estis ankoraŭ pli bela, ol kiam mi komence konatiĝis kun ŝi. Sed ŝi aspektis malĝoje.

Okazis io eĉ pli neatendita ol la fakto, ke mi revidis ŝin: subite, ŝi turnis la okulojn al mi, min vidis, kaj ekstaris. Ŝi ekpaŝis en mia direkto, ne tre rapide, tiel ke mi havis sufiĉe da tempo por min demandi, kion ŝi diros.

Min tuŝis timo. Mi kvazaŭ antaŭsentis, ke doloriga bato falos sur min. Mi timis, ke ŝiaj unuaj vortoj estigos eksplodon de doloraj sentoj en mia kompatinda koro.

Sed tute male. Apenaŭ mi povis kredi miajn okulojn: jen ŝi sidis apud mi kaj ekparolis kun larĝa rideto. Ho, tiu rideto! Similan rideton mi neniam vidis. Neniam en mia vivo mi sentis min tiel kortuŝita. Tiu rideto estis mesaĝisto pri baldaŭaj feliĉoj.

«Kara Petro!» ŝi diris. «Kiel mi ĝojas vin revidi! Se vi scius, kiel feliĉa mi estas! Oni diris al mi, ke vi forlasis la urbon, kaj jen mi retrovas vin. Ĉu vi ankoraŭ min malamas?»

Imagu tion! Ŝi opiniis, ke mi malamas ŝin. Eble mi iomete ŝin malamis, kiam ŝi forlasis min, sed tame n··· Mi repensis pri miaj mortig-ideoj; ili koncernis min, kaj poste Jozefon, sed ŝin neniam.

«Mi neniam malamis vin», mi respondis, «nur Jozefon».

Kaj tiam ŝi rakontis pri Jozefo. Liaj proponoj tute ne estis seriozaj. Tuj kiam li alvenis en tiun alian urbon, li faris similajn proponojn al alia virino, kaj forlasis Karletan. Estis tre dolore al ŝi, ĉar ŝi imagis, ke li estos la viro en ŝia vivo. Sed iom post iom ŝi retrovis sian kortrankvilon. Pli kaj pli ŝi rememoris nian antaŭan amrilaton kiel vere feliĉigan.

Ŝi do deziris rerilati kun mi. Sed iu malsaĝulo

fuŝ-informis ŝin dirante, ke mi foriris, ke mi forlasis mian laboron, kaj trovis alian malproksime. Li intermiksis mian nomon kun tiu de aliulo, ĉar niaj nomoj intersimilas.

Mi klarigis al ŝi la vojon, kiun miaj pensoj kaj sentoj iris dum tiu longa tempo malproksime de ŝi. Krome, mi diris, kiom mi nun konscias mian malsaĝecon. Mi diris, kiom mi bedaŭras, ke mi lasis tro altan opinion pri mi mem fuŝi belegan amon.

Tiumomente ni komencis ridi unu kun la alia. Kiom ni ridis! Ni ne vere scias, kial. Nur, ĉar estis tiel bone retroviĝi kune, kaj rimarki, ke ni tuj povas tiel forte reami unu la alian.

Ni parolis pri ĉio kaj nenio, ĉiam ridante. Ni rakontis niajn vivojn unu al la alia. Ni estis ĝojaj, neimageble ĝojaj. Mi metis mian manon sur ŝian manon, proksimigis mian kapon al ŝia kapo. Niaj koroj batis aŭdeble, aŭ apenaŭ malpli ol aŭdeble. Ni sentis kuniĝon. Ni forlasis la kafejon, promenis en la urbo, ĉiam ride diskutante, ĉiam kun ĝojplenaj vizaĝoj. Ni iris al mia ĉambro. Ni···.

Nu, nu, nu, nu. Ĉu vi scias, kio estas feliĉo? Vere, amiko, se vi povus imagi···.

13. 사랑이 돌아왔으니 우리 행복합시다!

나는 당신에게 말해야합니다. 나는 그 정도로 행복해요! 나는 그 여자를 다시 찾았습니다! 나는 그 여자를 다시 보았습니다! 누구일까요? 물론 카를레타입니다. 분명히 나는 카를레타에 대해 이야기하고 있습니다. 누구에 대해 이야기할까요? 세상에 또 다른 여자가 있을까요? 네, 카를레타를 다시 봤어요.

카를레타는 커피숍 탁자에 혼자 앉아 커피 한 잔을 앞에 두고 있었습니다. 나는 목이 말라서 커피숍에 들어갔습니다. 나는 즉시 카를레타를 알아 차렸지요. 마치 누군가를 기다리는 사람처럼 보였습니다. 나는 카를레타에게 가야 할지, 근처 탁자에 가서 앉을지, 아니면 더 먼 탁자에 앉을지 자문했습니다. 나는 조금 더 멀리 가기로 마음먹었습니다. 나는 카를레타를 쉽게 관찰할 수 있는 좋은 장소를 찾았습니다.

나는 우선 얼굴을 관찰하고 표정을 통해 카를레타가 행복한지 아닌지 알아보고 싶었습니다. 더욱이 나는 즉시 접근하고 싶지 않았습니다. 왜냐하면 관계를 맺기 전에 내 마음을 진정시키는 것이 더 현명하다고 생각했기 때문입니다.

그 날, 그 괴로운 날, 카를레타가 나를 떠났던 날을 당신은 기억하나요? 그런 일은 오래 전에 일어났습니다. 카를레타는 나의 뭔가 잘못한 것에 대해 불만을 품고 있었습니다. 그리고 어리석게도 나는 내 실수에 대해 사과하기를 거부했습니다. 내가 얼마나 어리석었나! 카를레타는 옳았지만 나는 그렇지 않았습니다. 그때 내가 솔직하게 "그래, 내가 실수했어. 용서해줘. 내가 엉망으로 만들었어. 문제를 풀게." 라고 말했다면 카를레타는 내가 가장 사랑스럽다고 생각했기 때문에 반드시 나와 함께 있을 것입니다. 하지만 나는 어리석게도 카를레타가 나를 옳다고 여기기를 바랐습니다.

카를레타는 내가 나쁜 행동을 하고 명백히 잘못된 경우에도 내가 항상 옳다고 느껴야 한다면 나와 함께 사는 것은 불가능할 것이라고 생각했습니다. 그래요, 그리고 나를 홀로, 슬프게도 혼자 남겨두고 떠났습니다. 나는 잊혀지고, 버림받았다고 느꼈습니다.

나는 나의 어리석은 반응을 얼마나 후회했는가! 하지만 내 후회는 도움이 되지 않았습니다. 단순한 후회는 결코 도움이 되지 않습니다. 그렇죠?

인생은 나에게 흥미롭지 않게 되었습니다. 나는 평소처럼 일했습니다. 존재는 삶이 아니라 지속입니다. 나는 심지어 그 삶을 계속하는 데 관심이 있는지 궁금했습니다. 인생이 기쁘지도 즐겁지도 않다면 왜 계속 살아야 할까요? 자살하겠다는 생각이 머릿속에 들어와 한동안 맴돌았습니다. 계속 살아야 할까, 아니면 즉시 죽어야 할까? 하고 나는 망설였습니다. 삶이 모든 흥미를 잃었을 때 무엇이 더 바람직한가?

솔직히 말하면 죽음이 두렵습니다. 단지 그것이 두려워서 자살하려는 생각을 버렸습니다. 그래서 나는 불행한 삶을 계속했습니다.

그리고 여기서 카를레타는 다른 남자를 발견하고 사랑에 빠졌습니다. 나는 그 남자를 알고 있었습니다. 그 이름은 요셉입니다. 경솔한 사람. 실수투성이. 내가 있는 동안 카를레타가 비슷한 남자와 어울리고 싶다는 생각은… 뭐… 내가 무엇을 느꼈는지 표현할 말을 찾기는 어렵습니다. 나는 그 무게를 감당할 수 없었습니다. 마음이 무거웠습니다. 점점 더 무거워졌습니다.

그러나 내 삶은…. 아니, 삶은 올바른 말이 아닙니다. 이렇게 사는 것은 사는 것이 아닙니다. 내 존재는…. 하지만 그렇다면 내 존재는 흥미롭지 않다고 말하지요. 나는 카를레타를 잊으려고 했지만 불가능했습니다. 친구들은 나에게 산책, 드라이브, 활동, 극장 관람, 토론, 함께 술 마시기를 제안했습니다. 그들은 매우 친절했습니다. 그러나 나는 아무것도 흥미가 없었습니다.

요셉을 죽여야 하나 하는 생각까지 했습니다. 나는 다른 사람의 죽음이 아니라 나의 죽음을 두려워한다고 생각했습니다. 내가 무섭도록 호감이 가지 않는다고 생각하나요? 죄송해요. 평소보다 솔직한 것뿐이에요. 네, 처음에는 그런 생각이 있었어요. 내 적을 죽임으로써 내 고통을 끝내기.

나는 그 사람을 싫어했습니다. 그리고 증오에는 놀라운 힘이 있습니다. 아직 그런 걸 느껴본 적 있나요? 어쩌면 당신은 결코 미워하지 않았을 것입니다. 분명히 당신은 가장 친절한 사람입니다.

그러나 나는 요셉의 삶을 끝내겠다는 생각을 포기했습니다. (아마도 경찰이 두려워서였을 것입니다!) 나는 카를레타를 다시 만나려고 했지만 요셉은 마을을 떠났고 카를레타도 요셉을 따라갔습니다. 카를레타는 어딘가에서 다른 직업을 찾았고 나는 똑같이 혼자 남겨졌습니다.

처음에 나는 "카를레타는 나에게 이런 짓을 할 권리가 없다. 그럴 권리가 없다. 똑똑하고 친절하고 젊고 수용 가능한 남자와 함께 살아야 한다. 한마디로 나 같은 남자와. 요셉 같은 바보는 아니다."라고 생각했습니다.

그런데 생각이 바뀌었어요. 그런 생각이 나에게 무엇을 가져올 수 있습니까? 도움이 되지 않습니다. 죄송합니다. 사실 내가 옳다고 생각하진 않았지요? 카를레타는 자신의 삶에서 원하는 것을 할 권리가 있습니다. 그리고 나는 카를레타가 나를 사랑하도록 강요할 권리가 없습니다. 내가 어리석게 행동하면 카를레타는 나를 떠날 권리가 있습니다. 우리는 어떤 지방자치단체나 다른 당국 앞에서도 우리의 삶을 단결한 적이 없습니다. 그래서 나는 카를레타에 대한 권리가 없었습니다. 그러한 배려들은 내가 건강하지 못한 사고방식에서 벗어나 더 나은 방향으로 다가갈 수 있도록 도움을 주었습니다.

나는 무엇이든 기대했지만 그런 커피숍의 재회는 아니었습니다. 사랑하는 카를레타! 저쪽 구석에 앉아 있는 카를레타는 내가 처음 만났을 때보다 여전히 훨씬 더 아름다웠습니다. 하지만 카를레타는 슬퍼 보였습니다.

내가 카를레타를 다시 만났다는 사실보다 훨씬 더 예상치 못한 일이 일어났습니다. 즉 갑자기 카를레타가 나에게 눈을 돌리고 나를 보더니 일어섰습니다. 내 방향으로 그다지 빠르지 않게 걷기 시작했기 때문에 무슨 말을 내게 걸지 궁금해 할 시간이 충분했습니다.

나는 두려움에 감싸였습니다. 고통스러운 타격이 내게 닥칠 것이라는 예감이 들었습니다. 카를레타의 첫 말이 내 불쌍한 마음에 있는 괴로운 감정을 폭발시킬까 두려웠습니다. 그러나 정반대였습니다. 나는 내 눈을 거의 믿을 수 없었습니다. 여기 카를레타는 내 옆에 앉아 활짝 웃으며 이야기를 시작했습니다. 아, 그 미소! 나는 그런 미소를 본 적이 없습니다. 내 인생에서 이렇게 감동받은 적은 없었습니다. 그 미소는 곧 다가올 행복을 전하는 우편배달부였습니다.

“사랑하는 페트로! 당신을 다시 만나서 얼마나 기쁜지! 내가 얼마나 행복한지 당신이 안다면! 당신이 도시를 떠났다고 들었는데, 여기에서 당신을 다시 보네요. 아직도 나를 미워하나요?” 하고 카를레타가 말했습니다.

그것을 상상 해봐요! 카를레타는 내가 자신을 미워한다고 생각했습니다. 카를레타가 나를 떠났을 때 나는 카를레타를 조금 미워했을지 모르지만 그래도…. 나는 살인 계획을 다시 생각해 보았습니다. 그 계획은 나 그리고 나중에 요셉이었지만 카를레타는 전혀 해당이 없었습니다.

“나는 결코 당신을 미워한 적이 없어요.” 나는 “오직 요셉뿐”이라고 대답했습니다.

그리고 그때 카를레타는 요셉에 대해 말했습니다. 요셉의 제안은 전혀 진지하지 않았습니다. 요셉은 다른 도시에 도착하자마자 다른 여성과 비슷한 제안을 하고 카를레타를 떠났습니다. 카를레타는 그 사람이 자신의 인생에서 그 남자가 되리라고 상상했기 때문에 그것은 카를레타에게 매우 고통스러웠습니다. 그러나 점차 카를레타는 마음의 평화를 되찾았습니다. 점점 더 우리의 이전 사랑이 정말 행복했던 것으로 기억했습니다.

그래서 나와 다시 연결되기를 원했습니다. 그러나 어떤 바보는 내가 떠났다고, 직장을 그만두고 멀리 떨어진 다른 곳을 찾았다고 카를레타에게 잘못 알렸습니다. 그 사람은 우리 이름이 비슷하기 때문에 내 이름을 다른 사람의 이름과 혼동했습니다.

나는 카를레타와 떨어져 있었던 그 긴 시간동안 내 생각과 감정이 간 길을 설명했습니다. 게다가 나는 이제 내 어리석음을 얼마나 많이 깨닫고 있는지 말했습니다. 나는 내 자신에 대한 너무 높은 평가가 퍽이나 아름다운 사랑을 망쳐 놓게 되어서 얼마나 후회하는지 말했습니다.

그 순간 우리는 서로 웃기 시작했습니다. 우리가 얼마나 웃었는지! 우리는 그 이유를 정말로 모릅니다. 단지, 다시 함께 할 수 있어서 너무 좋았고, 우리가 즉시 서로 다시 그렇게 강하게 사랑할 수 있다는 것을 깨닫게 되었기 때문입니다.

우리는 항상 웃으며 모든 것과 아무것도 아닌 이야기를 했습니다. 우리는 서로의 삶을 이야기했습니다. 우리는 기뻤고, 상상할 수 없을 정도로 기뻤습니다. 나는 카를레타의 손에 내 손을 얹고 카를레타의 머리에 내 머리를 가까이 기댔습니다. 우리의 심장은 들릴 만큼 뛰거나 거의 들리지 않게 뛰었니다. 우리는 함께 있음을 느꼈습니다. 우리는 카페를 떠나 항상 웃으며 이야기하고 항상 기쁜 얼굴로 도시를 산책했습니다. 우리는 내 방으로 갔습니다. 우리….

글쎄요, 글쎄요, 글쎄요. 행복이 무엇인지 아나요? 정말로 친구여, 당신이 상상할 수 있다면….

14. a. Silentu, enaj voĉoj!

Mi kuŝis en la lito, en mia kara, bone varma lito. La suno jam estis iom alta kaj ĝia lumo bele plenigis la ĉambron. La apenaŭ fermita fenestro enlasis malvarmetan aeron. Mi pensis: nun estas tempo ellitiĝi. Sed mi sentis min tiel bone en la lito! «Ĉu vere», mi diris al mi, «Ĉu vere mi devas ellitiĝi tuj?» Ena voĉo respondis, tute mallaŭte: «Ne. Ĝoju pri la ŝatinda kuŝa pozicio, pri la feliĉiga enlita situacio, restu iom pli longe. Nenio ja urĝas».

Mi tre kontentis pri tiu senvoĉa voĉo, kiu tiel amike parolis al mi, en mi. Sed mi apenaŭ decidis fordoni min al la feliĉo sekvi la amindan proponon de tiu en-kora voĉeto, jen alia ena voĉo ekparolis en mia kapo, silente, kvankam kvazaŭ aŭdeble.

Ĝi diris: «Vi devas ellitiĝi. Vi ne rajtas agi malkuraĝe. Laboro atendas vin. Kaj vi ne povas fari ĝin enlite. Vi devas kuri el via domo al via oficejo. Kuraĝon, amiko, el la lito elmovu vin. Kaj vi sentos la feliĉon de la homo, kiu faris sian devon, kvankam liaj plej malaltaj emoj provis irigi lin al alia direkto, al la malsaĝa direkto de vivo tro facila, al la facila direkto de malkuraĝo».

Estis ĝene aŭdi du voĉojn. Kiam oni aŭdas du malsamajn voĉojn, kiuj diras malsamajn aferojn, eĉ se ne tre laŭte, ĉio intermiksiĝas, kaj ne estas facile sekvi la interparolon, ĉu?

Esperante eligi min el ilia interbatado, mi turnis min en la lito, kaj provis endormiĝi.

Sed la ĝena afero, koncerne provojn endormiĝi, estas, ke ili ne estas facilaj. Mi ne scias, ĉu mi estas normala, sed ĉe mi provado endormiĝi neniam sukcesas. Kiam mi enlitigas, nokte, mi endormiĝas, sed neniam ĉar mi provis. Nur ĉar mi enlitiĝis kaj estis laca, kaj pensis pri nenio plu. Mi devis fari nenion por dormi. Dormo venis mem.

Kiam mi provas kaj provadas, ripetante al mi: «Nun mi provu dormi, nun mi pensu pri nenio, nun mi dormu», mi restas maldorma la tutan tempon, kaj mi pli kaj pli sentas lacecon, sed bedaŭrinde ne dormigan lacecon.

Min do turninte kaj returninte kaj rereturninte en la lito, mi povis nur diri al mi, ke mi ne sukcesas trovi la deziratan dormemon. Kaj jen ena voĉeto denove alparolis min:

«Vi ne deziras dormi», ĝi diris — kaj ĝi sonis, kvazaŭ ĝi min malŝatus — «vi ne deziras dormi. Vi jam dormis sufiĉe. Vi tute ne estas laca. Vi nur deziras malkuraĝe resti en la lito por la plezuro senti, ke vi faras nenion, dum ekstere la plimulto el la homoj laboras kaj laciĝas laborante».

La voĉo pravis. Mi ne deziris dormi. Eble iom dormeti, jes ja, sed sufiĉe maldorme, se vi komprenas min, por senti la plezuron kuŝi en bona varma lito, en ĉambro sunluma, farante nenion, nur lasante la pensojn kaj imagaĵojn sekvi unu la alian, duone konscia, ke tio estas libereco.

«La grandeco de la homo kuŝas en libereco», mia patro kutimis diri.

Nu, mia patro estis bona homo. Lia bonkoreco estis konata kaj priparolata de la tuta urbeto, kie ni vivis dum mia infaneco. Kaj lia ĉiama praveco ne estis malpli konata. Mia patro ŝatis prikanti la bonecon de la homa libereco. Li instruis al ni ami liberecon.

Ĉion ĉi mi respondis al la ena voĉeto, kiu provis ellitigi min. «Dum mi kuŝas en la lito kaj nenion faras», mi diris al ĝi, «mi estas libera, kaj mia patro instruis al mi alt-konsideri liberecon».

Sed — la diablo eble scias kial, mi ne — tiu

voĉeto ne estis facile kontentigebla. «Vi vekiĝis antaŭ du horoj», ĝi diris. «La suna lumo, enirante tra la fenestro en la dormoĉambron, vekis vin jam antaŭ du horoj. Jam du horojn vi kuŝas, farante nenion. Senkuraĝulo! Mallaborema knabo! Vi estas viro, sed vi agas infane. Estas priplorinde vidi vin. Vi min senesperigas. Por multegaj homoj, vivo estas laboro, kaj vi emas nur ludi kaj kanti, kaj lasi la aliajn laboradi por via komforto».

Sed feliĉe la alia voĉeto intervenis: «Kial vi lasas tiun elparoli similajn vortojn stultajn, kaj, krome, malĝojigajn?» ĝi rimarkigis al mi. «Silentigu ĝin. Tiu voĉo ne estas aŭdinda. Ĝi malŝatas liberecon, ĝi do malŝatas vian patron, kiu tiom ŝatis liberecon. Ĉu oni ne instruis al vi, ke oni devas ami siajn patron kaj patrinon? Ami ilin, memori pri ili? Pensu pri la tempo, kiam vi estis tute malgranda, eta-eta infaneto, kaj kuŝis en la brakoj de via patrino. Ĉu ŝi vekis vin, se vi dormis? Tute ne. Ŝi agis precize por ke vi ne vekiĝu, sed dormu plu trankvile. Ĉu vi memoras, kiel feliĉe estis, kiam vi libertempis sur la montoj, promenis en la kamparo, ludis kun aliaj infanoj en la montodomo, vivis en tiu pura montara aero, kuris sur la rokoj, kantis tute laŭte…? Ĉu iu kriis al vi, ke tio estas malbona vivo? Ĉu via patro aŭ via patrino aŭ iu alia kriis al vi, ke vi iru labori? Vi vivis libere tiutempe. Kaj libereco estas feliĉiga».

Sed la alia voĉo rebatis: «Kiel malsincere vi parolas! Tio, kion vi diras, okazadis nur dum la libertempo. Vi forgesas, kiel estis, kiam vi iris al la lernejo. Via patrino vekis vin tiam. Kaj, vole nevole, vi ellitiĝis por iri al la lernejo, ofte por kuri al la lernejo, ĉar normale marŝi ne sufiĉis por alveni ĝustatempe, ĉar jam tiuepoke vi estis senkuraĝulo ema resti tro longe en la lito».

Vere, tiuj du voĉoj estis ĝenaj. Ambaŭ voĉoj ĝenis, kvankam, verdire, unu pli ol la alia. Mi ne sciis, kion fari, por silentigi ilin. Ekdormi estus bona maniero eliĝi el la ĝena situacio, sed, kiel mi jam diris, mi ne sukcesis. Mi do fine ellitiĝis. La penso pri taso da bona varma kafo antaŭplezurigis min.

Mi iris al la fenestro, rigardis tra ĝi al la suno, al la kampoj, al la montoj, kiuj staris malproksime, altaj kaj belaj. La naturo montriĝis tiel ŝatinda, ke mi sentis emon laŭte kanti dankokanton pri ĝi, aŭ krii al ĝi mian ĝojon vivi en la kamparo, ne en homplena urbego.

Mi rigardis, kioma horo estas, kun iom da antaŭtimo, ke eble mi ne sufiĉe atentis la horon, dum mi kuŝis enlite kaj lasis la pensojn sendirekte promenadi. Mi subite min demandis, ĉu mi havos la tempon trinki la varman kafon, al kiu mi nun soifis, aŭ ĉu mi devos kuri kiel stultulo por alveni ĝustatempe al la oficejo. Jes, kun antaŭtimo mi ekrigardis la horon kaj vidis, ke — diable! — la tempo forkuris pli rapide ol mi imagis. Mi nun devos ĉion fari kun ega rapideco, forgesi pri la bona varma kafo, kaj tuj kuri el la domo por alveni al la oficejo en tempo plej mallonga.

Sed subite mi ekmemoris. «Kio okazas al mi?» mi laŭte kriis. «Oni ne laboras ĉi-tage! La oficejo estas fermita. Nun estas sabato![17]»

---

17) Sabato: la tagoj de la semajno estas: lundo, mardo, merkredo, ĵaŭdo, vendredo, sabato kaj dimanĉo. Dimanĉo estas kutime senlabora tago. Krome, en multaj lokoj, oficistoj ne laboras sabate.

14. a. 침묵하라, 내면의 소리여!

나는 매우 따뜻한 침대에 기분 좋게 누워 있었습니다. 태양은 이미 조금 높이 떠 있었고 그 빛이 방을 아름답게 가득 채웠습니다. 살짝 열린 창문으로 시원한 공기가 들어왔습니다. 이제 일어날 시간이라고 생각했습니다. 하지만 침대에서 기분이 너무 좋았어요! "정말, 정말 바로 일어나야 하는 걸까" 라고 혼잣말을 했습니다. 내면의 소리가 매우 부드럽게 대답했습니다. "아니요. 기분 좋게 누운 자세, 행복한 침대 분위기를 즐기고 조금 더 오래 머무르세요. 정말 긴급한 일은 없거든요."

내 안에서 내게 너무나 다정하게 말해주는 그 소리 없는 목소리에 나는 매우 만족했습니다. 그러나 내 마음 속에 있는 그 작은 목소리의 사랑스러운 제안을 따르는 행복에 나 자신을 맡기기로 결정하자마자, 또 다른 내면의 목소리가 내 머릿속에서 간신히 들릴 만큼 조용히 말하기 시작했습니다.

"일어나야 해요. 비겁하게 행동할 권리는 없거든요. 일이 기다리고 있어요. 그리고 침대에서는 일할 수 없잖아요. 집에서 사무실까지 달려가야 해요. 친구여, 용기를 내어 침대에서 일어나세요. 그래야 자신의 의무를 다한 사람의 행복을 느낄 거예요. 비록 가장 낮은 성향이 다른 방향으로, 너무 쉬운 삶의 어리석은 방향으로, 겁쟁이의 쉬운 방향으로 이끌려고 할지라도 말입니다."

두 목소리가 들리는 게 짜증스러웠습니다. 서로 다른 두 목소리가 서로 다른 말을 하면 비록 큰 소리는 아니더라도 모든 게 뒤섞여 대화를 따라가기가 쉽지 않습니다. 그렇죠?

그들의 싸움에서 벗어나고 싶어서 침대에 누워 잠들려고 했습니다.

하지만 잠들려고 할 때 짜증나는 점은 그것이 쉽지 않기 때문입니다. 제가 정상인지는 모르겠지만 잠들려고 해도 전혀 되지 않았습니다. 밤에 잠자리에 들 때는 잠이 들지만 결코 잠들려고 했기 때문이 아닙니다. 단지 잠자리에 들고 피곤해서 다른 생각은 전혀 없었기 때문입니다. 잠을 자기 위해 아무것도 할 필요가 없었습니다. 잠이 저절로 왔습니다.

"이제 자야지, 이제 아무것도 생각하지 말아야지, 이제 자야지" 라고 혼자 되뇌면서 해보려고 계속 애를 써도 항상 깨어 있고 점점 더 피곤을 느끼지만 안타깝게도 졸릴 만큼 피곤하지는 않았습니다.

그래서 침대에서 뒤척이고 또 뒤척이고 뒤척이면서도 원하는 졸린 감정이 들지 못했다는 말밖에 할 수 없었습니다. 그러자 다시 작은 목소리가 나에게 말했습니다.

"자고 싶지 않군요." 라고 말했고 - 마치 나를 싫어하는 것처럼 들렸습니다 - "자고 싶지 않군요. 이미 충분히 잤어요. 전혀 피곤하지 않아요. 밖에서 대부분의 사람들이 일하고 일하다가 피곤해지는 동안 아무것도 하지 않고 있다는 느낌의 즐거움을 위해 비겁하게 침대에 머물고 싶을 뿐이잖아요."

목소리가 맞았습니다. 나는 자고 싶지 않았습니다. 어쩌면 조금 좋았을지도 모르지만, 제 말을 이해하신다면 햇빛이 잘 드는 방에서 따뜻하고 좋은 침대에 누워 아무 것도 하지 않고 생각과 상상이 서로 따르게 하는 즐거움을 느낄 수 있고, 이것이 자유라는 것을 절반쯤 인식하며 충분히 깨어 있었습니다.

아버지는 "인간의 위대함은 자유에 있다" 고 말씀하셨습니다.

글쎄요, 아버지는 좋은 분이셨습니다. 내가 어렸을 때 우리가 살았던 마을 전체에 아버지께서 친절하다고 알려지고 회자되었습니다. 그리고 아버지는 항상 바른 분이라고 잘 알려져 있었습니다. 또 인간 자유의 장점에 대해 노래하는 것을 좋아하셨습니다. 우리에게 자유를 사랑하라고 가르치셨습니다.

나는 나를 침대에서 끌어내리려는 내면의 작은 목소리에 이 모든 것으로 답했습니다. "내가 침대에 누워 아무것도 하지 않는 동안 나는 자유롭고 아버지는 나에게 자유를 소중하게 여기도록 가르쳐 주셨다" 고 말했습니다.

하지만 - 악마는 그 이유를 알 수도 있지만, 저는 모릅니다 - 그 작은 목소리를 만족시키기는 쉽지 않았습니다. "두 시간 전에 일어났잖아요. 창문을 통해 침실로 들어오는 햇빛이 두 시간 전에 당신을 깨웠어요. 두 시간 동안 아무것도 하지 않고 누워 있었어요. 겁쟁이! 게으른 소년! 어른인데 어린아이처럼 행동해요. 당신을 보니 슬프네요. 당신은 나를 절망하게 만들어요. 많은 사람들에게 인생은 일인데, 당신은 단지 놀고 노래하는 경향이 있으며, 당신의 편안함을 위해 다른 사람들이 일하도록 놔두는 경향이 있어요." 라고 말했습니다.

그러나 다행스럽게도 다른 작은 목소리가 끼어들었습니다. "왜 그 사람이 그렇게 멍청하고, 게다가 슬픈 말을 하게 놔두나요?" 그것은 나에게 깨닫게 해주었습니다. "조용하라고 하세요. 그 목소리는 들을만한 가치가 없어요. 자유를 싫어하기 때문에 자유를 그토록 사랑하신 아버지를 싫어하거든요. 아버지와 어머니를 사랑해야 한다고 배우지 않았나요? 그들을 사랑해야 한다고, 그들을 기억해야 한다고? 매우 작고 아주 어린 아기여서 어머니 품에 누워 있었을 때를 생각해 보세요. 자고 있으면 어머니가 깨웠나요? 전혀 그렇지 않았죠. 깨어나지 않고 편안하게 잠들 수 있도록 정확하게 행동하셨죠. 산에서 자유 시간을 보내고, 들판에서 거닐고, 산장에서 다른 아이들과 놀고, 그 깨끗한 산 공기 속에서 살고, 바위 위를 달리고, 큰 소리로 노래를 부르던 그 시절이 얼마나 행복했는지 기억하나요…? 이것이 나쁜 삶이라고 누가 소리쳤나요? 아버지나 어머니 또는 다른 누군가가 일하러 가라고 소리쳤나요? 그 당시에는 자유롭게 살았잖아요. 그리고 자유는 행복하게 하거든요."

그러나 다른 목소리는 반박했습니다. "얼마나 진실하지 않게 말하는지! 당신이 말한 일은 자유 시간에만 일어났어요. 학교에 갔을 때 어땠는지 잊어버렸네요. 그때 엄마가 깨웠어요. 그리고, 원하든 원치 않든, 학교에 가기 위해, 자주 학교로 달려가기 위해 일어났잖아요. 왜냐하면 보통 걸어서는 제 시간에 도착하기가 충분하지 않았기 때문이죠. 왜냐하면 이미 그 당시 너무 오랫동안 침대에 누워 있는 경향이 있는 겁쟁이였기 때문이죠."

사실 그 두 목소리가 짜증났습니다. 두 목소리 모두 짜증이 났지만 솔직히 말해서 다른 목소리보다 하나가 더 짜증났습니다. 나는 그들을 침묵시키기 위해 무엇을 해야 할지 몰랐습니다. 잠을 자는 것이 짜증나는 상황에서 벗어날 수 있는 좋은 방법이었을 텐데, 앞서 말했듯이 성공하지 못했습니다. 그래서 나는 마침내 일어났습니다. 따뜻한 커피 한 잔을 생각하니 기분이 좋아졌습니다.

나는 창문으로 가서 그것을 통해 태양과 들판과 저 멀리 높고 아름다운 산들을 바라보았습니다. 자연이 너무 사랑스러워서 감사의 노래를 부르고 싶고, 복잡한 도시가 아닌 시골에서 사는 기쁨을 외치고 싶은 마음이 들었습니다.

나는 침대에 누워서 생각이 방향 없이 돌아다니도록 놔두는 동안 시간에 충분히 주의를 기울이지 않았나 하는 약간의 불안감을 가지고 몇 시인가를 살펴보았습니다. 지금 간절히 원하는 뜨거운 커피를 마실 시간이 있을지, 아니면 시간에 맞춰 사무실에 가기 위해 바보처럼 달려야 할지 문득 궁금했습니다. 예, 나는 겁에 질려 시간을 보았고 젠장! 생각보다 시간이 훨씬 빨리 지나갔음을 보았습니다. 이제 나는 모든 일을 빠른 속도로 처리해야 하고, 맛있는 뜨거운 커피는 잊어버리고, 가능한 한 최단 시간 내에 사무실에 도착하기 위해 즉시 집을 나서야 합니다.

그런데 문득 생각이 났습니다. "무슨 일이지?" 나는 큰 소리로 외쳤습니다. "사람들이 오늘은 일 안하잖아! 사무실은 문을 닫았어. 지금은 토요일이잖아!"

b. Timiga diro

Estis priplorinda travivaĵo. Vi scias, ke mi decidis diri al miaj infanoj, ke mi foriros. Kiam mi decidis, mi tute ne imagis, ke estos tiel malfacile. Fakte, en la momento, kiam mi volis iri paroli al ili, mi konsciiĝis, ke mi ne povas. Jen venis la horo iri al iliaj ĉambroj por informi ilin, kaj mi sentis min tiel malbone, ke mi ekploretis. Mia tuta kuraĝo estis for.

Komprenu min. Ĉu eblas al homo normalkora aliri siajn infanojn kaj diri: «Mi havas novaĵon por vi. Baldaŭ mi foriros. Baldaŭ via patro forlasos ĉi tiun domon por ĉiam…» Kiel oni povas tion diri al infanoj, kiujn oni amas?

Kaj tamen mi devis. La afero estis decidita. Mi devis ĝin fari. Ne estis alia vojo, ĉu? Mi provis plikuraĝigi min, trovi en mi fortojn novajn, per volpovo havigi al mi la forton superi miajn sentojn de timo kaj malespero, por fari mian devon.

Ne estis facile. Sed mi havis la senton, ke iom post iom la dezirata forto envenas en min.

Mi komence parolos al la knabino, mi decidis. Ŝi estis en sia ĉambro, farante iun laboron por la lernejo. Ŝi rigardis min per miroplenaj okuloj. Tute certe ŝi sentis, ke io estas nenormala. Neniam mi havas tian esprimon, kiam mi iras diri ion al ŝi.

La tuta situacio iĝis min plejpleje zorga. Tamen mi ne povis eligi min el ĝi nun. Mi aliris ŝin. «Klara», mi diris, «mi··· mi devas informi vin pri io··· Malĝojiga novaĵo, tre malĝojiga».

Ŝia vizaĝo aliiĝis: mira antaŭ unu momento, ĝi nun fariĝis zorga. Mi ne scias, ĉu ŝi atendis ion similan, aŭ ĉu miaj vortoj estis tute neatenditaj por ŝi. Ŝia vizago ekesprimis maltrankvilan atenton.

«Vi scias··· Certe vi rimarkis, ke via patrino kaj m i··· nu··· nia rilatado ne estas bona. Ni··· Kiel diri?··· Ni ne plu sukcesas rilati ame. Ni··· Estas malfacile por unu vivi kun la alia, tagon post tago, horon post horo, minuton post minuto. Via patrino estas tre bona patrino, helpema, bonkora, klarpensa. Iumaniere mi plu amas ŝin. Sed kunvivi en la sama domo ne plu estas eble. Ni decidis, ke mi foriros··· Ne timu, mi revenos vidi vin, ludi kun vi, paroli kun vi. Kiel eble plej ofte. Sed mi vivos en alia domo».

Ŝi rigardis min. Mi sentis min senkorulo seniganta hometon de la plej ŝatata havaĵo.

«Se vi kaj patrino tion decidis…» Ŝi komencis, kaj estis io tre malĝoja en ŝia voĉo. Mi rimarkis, ke ŝi emas plori, sed kun granda malfacilo sukcesas superi la ploremon. Ŝi aldonis nur: «Nu, estas tiel». Kaj post ekrigardo al mi, en kiu nek malamo, nek timo vidiĝis, sed nur malfeliĉo, ŝi el sia ĉambro eliris, kaj tuj poste el la domo.

Mi sentis min laca, ege laca. Kaj mi faris nur duonon de la devo! Mi serĉis Alanon, la knabon. Mi pli antaŭtimis ĉi tiun intervidon, ĉar Alano estas pli juna kaj pli sentema. Ankaŭ pli malkaŝema, pli ema sin esprimi.

Kiam mi aliris lin, li ludis per siaj etaj aŭtoj. Alano havas specialan ŝaton al tiuj malgrandaj veturiloj. Li oftege ludas per ili. Li okazigas al ili plej neimageblajn aventurojn.

Mi decidis fini la doloriganta momenton kiel eble plej tuje. «Mi venas sciigi ion tre gravan al vi», mi diris per voĉo plej serioza. La veturiletoj tuj haltis, kaj Alano direktis al mi siajn belajn bluajn okulojn, tiom plenajn de trankvila amo, ke mia koro ekdoloris. Li havas al mi grandegan amon. Mi estas por li la Patro kun granda P[18]. Patro estas, liapense, plej aminda fortulo: ulo kuraĝega, havanta

18) diru : «po».

la povon ĉiam ĉion superforti.

Kaj nun mi batfaligos tiun manieron min vidi. Miaj vortoj estos bato, post kiu nenio plu restos el la imago pri mi. Jes ja, tiu maniero min vidi estas pure imaga, ĝi ne estas ĝusta. Mi estas fakte nur simpla homo, kun fortoj kaj malfortoj, ne la grandegulo, kiun la knabo imagas. Sed ĉu estas bone, ke per unu bato, per unu timiga bato, mi faru, ke tiu imagata, sed amata fortulo, subite perdu la ekziston? Ĉu li ne estas tro malforta por supervivi tian baton? Ĉu post tiu falo li povos restariĝi? Kaj tamen mi devis paroli.

Ree, mi kunigis la tuton de miaj troveblaj fortoj, kaj ekparolis: «Alano, mi baldaŭ foriros. Mi ne plu vivos kun vi ĉi tie. Mi ne plu vivos ĉi-dome». La knabo min rigardis kun hezita esprimo.

Kaj li ekridis.

Mi atendis ion ajn, sed ne tion. Li ne akceptis min serioze! Por li, patro estas tiel klara, evidenta, neforigebla duono de amata paro, ke tiu duono ne povus serioze foriri, lasante la alian duonon sola. Por li, evidente, paro estas tuto, paro estas unuo, ne du aĵoj, kiujn eblas malkunigi. Ke mi foriru, tio estas tute simple neebla. Tiu diro de la patro povis esti nur luda.

Tamen mi devis komprenigi al li la veron. Baldaŭ mi ne plu estos en la domo. Baldaŭ mi havos mian vivon aliloke, for de lia patrino, de Klara, de li.

«Alano», mi rekomencis, kaj mi provis igi mian voĉon kiel eble plej senrida. «Alano, mi ne ridas, ĉi tio ne estas ludo. Mi komprenas, ke vi ne kredis min tuj, ĉar vi tutforte esperas, ke mi ne diris la veron. Sed estas vere, Alano, mi foriros. Vi restos ĉi tie kun patrino kaj Klara. Kaj mi ne plu vivos kun vi. Mi…»

Li sentis nun, ke ĉi tio ne estas imaga rakonto, ke mi diras la puran veron. Sed li ne povis akcepti ĝin. Li rigardis min. Li subite ege paliĝis. Li iĝis tiel eta, tiel malforta, tiel senhelpa, ke mi sentis, kvazaŭ la tuta ĉambro turniĝus, kaj mi apenaŭ ne svenis.

«Mi mortigis lin», mi pensis, kaj tiu penso, kiom ajn neakceptebla, restadis dolore en mia kapo. «Mi mortigis lian koron, lian ĝojon, eble lian povon ami kaj feliĉi. Mi estas la mortigisto de mia knabo». En unu minuto, ĉio farigis nekredeble malvarma en mi.

Alano ekkriis. Li elmetis siajn etajn brakojn, siajn etajn manojn, batis min kun fortega, longa, nehoma krio, kaj post kelkaj ekbatoj al mi, forkuris ploregante.

Mi staris tie, senpensa, sensenta. Mi ne imagis, ke

eblas porti tian pezon de malfeliĉo. Mi sentis min la plej malaminda dolorigisto en la mondo. Mi pensis pri Diana, la virino, kun kiu mi deziris kunvivi. Por Diana mi deziris forlasi tiujn du belegajn, sanegajn infanojn kaj ilian patrinon. Sanegajn? Jes, ĝis nun. Sed ĉu ili povos resti same sanaj post tia videble preskaŭ mortiga bato?

Ĉu mi perdis la saĝon, mi demandis al mi. Ĉu Diana povas doni al mi veran feliĉon? Aŭ ĉu por feliĉo nur imagita mi nun malfaras unubate feliĉon malrapide, iom post iom kunmetitan? Mi ne plu sciis, kiu mi estas, kion mi faru, kien direktiĝas mia vivovojo. «Ĉu vere tion mi volas?» mi demandis al mi. Sed de nenie venis respondo.

b. 무서운 말

그것은 울만큼 아픈 경험이었어요. 내가 아이들에게 떠나겠다고 말하기로 결심했음을 아실 겁니다. 결심했을 때는 이렇게 어려울 줄 몰랐거든요. 사실 얘기하려고 가고 싶은 순간, 그럴 수 없다는 걸 깨달았지요. 아이들에게 알리려고 아이들 방으로 갈 시간이 왔고, 나는 너무 기분이 안 좋아서 살짝 눈물이 나려고 했어요. 용기가 모두 사라졌거든요.

나를 이해해 주세요. 제정신의 사람이 자녀에게 다가가서 "너희에게 전할 소식이 있어. 곧 나는 떠날 거야. 이제 곧 네 아버지가 이 집을 영원히 떠나게 될 텐데…." 라고 말하는 것이 가능할까요? 사랑하는 아이들에게 어떻게 그런 말을 할 수 있나요?

하지만 나는 그래야만 했어요. 그 일이 결정되었거든요. 나는 그것을 해야만 했지요. 다른 방법은 없었죠? 나는 내 자신을 격려하고, 내 안에서 새로운 힘을 찾고, 의지력으로 두려움과 절망의 감정을 극복할 힘을 가지려고, 내 의무를 다하려고 시도했어요.

쉽지 않았어요. 하지만 조금씩 원하는 힘이 나에게 다가오고 있다는 느낌이 들었죠.

나는 딸에게 먼저 이야기를 하려고 마음먹었어요. 딸은

방에서 학교 공부를 하고 있었거든요. 놀란 눈으로 나를 바라보았어요. 딸은 뭔가 이상하다는 걸 확실히 느꼈지요. 무슨 말을 하러 갈 때 내가 그런 표정을 한 적이 없거든요.

모든 상황이 나를 극도로 걱정하게 만들었죠. 그러나 지금 그것에서 벗어날 수 없었어요. 나는 딸에게 다가갔지요. "클라라. 음…. 뭔가 알려드릴 게 있는데…. 슬픈 소식이야. 매우 슬픈" 이라고 말했어요.

딸의 얼굴이 바뀌었지요. 조금 전에는 놀랐지만 이제는 걱정을 하더군요. 비슷한 무언가를 기대했는지, 아니면 내 말이 전혀 예상치 못한 것인지 모르겠군요. 얼굴에는 불안한 관심을 나타냈거든요.

"알다시피…. 분명 너는 엄마와 내가…. 음…. 우리 관계가 좋지 않다는 걸 알아차렸을 거야. 우리는…. 어떻게 말할까? 우리는 더 이상 사랑스럽게 관계를 맺을 수 없어. 우리…. 한 사람이 다른 사람과 함께 하루 종일, 여러 시간, 수십 분씩 함께 살기가 어려워. 엄마는 아주 좋은 어머니이고, 도움이 되고, 친절하고, 명쾌한 사고를 갖고 있어. 어떤 면에서 나는 아직도 엄마를 사랑해. 하지만 같은 집에서 함께 사는 것은 더 이상 불가능해. 내가 떠나기로 결정했어…. 놀라지 마. 너를 보러, 너와 놀러, 너와 이야기하러 다시 돌아올 거야. 가능한 한 자주. 하지만 나는 다른 집에 살 거야."

딸은 나를 보았지요. 나는 그 작은 아이에게서 가장 소중한 소유물을 빼앗는 게 무자비하다고 느꼈지요.

"아빠와 엄마가 그렇게 하기로 결정하셨다면…." 딸이

말을 시작했는데, 목소리에는 뭔가 매우 슬픈 것이 담겨 있었어요. 나는 딸이 우는 경향이 있다는 것을 알아차렸지만, 딸은 울음을 참느라 크게 힘들어했지요. 딸은 단지 "그렇게 하세요." 라고 덧붙였어요. 그리고 증오도 두려움도 보이지 않고 불행만 보이는 나를 힐끗 본 후, 방을 떠나고 곧바로 집을 나갔어요.

나는 피곤함을, 매우 피곤함을 느꼈죠. 그러나 아직 임무의 절반만 수행했거든요! 나는 아들 알란을 찾았어요. 알란이 더 어리고 예민하기 때문에 나는 이번 대화를 앞두고 더 두려워했지요. 아들은 더 솔직하고 자신을 표현하려는 경향이 더 많거든요.

아들에게 다가갔을 때, 알란은 작은 차들을 가지고 놀고 있었어요. 알란은 이 소형차를 특별히 좋아하거든요. 자주 그것들을 가지고 놀았지요. 그것들에게 상상할 수 없는 모험을 가했어요.

나는 고통스러운 순간을 가능한 한 빨리 끝내기로 마음먹었지요. "너에게 아주 중요한 것을 말하러 왔단다." 나는 매우 진지한 목소리로 말했지요. 작은 차들을 즉시 멈추고, 알란은 아름다운 파란 눈길을 내게 보냈어요. 너무나 편안한 사랑으로 가득 차서 내 마음이 아프기 시작했지요. 아들은 나를 매우 사랑하거든요. 나는 아들에게 누구보다 위대한 아버지예요. 아들은 생각하기를 아버지는 가장 사랑스럽고 강한 사람, 즉 항상 모든 것을 압도할 수 있는 힘을 가지고 있는 큰 용기를 가진 사람이거든요.

그리고 이제 나는 그렇게 나를 보는 방식을 무너뜨릴 겁니다. 내 말은 큰 타격이 되고 그 후에는 나에 관한 상상에 아무것도 남지 않을 겁니다. 그래요, 저를 그렇게 보는 것은 순전히 상상일 뿐, 정확하지 않아요. 나는 사실 아들이 상상하는 거인이 아닌, 강점과 약점을 지닌 단순한 사람일 뿐이거든요. 하지만 한 번의 일격으로, 한 번의 무서운 일격으로 상상 속이지만 사랑받는 강한 남자에 대해 갑자기 존재감을 상실하게 만드는 게 옳을까요? 그 아이는 그런 타격을 견디기에는 너무 약하지 않나요? 그런 추락 뒤에 다시 일어날 수 있을까요? 그럼에도 나는 말을 해야 했어요.

다시, 나는 모든 힘을 쏟아 말을 걸었지요. "알란, 나는 곧 떠날 거야. 더 이상 여기서 너와 함께 살지 않을 거야. 더 이상 이 집에 살지 않을 거야." 아들은 머뭇거리는 표정으로 나를 바라보았어요. 그리고는 웃었지요.

나는 무엇이든 기대했지만 이것은 아니었어요. 아들은 진지하게 받아들이지 않았거든요! 아들에게 아버지는 사랑하는 부부의 분리할 수 없는 분명하고 확실한 반쪽이어서 그 반쪽은 진지하게 떠날 수 없고 나머지 반쪽은 혼자 남겨둘 수 없지요. 아들에게 있어서 부부는 분리될 수 있는 두 가지가 아니라 하나이고 전체임이 분명했어요. 내가 떠나는 것은 단순하게 전혀 불가능하거든요. 아버지의 그 말은 장난일 수밖에 없었어요.

하지만 나는 아들에게 진실을 이해시켜야만 했지요. 곧 더 이상 집에 없을 겁니다. 곧 나는 알란의 엄마, 클라라, 알란에게서 떨어져 다른 곳에서 살게 될 겁니다.

"알란" 다시 시작했는데, 최대한 웃지 않으려고 목소리를 냈어요. "알란, 난 웃는 게 아니야. 이건 장난이 아니야. 나는 네가 내 말을 즉시 믿지 않았다는 것을 이해해. 왜냐하면 너는 내가 진실을 말하지 않는다고 온 힘을 다해 바랐기 때문이야. 하지만 사실이야, 알란, 난 떠날 거야. 넌 엄마와 누이 클라라와 함께 여기에 남을 거야. 그리고 나는 더 이상 너와 함께 살지 않을 거야. 나는….”

아들은 이제 이것이 상상의 이야기가 아니며 내가 정말로 진실을 말하고 있다는 것을 느꼈어요. 그러나 그것을 받아들일 수 없었지요. 나를 바라보았어요, 갑자기 매우 창백해졌지요. 아들은 너무 작아지고, 너무 약해지고, 너무 무력해져서 나는 방 전체가 빙글빙글 도는 것처럼 느껴졌고 거의 기절할 뻔 했어요.

나는 “내가 아들을 죽였다.” 고 생각했고, 그 생각은 아무리 받아들일 수 없더라도 내 머리 속에 고통스럽게 남아 있었죠. “나는 아들의 마음과 기쁨, 어쩌면 사랑하고 행복해지는 능력을 죽였다. 나는 내 아들의 살인자다.” 1분 만에 내 안의 모든 것이 믿을 수 없을 정도로 차가워졌어요.

알란이 소리치기 시작했어요. 아들은 작은 팔, 작은 손을 들어 매우 강하고 길고 비인간적인 비명을 지르며 나를 때렸고, 나를 몇 번 때린 후 흐느끼며 멀리 뛰어갔어요.

나는 아무 생각도 없이 아무 느낌도 없이 거기 서 있었지요. 이런 불행의 무게를 짊어지는 것이 가능하리라고는 상상도 못했거든요. 나는 세상에서 가장 미움 받는 고통을 주는 존재가 되었다고 느꼈어요. 함께 살고 싶었던 여자 디아나에 대해 생각했지요. 디아나를 위해 아름답고 건강한 두 자녀와 그들의 어머니를 떠나고 싶었어요. 건강한 자녀인가요? 예, 지금까지는요. 하지만 그렇게 눈에 띄게 치명타에 가까운 타격을 입은 후에도 그들은 똑같이 건강을 유지할 수 있을까요?

내가 지혜를 잃었는가, 스스로에게 물었어요. 디아나는 나에게 진정한 행복을 줄 수 있을까요? 아니면 단지 상상의 행복을 위해 천천히, 조금씩 함께 이룬 행복을 내가 지금 단번에 무너뜨리고 있는가? 나는 더 이상 내가 누구인지, 무엇을 해야 하는지, 내 삶의 길이 어디로 향하는지 알지 못했거든요. "정말 그게 내가 원하는 걸까?" 나는 나 자신에게 물었지요. 그런데 어디에서도 대답이 나오지 않네요.

15. a. Mistero en papervendejo

Kiam mi vidis Ivon hieraŭ, li ne nur alportis tre bonajn ĉokoladajn dolĉaĵojn, sed krome li raportis al mi pri la strangaj okazaĵoj en la papervendejo de Ĉefa Strato. Mi tre fidas lian raporton. Li sciis multon, ĉar li laboris kiel vendisto en tiu paperejo kelktempe kaj li plu havas amikajn rilatojn kun la homoj tieaj.

Li diris, ke laŭ la aranĝo de la mebloj en la magazeno, la ideoj de la polico ne povas esti pravaj. Laŭ Ivo, la plano, kiun oni ne plu retrovis jam frue la matenon post la okazaĵoj — tiu gravega papero, kiu tiel nekompreneble perdiĝis — ne kuŝis sur la meblo, kie ĝi estis laŭ la polico, aŭ ĝi ankoraŭ estus tie la sekvantan matenon. Se ĝi ne plu troveblis sur tiu meblo — la meblo maldekstre staranta — frumatene la sekvantan tagon, oni suspektu unu el la vendistoj, ne la personon, kiu venis aĉeti la papersakojn, kaj kiun la polico suspektas.

Laŭ Ivo, tiu persono ne povis iri apud la meblon, kie la plano laŭdire troviĝis. La vendistoj tuj rimarkus lin kaj suspektus ion nenaturan, ĉar tiu meblo, kiu staras flanke, sur la maldekstra flanko, fakte, ne estas alirebla al la homoj, kiuj venas en la magazenon nur por aĉeti ion. La polico do ne volas diri la veron.

Tiu grava plano, kiu, laŭ la polico, kuŝis sur la maldekstraflanka meblo, venis per speciala poŝt-alporto tuj antaŭ la fermhoro. Oni metis ĝin sur la poŝtaĵojn, kiuj alvenis pli frue, kaj tie plu kuŝis. Nu, kompreneble, Ivo konas tiun meblon, kiel la tutan magazenon. Li diris, ke estas vere, ke oni ĉiam metas la alvenintajn poŝtaĵojn sur tiun meblon, ĝis la koncerna persono havas tempon okupiĝi pri ili. Neniam estas facile trovi momenton por la poŝtaĵoj, en tiu magazeno, ĉar la personoj, kiuj tie laboras, ne estas sufiĉe multaj rilate al la laboro, kiu devas esti farata.

La demando, kiun mi starigas al mi, estas: kial diable oni sendis tiel gravan planon per la poŝto? Tiuj, kiuj sendis ĝin, certe sciis, ke spionoj interesiĝos pri ĝi. La spionoj povus havi kunlaboranton en la poŝtejo, en la paperejo aŭ aliloke. Tiuj, kiuj sendis la planon, agis plej malserioze. La afero estas tiom pli nekomprenebla, ĉar oni sciis, ke tiu plano interesas same la dekstrulojn kiel la maldekstrulojn. Tiu papero havis

— oni diras al ni — internacian gravecon. Kaj oni sendas ĝin poŝte al papermagazeno! Konsentite, en la papervendejo, nekonate, kaŝe troviĝas unu el la ĉefaj kunlaborantoj de la Sekreta Servo, sed tamen!

Stranga maniero agi, ĉu ne?

Nu, kiel mi diris al vi, Ivo tute malkonsentas kun la policaj ideoj ĉi-rilate. Tiutage, li iris aĉeti panon en la panejo, kiu staras tuj apud la papervendejo, kaj li tie troviĝis, kiam la suspektato envenis, kaj ankaŭ kiam tiu foriris kaj eniris la apudan magazenon por aĉeti siajn papersakojn.

La polico opiniis tre grava la trovon de eta-etaj panpecetoj en la papervendejo, ĉe la maldekstra flanko, apud la meblo, pri kiu oni tiom parolas. Kiam ĝi eltrovis, ke la suspektato iris aĉeti panon tuj antaŭe, ĝi ege kontentis, kvazaŭ tiu malkovro donus respondon al la multaj demandoj, kiujn oni povas starigi al si en tiu stranga afero. Kial tiom da bruo pri tio? La suspektato neniam neis, ke li iris de la panejo al la papermagazeno.

Ivo estis en tiu panvendejo kaj diskutis kun la vendistino. Li diskutadis longe, ĉar li havas al ŝi amkomenceton kaj plezure longigis sian restadon apud ŝi. Tiu kompatinda homo, kiu poste aĉetis la papersakojn, do estis en la panejo, sed lia ĉeesto tie ne sufiĉas por povi diri, ke li faris ion malbonan poste en la apuda magazeno, ĉu? Kiu povas diri, ke unu el la vendistoj ne havis pecon da pano en la paperejo?

Ivo bone rigardis la personon, kiun la polico poste eksuspektis. Iu, kiu volas fari ion suspektindan, ne agas tiamaniere, li diris.

Kion? Ĉu vi ne sciis, ke Ivo ametas la junan panvendistinon? Nu, tio estas fakto. Ili iris kune trinki teon en «La dolĉa vivo». Ĉu vi konas? Estas tiu tetrinkejo, kie ili havas kvardek kvar specojn de teo. Ĝi troviĝas dekstre de la Ĉefa Poŝtoficejo. Li sidis tie kun sia panvendistino, kiam la suspektato envenis la tetrinkejon, portante la papersakojn, kiujn li aĉetis antaŭ kelkaj minutoj. Estis la horo, kiam ĉiuj magazenoj fermiĝas. Kaj oni suspektas tiun viron ĝuste ĉar neniu plu venis en la papervendejon inter lia foriro kaj la momento, kiam oni fermis la magazenon.

Nu, mi ne diras, ke Ivo tute ne povus miskompreni la faktojn. Sed miaopinie li estas plej fidinda homo. Mi kredas lin multe pli ol la policon.

Fakte, la plej stranga afero, en lia raporto al mi, estas, ke, en kiu ajn magazeno aŭ trinkejo li troviĝas, tuj post li envenas la suspektata persono. Kvazaŭ tiu sekvus lin. Mirige, ĉu ne? Tamen, Ivo ne estas aventurulo, kiu enmiksus sin en spionajn agadojn. Mi demandos lin, kion li opinias pri tiu fakto, ke la papersakulo tiom sekvis lin. Mi ne rimarkis la aferon, kiam li raportis al mi tiujn okazaĵojn hieraŭ. Nur rakontante al vi, mi ektrovis tion miriga.

Alian informon mi devos ricevi de li. Mi devos demandi lin, kie li aĉetas tiujn dolĉaĵojn, kiujn li hieraŭ alportis. Estas speco de ĉokoladhava sukeraĵo, tre dolĉa, kion mi ege ŝatas, kaj mi ŝatus scii, kie oni ilin vendas. Mi bedaŭras, ke restas neniu plu. Mi jam finis la tutan saketon, tiom bonaj mi ilin trovis. Jes, bedaŭrinde, nenio postrestas el ili. Se vi provus ilin, vi trovus ilin bonegaj.

Eble ne, fakte, ĉar niaj preferoj tiom malsamas. Estas stranga speco de ĉokolada dolĉaĵo. Ion similan mi neniam ricevis aŭ aĉetis antaŭe. Ne estas tro da ĉokolado, sed certe multe da sukero, tiel ke ĝi estas dolĉega. Jes, bonegaj dolĉaj aĵetoj tiuj sukeraĵoj estas.

Kiel diable Ivo faras por trovi tiajn nekutimajn, sed bonegajn, aferojn? Vere, li estas karulo, eĉ se liaj okuloj rigardas malsamflanken, kaj se lia nazo estas ridinde mallonga. Vi samopinias kun mi, ĉu ne, Johana?

15. a. 문구점의 신비

어제 이보를 만났을 때 이보는 아주 맛있는 초콜릿 사탕을 가져왔을 뿐만 아니라 중심가에 있는 문구점에서 일어난 이상한 사건을 이야기해 주었어요. 나는 이보의 보고를 매우 믿어요. 그 문구점에서 한동안 판매원으로 일했고 지금도 그곳 사람들과 우호적인 관계를 유지하고 있기 때문에 이보는 아는 게 많거든요.

창고의 가구 배치에 따르면 경찰의 생각이 맞을 수 없다고 이보는 말했어요. 이보에 따르면, 사건 - 매우 중요한 서류가 이해할 수 없이 사라진 것 - 이 발생한 후 이른 아침에 더 이상 발견되지 않은 도면은 경찰에 따르면 가구 위에 놓여 있지 않았거나 여전히 다음 날 아침에도 거기에 있을 것이라고 해요. 만약 다음날 아침 일찍 그 가구 - 왼쪽에 서 있는 - 에서 더 이상 발견되지 않는다면, 종이봉투를 사러 온, 경찰이 의심하는 사람이 아닌 판매원 중 하나를 의심해야 하지요.

이보에 따르면 그 사람은 도면이 있다고 알려진 가구 근처에 갈 수 없었어요. 판매원은 즉시 그 사람을 알아차리고 뭔가 부자연스럽다고 의심할 거예요. 왜냐하면 한편으로 왼쪽에 서 있는 가구는 실제로 단지 무언가를 사러 가게에 오는 사람들이 다가갈 수 없기 때문이죠. 따라서 경찰은 진실을 말하고 싶지 않아요.

경찰에 따르면 그 중요한 도면은 왼쪽 가구 위에 놓여 있었는데, 마감 시간 직전에 특급 우편으로 배달됐다고 해요. 더 먼저 도착해서 거기에 계속 보관한 우편물 위에 그것을 놓아두었지요. 물론, 이보는 가게 전체와 마찬가지로 그 가구도 알고 있어요. 담당자가 처리할 시간이 생길 때까지 들어오는 우편물은 항상 그 가구 위에 놓여 있는 게 사실이라고 말했거든요. 그 가게에서는 해야 할 일에 비해 일하는 사람이 많지 않기 때문에 우편물을 위해 시간 내기가 결코 쉽지 않아요.

내가 궁금한 점은 도대체 왜 그렇게 중요한 도면을 우편으로 보냈는가 하는 거예요. 보낸 사람은 스파이가 관심을 가질 만하다고 알았을 거예요. 스파이는 우체국, 문구점 또는 다른 곳에 동료를 둘 수 있거든요. 도면을 보낸 사람들은 매우 경솔하게 행동했어요. 이 도면은 좌파와 마찬가지로 우파도 똑같이 관심을 갖고 있는 것으로 알려졌기 때문에 그 일은 더욱 이해하기 어려워요. 그 종이는 - 우리가 듣기로는 - 국제적인 중요성을 갖고 있었어요. 그리고 그들은 그것을 종이 가게에 우편으로 보내요! 물론 문구점에는 비밀업무수행의 주요 협력자 중 한 명이 모르게 숨어 있지만 그래도 그게 아니죠!

행동하는 방식이 이상하지 않나요?

글쎄, 내가 말했듯이 이보는 이와 관련하여 경찰의 생각에 완전히 동의하지 않아요. 그날 문구점 바로 옆에 있는 빵집에 빵을 사러 갔는데, 피의자가 들어올 때에도, 빵

집을 나가서 종이봉투를 사러 옆 가게에 들어갈 때도 그 자리에 있었어요.

문구점 왼쪽에, 사람들이 그렇게도 언급하는 가구 옆에서 작은 빵 조각을 찾는 것이 매우 중요하다고 경찰은 생각했지요. 피의자가 직전에 빵을 사러 갔다는 사실을 알았을 때, 그 발견이 이 이상한 사건에 대해 스스로 제기하는 많은 질문에 대한 답을 준 것처럼 매우 만족했지요. 그것에 대해 왜 그렇게 소란을 피우나요? 피의자는 자신이 빵집에서 종이가게로 갔다는 사실을 결코 부인하지 않았거든요.

이보는 그 빵집에 있었고 여자 판매원과 이야기를 나누었어요. 오랫동안 대화를 했지요. 왜냐하면 여자 판매원에게 사랑을 느끼기 시작하여 기쁘게 곁에 계속 머물고 싶어서. 그러니까 나중에 종이봉투를 산 그 불쌍한 사람은 빵집에 있었는데, 뒤에 옆 가게에서 무슨 나쁜 일을 했다고 말할 수 있기에 거기 있었다는 사실로 충분하지 않나요? 판매자 중 한 명이 문구점에서 빵 조각을 가지지 않았다고 누가 말할 수 있습니까?

이보는 나중에 경찰이 의심한 사람을 자세히 살펴보았어요. "의심스러운 무슨 일을 하고 싶은 사람은 그런 식으로 행동하지 않는다" 고 이보는 말했지요.

무엇이라고요? 이보가 빵집 젊은 여자 판매원을 좋아한다는 것을 모르셨나요? 글쎄요, 그건 사실이에요. 그들은 <달콤한 인생>에 함께 차를 마시러 갔어요. 당신은 알고 있나요? 44가지 종류의 차가 있는 그 커피숍 말이에요.

중앙우체국 오른쪽에 있거든요. 피의자가 몇 분 전에 산 종이봉투를 들고 커피숍에 들어왔을 때 이보는 빵집 여자 판매원와 함께 거기 앉아 있었어요. 모든 가게가 문을 닫는 시간이었지요. 그리고 그 남자가 나가고 가게 문을 닫는 순간, 그 사이에 문구점에 아무도 들어오지 않았기 때문에 사람들이 정확히 의심해요.

글쎄, 나는 사실 이보가 전혀 오해할 수 없다고 말하는 것은 아니에요. 그러나 내 생각에 이보가 가장 믿을 만한 사람이거든요. 나는 경찰보다 이보를 훨씬 더 믿어요.

사실, 이보가 나에게 보낸 보고서에서 가장 이상한 점은 이보가 어떤 가게나 카페에 있든 이보가 들어온 바로 뒤에 피의자가 들어온다는 점이예요. 마치 이보를 따라다니는 것처럼. 놀랍지 않나요? 하지만 이보는 스파이 활동에 참여할 모험가가 아니거든요. 종이봉투를 가진 사람이 그토록 이보를 따라다니는 것에 대해 어떻게 생각하는지 물어볼게요. 어제 이보가 나에게 그러한 사건을 보고했을 때 나는 그 문제를 깨닫지 못했지요. 당신에게 말하면서 정말 놀라운 일임을 깨달았어요.

나는 이보에게서 다른 정보를 얻어야 해요. 어제 가져온 그 사탕을 어디에서 샀는지 물어봐야겠어요.

내가 정말 좋아하는 아주 달콤한 초콜릿 사탕 종류가 있는데, 어디서 판매하는지 알고 싶거든요. 남은 게 하나도 없어서 미안해요. 나는 이미 작은 봉투 전체를 이미 다 끝냈고 너무 맛있다고 생각했어요. 예, 안타깝게도 아무것도 남지 않았어요. 당신이 그것들을 먹어 본다면 그것이 정말 맛있음을 알게 될 거예요.

실제로는 아닐 수도 있어요. 왜냐하면 우리의 선호도가 너무 다르기 때문이죠. 특이한 종류의 초콜릿 사탕이예요. 나는 이전에 비슷한 무언가를 받거나 산 적이 없거든요. 초콜릿이 많이 들어가진 않은데 확실히 설탕이 많이 들어 있어서 아주 달콤해요. 네, 그 사탕은 정말 맛있는 거예요.

이보는 대체 어떻게 그렇게 특이하면서도 아주 멋진 것들을 발견한 걸까요? 눈이 딴 데를 보고 코가 웃기게 짧더라도 정말 이보는 사랑스러운 사람이에요. 당신도 나와 생각이 같지요. 그렇지 않나요? 요하나?

b. Du raportoj pri vendado

Sinjoroj, mi bedaŭrinde devas diri, ke la raporto pri la vendado de dolĉaĵoj tute ne estas fidinda. La funkciulo, kiu faris ĝin, estis tro memfida. Li konsideris fakte nur unu specon de dolĉaĵoj — tiujn, kiuj enhavas ĉokoladon — kaj li imagis, ke li povas esprimi ĝustajn opiniojn deirante nur de la informoj, kiujn li havigis al si pri tiuj.

Estas vere, ke ĉokolado estas unu el la ĉefaj aĵoj, kiuj eniras en la faradon de dolĉaĵoj. Aŭ almenaŭ, oni povas diri, ke ĉokolado estas grava enmetaĵo — en dolĉaĵojn — se oni konsideras la demandon tutnacie. La afero montriĝas malsama, se oni konsideras nur unu urbon, kelkajn urbojn, la tutan nacion, kelkajn naciojn aŭ la tutan mondon. Inter tiu, tiu ĉi kaj tiu alia urbo, oni povas rimarki seriozajn malsimilecojn en la maniero kunmeti la dolĉaĵojn. Mi do petas vin ne forgesi, ke, en ĉi tiu diskuto, ni restas sur la tutnacia kampo. La situacio tute certe malsamus ankoraŭ pli, se ni rigardus ĝin internacie.

Kvankam do — se ni konsideras la tutan nacion

— ni devas konsenti pri la ĉefa loko, kiun okupas la ĉokoladhavaj dolĉaĵoj inter la tuto de la dolĉaĵoj, tamen ni ne povas akcepti raporton, kiu diras eĉ ne unu vorton pri, ekzemple, dolĉaĵoj faritaj el pura sukero kun iu aŭ alia aldonaĵo neĉokolada.

La aferoj ne estas tiel simplaj, kiel ilin klarigas ĉi tiu raporto, kaj se ni deziras scii, kiel la situacio vere estas, ni devas proponi al iu alia, al iu pli fidinda, la taskon raporti pri la tutnacia dolĉaĵvendado.

Kaj nun, se neniu petas la parolon rilate al ĉi tiu demando··· ŝajnas, ke ne··· neniu mano altiĝas··· se neniu deziras esprimi sian opinion pri la dolĉaĵdemando, mi proponas, ke ni ekdiskutu la duan raporton, tiun pri la vendado de pano.

Ankaŭ sur tiu kampo ne estas tiel facile ricevi la deziratajn informojn. Mi ne parolas pri tia flanka demando kiel la fakto, ke la peto de la panfaraj laboristoj pri mallongigo de la nokta labortempo ricevis jesan respondon. Mi konsideras tiun demandon flanka. Kaj mi ne priparolos ĝin, kvankam ni nun scias, ke estas rilato inter tiu decido kaj la malaltiĝo rimarkita ĉi-urbe en la vendado de la plej kutimaj specoj de pano. Evidentiĝis, ke la horo, ekde kiu la pano estas aĉetebla, frumatene, havas pli grandan gravecon ol oni antaŭe imagis.

Mi do diris, ke mi ne parolos nun pri la kampo de laborrilatoj. Mi volas komence tuŝi nur la monan aspekton de la demando. Kaj ĉi-rilate mi povas diri nur unu aferon, nome, ke la situacio estas plej serioza.

Vi povas fidi min, sinjoroj, ĉar mi konsideris tiun raporton tre atente, kaj tre zorgiga ĝi estas. Vi certe konatiĝis kun la informoj, kiujn enhavas la raporto pri panvendado, kaj vi verŝajne samopinias kiel mi, ĉu ne? Tiu raporto estas ege interesa, sed tute ne trankviliga. Kiu ajn portas en sia koro la interesojn de la nacio sentos la saman zorgemon. Jen estas serioza situacio, pri kiu estas urĝe okupiĝi.

La panistoj plendas, ke ili ne ricevas sufiĉe da mono por la vendata pano, almenaŭ kiom koncernas la plej ofte vendatan specon, sed kion ni povus fari sen endanĝerigi la tutan nacian vivon?

Ni ne trovis manieron kunordigi la malsamajn emojn de la koncernatoj, kaj ni troviĝas en sakstrato[19], en sen-elira situacio. La etaj panvendistoj petas ion, la ĉiovendejoj[20] kaj aliaj grandegaj magazenoj

19) Sakstrato: strato sen elirejo (kiel sako, el kiu io povas eliri nur tra la loko, tra kiu ĝi eniris).

20) Ĉiovendejo : vendejo, en kiu oni vendas multajn malsamspecajn aferojn (ekzemple : manĝaĵon, vestaĵojn, librojn, televidilojn…)

volas ion alian, tiuj, kiuj aĉetas la panon havas ankoraŭ alian deziron, kaj kiam la panfaraj laboristoj intervenis dirante, ke neniu el miaj proponoj estas kontentiga por ili, mi troviĝis subite kun tia kapdoloro, ke mi tute simple ne plu povis pensi.

Mi, kiu ĉiam ŝategis panon, jam plurajn tagojn vivas sen tuŝi eĉ unu panpecon. Kaj la nura sono de la vorto «pano» agas al mi malsanige.

Trovi respondon al tiuj demandoj estas pli ol oni povas peti de mi sola. Mi do kunvokis vin al ĉi tiu kunsido, por ke ni diskutu plej serioze la demandon. Mi esperas, ke dank' al via helpo, estos eble surpaperigi proponojn, kiujn la tuta nacio povos akcepti. Nur unu afero estas certa, nome, ke se iuj enpoŝigos pli da mono ol antaŭe, sekve de niaj decidoj, tiuj estos nek vi, nek mi.

Kaj nun, se vi permesas, sinjoroj, mi trinkos iom da akvo.

b. 두 가지 판매 보고서

여러분, 사탕 판매에 관한 보고서는 전혀 신뢰할 수 없다는 점을 말씀드리게 되어 유감입니다. 그 일을 한 담당자는 자신을 너무 과신했습니다. 실제로 단 한 종류의 사탕, 즉 초콜릿이 들어 있는 사탕만을 고려했으며, 그에 대해 얻은 정보만을 바탕으로 올바른 의견을 표현할 수 있다고 생각했습니다.

초콜릿이 사탕을 만드는 데 들어가는 주요 재료 중 하나라는 것은 사실입니다. 또는 전국적으로 질문을 고려하면 초콜릿은 사탕의 중요한 성분이라고 적어도 말할 수 있습니다. 우리가 단 하나의 도시, 몇몇 도시, 나라 전체, 몇몇 나라 또는 전 세계를 고려한다면 문제는 달라집니다. 이 도시와 다른 저 도시 사이에는 사탕을 만드는 방식이 크게 다르다는 것을 알 수 있습니다. 그러므로 이 논의에서 우리가 여전히 국내 분야에 머물러 있다는 사실을 잊지 마시기 바랍니다. 국제적으로 살펴보면 상황은 훨씬 더 다를 것입니다.

그렇다면 - 우리가 전국을 고려한다면 - 초콜릿 사탕이 모든 사탕 중에서 차지하는 주요 위치에 동의해야 하지만, 예를 들어 어떤 혹은 다른 초콜릿을 넣지 않고 순수한 설탕으로 만든 사탕에 대해 한 마디도 언급하지 않는 보고서는 받아들일 수 없습니다.

문제는 이 보고서에서 말하는 것만큼 단순하지 않으며,

상황이 실제로 어떤지 알고 싶다면 다른 사람, 보다 신뢰할 수 있는 다른 사람에게 전국 사탕 판매에 대한 보고 작업을 제안해야 합니다.

그리고 이제, 이 질문에 대해 아무도 답변을 요청하지 않으면…. 아…. 아무도 손을 들지 않는 것 같습니다…. 아무도 사탕 문제에 대해 의견을 표현하고 싶지 않으면 두 번째 보고서, 빵 판매에 관한 보고서에 대한 토론을 시작하자고 제안합니다.

역시 그 분야에서도 원하는 정보를 얻는 게 그리 쉽지 않습니다. 빵집 종업원들의 야간 근무 시간 단축 요청이 긍정적인 답변을 받았다는 사실과 같은 부수적인 질문을 말하는 게 아닙니다. 저는 그 질문을 부수적이라고 생각합니다. 그리고 비록 지금 그 결정과 이 도시에서 발견된 가장 일반적인 유형의 빵 판매 감소 사이에 연관성이 있음을 알지라도 나는 그것에 대해 이야기하지 않겠습니다. 빵을 살 수 있는 시간인 이른 아침이 이전의 상상을 넘어서 훨씬 더 중요하다는 것은 분명해졌습니다.

그래서 저는 지금 노사관계 분야에 대해서는 이야기하지 않겠다고 했습니다. 질문의 금전적인 측면만을 언급하는 것으로 시작하고 싶습니다. 이와 관련하여 말씀드릴 수 있는 것은 단 한 가지, 즉 상황이 가장 심각하다는 사실입니다. 여러분, 저를 믿으셔도 됩니다. 왜냐하면 저는 그 보고서를 매우 주의 깊게 검토했기 때문입니다. 그리고 그것은 매우 우려가 됩니다. 여러분도 빵 판매 보고서에 담긴 내용을 잘 숙지하셨을 텐데요, 아마 저와 같은 의견이시겠죠? 그 보고서는 매우 흥미롭지만 전혀 안심할 수는 없습니다. 국익을 가슴에 품는 사람이라면 누구나 똑같이 걱정하는 마음을 느낄 것입니다. 이는 긴급히 처리해야 할 심각한 상황입니다.

제빵사들은 적어도 가장 많이 판매되는 빵 종류, 판매되는 빵에 대해 충분히 돈을 받지 못한다고 불평합니다. 그러나 전체 국민의 생명을 위험에 빠뜨리지 않고 우리가 할 수 있는 게 무엇이겠습니까?

우리는 이해관계자들의 서로 다른 성향을 조율할 방법을 찾지 못했고 막다른 골목, 출구 없는 상황에 처해 있습니다. 작은 빵 파는 사람들은 무언가를 요구하고, 잡화점이나 다른 큰 가게들은 다른 무언가를 요구하고, 빵을 사는 사람들은 여전히 다른 욕망을 갖고 있습니다. 그리고 빵집 종업원들이 내가 제안한 어떤 것도 마음에 들지 않는다고 말하며 끼어들자, 나는 갑자기 머리가 너무 아파서 아주 간단히 더 이상 생각할 수 없게 되었습니다.

늘 빵을 좋아했던 저는 며칠 동안 빵 한 조각도 손대지 않고 살았습니다. 그리고 '빵'이라는 단어만 들어도 아프게 되었습니다.

그러한 질문에 대한 답을 찾는 것은 제게만 물어볼 수 있는 것 이상입니다. 그러므로 저는 이 문제에 대해 가장 진지하게 논의하기 위해 여러분을 이 회의에 함께 불렀습니다. 여러분의 도움으로 온 국민이 받아들일 수 있는 제안을 아마도 서류로 작성하는 게 가능하기를 바랍니다. 한 가지 확실한 것은 우리의 결정으로 인해 어떤 사람이 이전보다 더 돈을 많이 벌게 된다면 그 사람은 여러분이나 제가 아니라는 점입니다.

그리고 이제 여러분이 허락하신다면 저는 물을 좀 마시겠습니다.

16. a. La vesperfuŝulo

Mi furiozas. Refoje[21], Dudi fuŝis la tutan atmosferon en la grupo.

Ni estas grupo de bonaj amikoj, kaj ni kune vespermanĝis tute trankvile. Mi eble devas diri, ke la vespermanĝo estas mia preferata manĝo. Nek ĉe matenmanĝo, nek ĉe tagmanĝo mi sentas min tiel bone, kiel ĉe vespermanĝo. Vespere, almenaŭ en amika domo aŭ en bona restoracio, oni sentas specialan atmosferon, kiun mi tre ŝatas. Ĉefe kiam ni troviĝas grupe. Grupo da kunmanĝantaj amikoj estas por mi feliĉiga realaĵo.

Ni retroviĝas en tiu grupo de tempo al tempo. Temas pri grupo de amikoj, kiuj faris kune la militservon. Ni tre ŝatas retrovi unu la alian. Niaj vivoj estas tre malsimilaj, ĉar ni havas tre malsamajn okupojn. Ronaldo estas laboristo[22], Johano vendisto en meblomagazeno, Tom kuracisto, Andreo policisto,

21) Refoje: plian fojon, novan fojon, rean fojon.

22) Laboristo: homo perlaboranta sian vivon per laboro ĉefe mana, korpa, aŭ mekanika, kiun li faras ne por si mem, sed por la labordonanto, de kiu li pro tio ricevas monon.

Leo direktas grandan paperfarejon, Ken havas malgravan seninteresan oficon en la urba administrejo, kaj Petro de longeta tempo nun estas senlaborulo. Vi do vidas, ke ni havas plezuron diskuti, ĉar niaj travivaĵoj tute ne intersimilas.

Sed la demando ĉiam estas: kiel malhelpi, ke Dudi fuŝu nian vesperon. Dudi estas ĝenema. Li trovas sian plezuron en situacioj, en kiuj liaj kunuloj malplezuras. Kaj li estigas tiajn situaciojn.

Tamen, li estis dekomence unu el nia grupo. Ni ne povas peti lin ne veni. Kion fari?

Ĉi-foje li rekomencis. Komence, ni estis kontentaj, ĉar ni opiniis, ke li ne venos. Li venis malfrue, kaj jam furiozis, ke ni komencis sen atendi lin. Kiam ni diris, ke ni ĉiam komencas ĝustahore, li furiozis. «Mi malfruas, ĉar mi devis labori ĝis malfrue», li diris, «kaj vi eĉ ne povis atendi min duonhoreton!» Fakte, li malfruis preskaŭ plenan horon.

Poste, li plendis pri la menuo. Li ne ĉeestis en la kunveno — antaŭ kelkaj semajnoj — kiam ni interkonsentis pri tio, kion ni manĝos. Mi bedaŭras, sed ni decidis unuvoĉe pri la manĝaĵoj. Ni ĉiam provas, kiel eble plej bone, ne enmeti manĝaĵon, kiun unu el ni ne ŝatas. Sed se, je la momento, kiam ni decidas, unu el la grupo ne aŭdigas sin — ekzemple ĉar li forestas, kiel Dudi tiun fojon — ni tamen ne povas plene forigi la riskon, ke sur la tablon venos manĝaĵo, kiun la koncernato ne ŝatas.

Dudi do plendis pri la menuo. Kutime, li tre ŝatas supon. Sed ĉi-foje, kiam li apenaŭ ekmanĝetis iom da supo, jam li komencis brue esprimi sian malkontenton. «Mi ne nomas tion ĉi supo», li diris tiel laŭte, ke la tuta restoracio aŭdis lin, kvankam nia grupo sidis en alia manĝoĉambro, ne en la restoracio mem. Ĝena situacio, ĉu ne?

Estas muzikistoj en la restoracio, kaj, kompreneble, eĉ en nia speciala manĝoĉambro ni aŭdis ilin, ĉar tamen ne estis dika ŝtona muro inter la ĉefa ejo kaj ni. Nu, la muziko estis tro laŭta kaj tro rapida por s-ro[23] Dudi. Foje, tuj kiam li aŭdis, ke muzikaĵo ĵus finiĝis, li ekstaris, kun furioza esprimo, iris en la restoracion kun la irmaniero de gravulo aŭtoritatplena, kaj ekkriis per la aĉa voĉo de ulo malbonmaniera: «Gratulon pri la malbela bruo, sinjoroj muzikistoj. Kion vi ĵus aŭdigis, tion mi ne nomas muziko, sed bruo. Bonvolu meti finon al tiu bruado. Mia kapo doloras dank' al vi!»

Li kriis tiel malbele, ke li timigis hundon, kiu troviĝis tie kun maljuna paro, kaj la hundo respondis al li similvoĉe, tiel ke la tuta restoracio ekridis. Kompreneble, tio igis lin eĉ pli furioza. Li

23) s-ro: sinjoro.

revenis al nia manĝoĉambro brufermante la pordon plej malĝentile.

Diable! Kia homo! Li igis la atmosferon pli kaj pli peza.

Poste li plendis al la kelnero, ke lia telero ne estas pura. Tion li imagis. Lia telero estis perfekte pura. Sed ne eblas diskuti kun li. Kiam li decidis, ke jen estas malpura telero, vi povas rigardegi per plej larĝaj okuloj, provante trovi eĉ etan peceton da malpuraĵo, kvankam ĉio estas plej pura, li tamen montros al vi neekzistantajn malpurajn lokojn.

Kaj jen li eligis el sia poŝo pecon de paperaĉo, sur kiu li komencis noti siajn plendojn! Por ke ni diskutu la malbonajn flankojn de tiu vespero dum nia sekvanta kunsido, li diris. Ĉu vi imagas?

Nu, mi ne povas raporti ĉion al vi. Li trovis la salaton nemanĝeble dolĉa, kaj la kukon nemanĝeble maldolĉa, li rompis sian glason faligante ĝin furioze, ĉar, laŭ li, la trinkaĵo estis netrinkebla. Li parolaĉis al tiu kompatinda kelnero tiel malbele, ke nia tuta grupo malkontentis, kaj kelkaj vizaĝoj ruĝiĝis. Sed ni ne sukcesis silentigi lin. Apenaŭ oni ne elirigis lin el la restoracio.

Li multe plendis al ni, tute malsaĝe, pri ĉio, kion li ricevis, kaj, cetere, pri la tuta loko. «Kiam ni estis kune soldatoj», li diris, «ni manĝis pli bone. Kiam ni estis soldatoj, ni ricevadis trinkeblan bieron. Kiam ni estis soldatoj, la teleroj ne estis malpuraj. Kiam ni estis soldatoj, la kukoj estis kontentige dolĉaj. Kiam ni estis soldatoj, la homoj rilatis amike kun ni, dum ĉi tie la kelneroj aliras nin malĝentile. Kiam ni estis soldatoj, ni ne devis aŭdi tian bruaĉan muzikon. Kiam ni estis soldatoj, ni havis dolĉan vivon».

Kompreneble, ĉio, kion li diris pri nia kuna militservo, estis tute nevera. Mi ne scias, ĉu li estis malsincera, aŭ ĉu iu speco de forgesemo misaranĝis liajn memorojn, forigante la malbonajn faktojn kaj troigante la belajn, sed tio, kion li diris, tute ne esprimas la veron. Nia soldata vivo tute ne estis ĝojiga. Estis por multaj el ni vere doloraj momentoj en tiu militservo. La daŭra amikeco inter niaj samgrupuloj devenas verŝajne de la fakto, ke ni kune travivis multajn aĉajn situaciojn, kiuj igis nin pli proksimaj unuj al la aliaj.

Estas plej bedaŭrinde, ke Dudi agis, kiel li faris. Nia bela kuna vespero, pri kiu la tuta grupo nur antaŭĝojis, estis fuŝita. Nu, mi ne troigu. Ni tamen multe ridis, ni kune kantis fine de la vespero, ni rakontis unu al la aliaj ĉiaspecajn aventurojn aŭ travivaĵojn, ni estis kontentaj reparoli pri tiu aŭ tiu aspekto de nia militservo. Mi do ĝojas, ke mi iris. Sed la vespero estus tiom pli bela sen Dudi!

Ni demandas nin, kiamaniere ni povos fari, ke li ne plu venu al niaj kunaj vespermanĝoj. Ni ne plu povas allasi lin. Li vere tro grave ĝenas. Ne estis facile komprenigi al la kelneroj kaj al la muzikistoj, ke la opinioj de tiu knabaĉo estas liaj opinioj, ne niaj, ne tiuj de la tuta grupo.

Estos ĝene reiri al la sama restoracio, kie la kelneroj kaj muzikistoj certe memoros la agmanieron de nia kunulo Dudi. Tre bedaŭrinda afero. Estas mirige, ĉu ne?, kiel unu sola homo povas fuŝi bonan atmosferon por tuta grupo, fuŝi vespermanĝan kunvenon, kiu, sen li, estus perfekte amika kaj feliĉiga. Nu, tiel estas. Plendi tute ne helpas. Ni esperu, ke simila fuŝo ne reokazos, kiam ni refoje aranĝos kunvenon de la grupo.

16. a. 저녁 훼방꾼

나는 화가 난다. 또다시 두디가 조직 분위기를 엉망으로 만들어 버렸다.

우리는 좋은 친구들로 이루어진 조직이고 아주 조용히 함께 저녁을 먹었다. 저녁은 내가 가장 좋아하는 식사라고 해야 할 것 같다. 아침 식사나 점심 식사는 저녁 식사 때처럼 그렇게 기분이 좋지 않다. 저녁에는 적어도 친구 집이나 좋은 식당에서라도 내가 정말 좋아하는 특별한 분위기를 느낄 수 있다. 주로 함께 모일 때다. 친구들이 함께 식사하는 것은 나에게 있어서 행복한 현실이다.

우리는 때때로 그런 조직을 가진다. 함께 군 복무를 했던 친구들의 조직 이야기다. 우리는 서로 다시 보는 것을 정말 좋아한다. 우리의 삶은 매우 다르다. 왜냐하면 우리는 직업이 매우 다르기 때문이다. 로날도는 노동자, 요하노는 가구점 판매원, 톰은 의사, 안드레오는 경찰관, 레오는 대형 제지 공장을 운영하고, 켄은 시 행정부에서 재미없고 중요하지 않은 직책을 맡고 있으며, 페트로는 조금 오래전부터 지금껏 실직 상태다. 그러므로 우리의 경험이 전혀 유사하지 않기 때문에 토론이 즐겁다는 것을 알 수 있다.

그러나 문제는 두디가 우리 저녁을 망치지 못하도록 어

떻게 막느냐는 데 늘 있다. 두디는 짜증을 잘 낸다. 동료들의 불행한 상황에서 기쁨을 찾는다. 그리고 그런 상황을 만들어낸다.

하지만 두디는 처음부터 우리 조직의 한 사람이었다. 오지 말라고 요청할 수 없다. 무엇을 해야 할지?

이번에 두디는 다시 시작했다. 처음에는 두디가 안 올 거라고 생각해서 우리는 기뻤다. 늦게 왔고 우리가 기다리지 않고 시작해서 이미 화가 났다. 우리는 항상 정시에 시작한다고 말하자 두디는 화를 냈다. "늦게까지 일해야 해서 늦었어. 그리고 너희들은 나를 위해 30분도 기다리지 못했어!" 하고 말했다. 사실 두디는 거의 한 시간이나 늦었다.

나중에는 메뉴에 대해 불평했다. 몇 주 전 우리가 무엇을 먹기로 합의했을 때 두디는 모임에 참석하지 않았다. 미안하지만 우리는 만장일치로 음식을 결정했다. 우리는 항상 우리 중 누군가가 좋아하지 않는 음식을 넣지 않으려고 최선을 다한다. 그러나 우리가 결정하는 순간 회원 중 한 명이, 예를 들어 이번 두디처럼 결석했기 때문에 자신의 의견을 말하지 못한다면 여전히 해당 사람이 좋아하지 않는 음식이 식탁에 올 위험을 완전히 제거할 수는 없다.

그래서 두디는 메뉴에 대해 불평했다. 평소에 두디는 국을 정말 좋아한다. 그러나 이번에는 국물을 조금 먹자 이미 큰 소리로 불만을 표현하기 시작했다. "나는 이것을 국이라고 부르지 않아"라고 너무 큰 소리로 말하여 우리 일행은 식당 자체가 아닌 특별실에 앉아 있었음에도 불구하고 식당 전체가 두디의 말을 들었다. 짜증나는 상황이죠?

식당에는 음악가들이 있고, 물론 특별실에서도 그 음악을 들었다. 우리와 식당 사이에 두꺼운 돌담이 없었기 때문이다. 음, 두디에게는 음악이 너무 크고 너무 빨랐다. 한번은 음악 한 곡이 막 끝났다는 말을 듣자마자 성난 표정으로 자리에서 일어나 권위 넘치는 인물의 걸음걸이로 식당으로 들어가 건달의 천박한 목소리로 소리 질렀다. « 추악한 소음에 대해 축하드립니다, 음악가 여러분. 방금 들은 것은 내가 음악이라고 부르는 것이 아니라 소음입니다. 이 소음을 멈춰주세요. 덕분에 머리가 아픕니다!»

너무 심하게 소리를 지르자 노부부와 함께 있던 개가 겁을 먹고, 개도 비슷한 소리로 짖어 대식당 전체가 웃음을 터뜨렸다. 물론 그것이 두디를 더욱 화나게 만들었다. 가장 무례한 태도로 문을 쾅 닫고 우리 특별실로 돌아왔다.

젠장! 어떤 인간인가! 두디는 분위기를 점점 더 무겁게 만들었다.

나중에는 접시가 깨끗하지 않다고 종업원에게 불평했다. 그것을 상상했다. 접시는 완벽하게 깨끗했다. 그러나 논쟁하는 것은 불가능하다. 이것이 더러운 접시라고 두디가 판단했을 때, 당신은 아주 작은 더러움이라도 찾으려고 하면서 가장 큰 눈으로 열심히 쳐다볼 수 있다. 모든 것이 가장 깨끗하더라도 두디는 존재하지 않는 더러운 곳을 여전히 보여줄 것이다.

그리고 주머니에서 종이 한 장을 꺼내 불만 사항을 적

기 시작했다! 다음 모임에서 그날 저녁의 나쁜 면에 대해 논의할 수 있도록 두디는 말했다. 상상이 되니?

글쎄, 나는 당신에게 모든 것을 보고할 수 없다. 두디는 샐러드가 먹을 수 없을 정도로 달콤하고 과자가 먹을 수 없을 정도로 쓴 것을 발견하고 잔을 격렬하게 떨어뜨려 깨뜨렸다. 왜냐하면 생각하기에 그 음료가 마실 수 없었기 때문이다. 그 불쌍한 종업원에게 너무 불친절하게 말을 해서 우리 일행은 모두 불편했고 일부는 얼굴이 붉어졌다. 그러나 우리는 두디를 조용하게 하지 못했다. 두디는 식당에서 거의 쫓겨날 뻔했다.

두디는 자기가 받은 모든 것에 대해, 게다가 그 집 전체에 대해 아주 어리석게도 우리에게 많은 불평을 했다. "우리가 함께 군인이었을 때 더 잘 먹었어. 우리가 군인이었을 때 마실 수 있는 맥주를 받았어. 우리가 군인이었을 때 접시는 더럽지 않았어. 우리가 군인이었을 때 과자는 만족스러울 정도로 달콤했어. 우리가 군인이었을 때 사람들이 우리에게 친절했지만 이곳에서는 종업원들이 우리에게 무례하게 대했어. 우리가 군인이었을 때 이렇게 시끄러운 음악을 들을 필요가 없었어. 우리가 군인이었을 때 우리는 기분 좋게 살았어.»하고 말했다.

물론 우리의 합동 군 복무에 대해 말한 모든 것은 전혀 사실이 아니다.

진지하지 못한 것인지, 아니면 어떤 건망증이 기억을 엉망으로 만들어 나쁜 사실은 삭제하고 좋은 사실을 과장한 것인지는 모르겠지만, 두디가 말한 것은 전혀 진실을 표현하지 못한다. 우리의 군인 생활은 전혀 즐겁지 않았다. 군 복무 중에 우리 중 많은 사람들에게 정말 고통스러운 순간들이 있었다. 우리 조직 동료들 사이의 지속적인 우정은 아마도 우리가 많은 불쾌한 상황을 함께 겪었고, 그것이 우리를 더 가깝게 만들었다는 사실에서 비롯되었을 것이다.

두디가 그런 행동을 한 것은 가장 유감스런 일이다. 모임 전체가 기대했던 우리의 같이 아름다운 저녁은 망가졌다. 글쎄, 과장하지는 않겠다. 하지만 우리는 많이 웃었고, 저녁이 끝날 때 함께 노래를 부르고, 온갖 모험이나 경험을 서로 이야기했고, 군 복무의 이런 저런 측면에 대해 이야기하게 되어 기뻤다. 그래서 참석해서 기쁘다. 하지만 두디가 없었다면 저녁은 훨씬 더 좋았을 거다!

우리는 두디가 어떻게 합동 저녁 식사에 오지 않게 할 수 있는지 궁금하다. 우리는 더 이상 두디를 인정할 수 없다. 두디는 정말 너무 성가시다. 그 아이의 의견은 개인의 의견이지 우리의 의견이 아니고 전체 조직의 의견이 아니라는 점을 종업원과 음악가들에게 이해시키는 것이 쉽지 않다.

종업원과 음악가가 우리 동료 두디의 행동을 확실히 기억할 같은 식당으로 다시 가는 것은 난처하다. 매우 유감스런 일이다. 한 사람이 어떻게 전체 조직의 좋은 분위기를 망칠 수 있는지, 그 사람이 없었다면 완벽하게 우호적이고 행복했을 저녁 모임을 망칠 수 있다는 것은 놀랍죠. 글쎄. 불평하는 것은 전혀 도움이 되지 않는다. 조직의 만남을 재조정할 때 비슷한 실수가 다시는 발생하지 않기를 우리는 바란다.

b. Ĉu malĝojon memori aŭ imagi feliĉon?

Ho jes, mi memoras la militon. Sed mi preferas ne paroli pri ĝi. Nur tiu, kiu mem travivis militon, scias, pri kio temas. Kaj kredu min, ne temas pri ridigaĵo.

Kiam domoj estas rompataj, kampoj fuŝataj, kaj grupoj da soldatoj iradas en la stratoj, kun, en la okuloj, miksaĵo el timo kaj malamo, la tuta atmosfero de la vivo fariĝas plej aĉa. Krome, oni apenaŭ trovas ion por manĝi. Oni manĝaĉas ion ajn. Mi aŭdis pri homoj, kiuj manĝis kataĵon, manke de io pli bona. Nur por vivi, ĉu vi komprenas?, nur por plu vivi.

Rigardi malplenan teleron, kaj aŭdi la infanojn plore peti nehaveblajn manĝaĵojn, enkorpigi al si supon, kiu estas pli akvo ol io alia, vesti sin per malnovaj vestrestaĵoj, kunmetitaj pli malpli sukces e…, sincere mi ne ŝatis tiun vivon, kaj mi forte esperas, ke miaj infanoj neniam travivos ion similan.

Eĉ la malĝojaj okuloj de nia hundo igis nin plej

malfeliĉaj, ĉar kion ni povis fari? Se la homoj ne havis sufiĉe por manĝi, kiel ni povus plenigi la teleron de nia kara, amata, sed kompatinda hundo?

Kia malaminda vivo! Mi neniam komprenos — kiaj ajn la interesoj de la nacio — ke homoj povas decidi ek-estigi militon. Kiom ajn alte ili staras en la direktado de la nacio, kiom ajn klare ili povas vidi la internaciajn rilatojn, aŭ la tutmondan situacion, tamen…

Mi scias, ke la aferoj ne estas tiel simplaj, kiel ili aspektas en interparolo kun kafeja kelnero. Sed tiu decido ŝajnas al mi tiel grava, ke mi ne komprenas, kiel homo kuraĝas fari ĝin. Mi persone ne estus sufiĉe maltima, eĉ se mi havus la devon direktadi de plej alte la aferojn de miaj samnaciuloj.

Decidi, ke oni ekmilitos, kia decidaĉo! Sendi la junulojn al morto jam estas aĉa decido, sed sendi ilin al mortigo — sendi ilin mortigi aliajn junulojn, kaj ankaŭ homojn nejunajn — ŝajnas al mi eĉ pli neakcepteble. Scii, ke oni estigos doloron en miloj kaj miloj da homoj, ke miloj kaj miloj da homoj maldormos dum noktoj kaj noktoj, ĉar ili estos tro malfeliĉaj aŭ tro zorgoplenaj por trovi la trankvilon, sen kiu oni ne povas ekdormi. Vere, mi ne povus.

Sed, se vi permesas, ni parolu pri io alia. Estas

multaj ĝojigaj aspektoj en la vivo. Kial ne paroli pri io ridiga, aŭ feliĉveka? Milito estas tiel brunaĉa, senkolora temo. Aŭ eble vi preferus diri: koloraĉa.

Ĉi-foje, mi preferus, ke ni pensu pri la beleco de la kampoj, la plezuro promeni surmonte aŭ la afabla vizaĝo de la kelnerino, kiu servis al ni tiel bonan kukon en la kafejo, kie ni estis posttagmeze. Milito alportas al la homoj nenion, krom doloro kaj malfacilaĵoj. Ĉio fariĝas malsimpla dum milito.

Jes, ni parolu pri io alia. Ni lasu nian imagon ekflugi alten en la aero, estigi mondon de beleco kaj rido, de amo kaj feliĉo. Ĉu gravas, se tiu mondo ne ekzistas? Ne; ĉu? Gravas, ke ni estigu en ni iun atmosferon, por ĝojigi nin kaj forgesigi al ni la malamindaĵojn de l' milito.

Laŭ mia opinio, estas saĝe fojfoje tiel ekflugi image. Lasi la imagon funkcii mem, lasi penson venigi penson, imagaĵon sekvi imagaĵon, nur por la plezuro forgesi la mondon, en kiu ni vivas, kaj ĝiajn dolorajn aspektojn. Ĉu vi trovas, ke tio estas forkuri for de la realeco? Laŭ vi ne estas tre bone, fidi al sia imago kaj prikanti enpense belecojn nerealajn, ĉu? Vi malpravas, laŭ mia sento. Elpensi aliajn mondojn, en kiuj la vivo estus pli feliĉa kaj la homoj pli bonkoraj unuj al la aliaj, tio ne estas la samo, kiel intermiksi en sia pensado tiujn imagitajn mondojn kun la vivo ĉi-ekzista. Eble, se oni farus tion multfoje, tio estus malsaĝa. Sed kelkfoje, kiam venas okazo, kial ne?

Kaj eĉ se tio estas forkuri el la realeco, forflugi en imagitan mondon, ĉar la reala ŝajnas al ni tro aĉa, kial tion ne fari fojfoje? Se tion farante ni retrovas forton kaj kuraĝon, por aliri sentime la verajn demandojn de la realo, kial sin forturni de ĝi?

Evidente, la situacio estus tute malsama, se temus pri kutimo tiel forta, ke oni ne plu povus pensi realece. Sed se ni ne perdas nian bonan rilaton kun la realo, miaopinie, ni povas sendanĝere nin fordoni al tiu ludo.

Homoj ne sufiĉe ludas, niaepoke, laŭ mia maniero rigardi la vivon. Por mi, ludo estas tre grava, ĉu ne por vi? Ludo alportas ĝojon kaj ridon, dum ĉiama seriozeco estigas ian mankon de vivo en la homo.

Mi ne volas diri, ke oni aliru siajn taskojn kaj devojn malserioze, ne zorgante pri tio, ĉu tio, kion oni faras, estos vere kontentiga aŭ ne. Ne diru, ke mi proponas al la homoj iĝi grandaj fuŝemuloj. Tute ne.

Nur tion mi diras, ke aliri la realon iom lude,

ride, aŭ almenaŭ ridete, estas pli feliĉige por ni mem kaj por la aliaj ol ĉiam komenci taskon kun plendo kaj ĝememo. Ĉu vi konsentas?

Ne? Kiel strange! Sed, se vi vere malkonsentas, kial do vi ridetas? Vi eĉ ridas! Tamen la demando estas serioza. Kaj se vi malkonsentas, via opinio povas nur esti, ke seriozajn demandojn oni priparolu senride.

b. 슬픔을 기억하거나 행복을 상상하나요?

아, 네, 전쟁을 기억해요. 그러나 나는 그것에 대해 이야기하지 않기를 더 좋아해요. 전쟁을 직접 겪어본 사람만이 그것이 무엇인지 알거든요. 그리고 저를 믿으세요. 농담이 아니에요.

집이 부서지고, 들판이 망가지고, 군인들이 거리를 활보할 때, 그들의 눈에는 두려움과 증오가 뒤섞여 삶의 분위기 전체가 가장 추악해져요. 게다가 먹을 것도 거의 없어요. 사람들은 무엇이든 먹지요. 나는 더 나은 것이 없어서 고양이 사료를 먹는 사람들에 대해 들었거든요. 그냥 살기 위해. 이해하나요? 그냥 더 살기 위해.

빈 접시를 보는 것, 가질 수 없는 음식을 달라고 울부짖는 아이들의 소리를 듣는 것, 다른 무엇보다 물이 많은 국을 먹는 것, 어느 정도 잘 꿰맞춘 낡은 옷가지를 입는 것… 나는 그런 삶을 좋아하지 않아요. 그리고 저는 제 아이들이 그런 비슷한 일을 결코 겪지 않기를 진심으로 바라지요.

우리 개의 슬픈 눈조차도 우리를 가장 불행하게 만들었어요. 왜냐하면 우리가 무엇을 할 수 있을까요? 사람들에게 먹을 것이 충분하지 않다면 좋아하고 사랑하지만 불쌍한 개의 접시를 우리가 어떻게 채울 수 있을까요?

얼마나 증오스러운 삶인가요! 나는 국가의 이익이 무엇이든 사람들이 전쟁을 시작하기로 결정할 수 있음을 결코 이해하지 못하거든요. 그러나 그들이 국가의 지도력에서 아무리 높은 위치에 있다고 해도, 국제관계나 세계정세를 아무리 명확하게 볼 수 있다고 해도…

나는 카페 종업원과의 대화에서 보이는 것처럼 일이 그렇게 단순하지 않음을 알고 있어요. 하지만 그 결정은 나에게 너무 중요해서 사람이 어떻게 감히 그런 결정을 내리는지 이해할 수 없어요. 비록 내가 가장 높은 곳에서 내 동포의 일을 지휘할 의무가 있다고 해도 나는 개인적으로 충분히 용감하지 않을 거예요.

전쟁을 일으키는 결정은 얼마나 추악한 결정인지! 젊은이들을 죽게 보냄은 이미 더러운 결정이지만, 그들을 죽이도록 보냄, 즉 다른 젊은이들과 젊지 않은 사람들을 죽이도록 보냄은 나에게는 더욱 용납할 수 없는 것 같아요. 수천 명의 사람들에게 고통을 안겨주고, 수천 명의 사람들이 밤마다 잠들지 못함을 알아야죠. 왜냐하면 없이는 잠들 수 없는 편안함을 찾기에 그들은 너무 불행하거나 너무 걱정이 많기 때문이죠. 정말로, 나는 할 수 없거든요.

하지만 괜찮다면 다른 얘기를 해보지요. 인생에는 기쁜 측면이 많이 있거든요. 웃기거나 행복을 불러일으키는 것에 대해 이야기하면 어떨까요? 전쟁은 참으로 어둡고 무채색의 주제거든요. 아니면 아마 잡색이라고 말하고 싶기도 하겠지요.

이번에는 들판의 아름다움, 산을 걷는 즐거움, 오후에

우리가 있던 카페에서 이렇게 맛있는 과자를 제공해준 여종업원의 친절한 얼굴에 대해 생각해 보는 게 더 좋겠어요. 전쟁은 사람들에게 고통과 어려움 말고는 아무것도 가져다주지 않거든요. 전쟁 중에는 모든 것이 복잡해져요.

응, 무언가 다른 얘기를 해보지요. 우리의 상상력을 하늘 높이 솟아오르게 하여 아름다움과 웃음, 사랑과 행복의 세계를 창조해 봐요. 그 세계가 존재하지 않아도 상관없나요? 아니요. 그렇지요? 우리를 기쁘게 만들고 전쟁의 증오스러운 것들을 잊기 위해 우리 자신 안에 어떤 분위기를 조성하는 것이 중요하거든요.

내 생각에는 때때로 상상하여 그렇게 높이 솟아오르게 하는 게 현명하다고 생각해요. 상상이 저절로 작동하도록 하고, 생각이 생각을 가져오도록 하고, 상상이 상상을 따르도록 하는 거죠. 단지 우리가 살고 있는 세상과 세상의 고통스러운 측면을 잊는 즐거움을 위해서요. 현실에서 도피하고 있다고 생각하나요? 당신의 의견으로는, 상상을 믿고, 생각 속에서 비현실적인 아름다움에 대해 노래하는 것은 별로 좋지 않네요, 그렇죠? 내 생각에는 당신이 틀렸어요. 삶이 더 행복해지고 사람들이 서로에게 더 친절해질 수 있는 다른 세계를 만들어냄은 이 상상의 세계를 여기에 존재하는 삶과 생각으로 어떻게 서로 섞을지는 다르지요. 아마도 이런 일을 여러 번 하면 어리석은 일이 될 거예요. 그런데 가끔 기회가 오면 왜 안 되겠어요?

그리고 그것이 현실로부터 도망치고, 상상의 세계로 날아감을 의미하더라도, 현실은 우리에게 너무 역겨워 보이기 때문에 가끔씩 그렇게 해 보는 것은 어떨까요? 그렇게 함으로써 우리가 현실의 실제 문제에 두려움 없이 접근할 수 있는 힘과 용기를 발견한다면, 왜 그것에서 돌아서겠습니까?

분명히, 습관이 너무 강해서 더 이상 현실적으로 생각할 수 없다면 상황은 완전히 달라질 거예요. 하지만 현실과의 좋은 관계를 잃지 않는다면 내 생각에, 우리는 안전하게 그런 놀이에 빠져들 수 있다고 생각하거든요.

요즘 사람들은 내가 인생을 보는 방식으로 충분히 놀지 않아요. 나에게 놀이는 매우 중요하지요. 당신에게는 그렇지 않나요? 놀이는 기쁨과 웃음을 가져오는 반면, 끊임없는 진지함은 인간에게 일종의 삶의 결핍을 초래하거든요.

나는 자신이 하는 일이 정말로 만족스러운지 아닌지에 걱정을 하지 말고 자신의 일과 의무를 가볍게 접근하라고 말하고 싶은 게 아니에요. 내가 사람들에게 큰 말썽꾼이 되라고 제안한다고 말하지 마세요. 전혀 아니거든요.

제가 말하고자 하는 바는, 웃으면서, 혹은 적어도 미소를 지으며 조금 장난스럽게 현실에 접근하는 쪽이, 항상 불평하고 구시렁대며 일을 시작하는 것보다 우리 자신과 다른 사람들을 위해 더 행복하다는 거예요. 동의하나요?

아니라고요? 정말 이상하네요! 그런데 정말 동의하지 않는다면 왜 미소를 짓나요? 심지어 웃네요! 그러나 질문은 심각해요. 동의하지 않는 경우 심각한 질문은 웃지 않고 논의해야 한다는 당신의 의견만 있을 수 있거든요.

17. a. Edzokaptaj inoj

Jes, kiam, antaŭ kelkaj jaroj, li diris al mi, ke mi estas la plej bela knabino, kiun li iam ajn vidis, mi preskaŭ enamiĝis. Neniam viro parolis pri mia beleco similvorte. Neniam viro, simple parolante, direktis tiajn kortuŝajn okulojn al mi.

Sed post iom da tempo mi konsciiĝis, ke li ne vere amas min, kaj ke mi neniam povos lin ami, eĉ se nur pro lia mono. Kaj nun ni eksciis, ke li volas edziĝi al Aneta!

Ĉu vi komprenas, kial li volas edziĝi al ŝi? Ŝi havas plaĉan vizaĝon, iamaniere, sed ŝi ne estas bela. Li estas tre riĉa. Verŝajne ŝin interesas lia mono. Nu, se li volas esti malsaĝa, tio estas lia problemo.

Lia fratino edziniĝis al riĉulo, kaj tio estas multe pli sendanĝera. Se la edzo havas tiom da mono, kiom la edzino, almenaŭ ambaŭ havas dekomence certecon, ke la alia ne serĉas en geedziĝo eblecon riĉe vivi.

Multaj knabinoj jam provis edziniĝe ŝteli la monon

de Rikardo. Se vi scius, kiom da edzkaptemaj inoj li jam devis forsendi! Sed ĉiam revenas novaj, kaj ĉi tiu sukcesis. Ĉi-foje, li estas kaptita. Finita, la libereco. Li falis en ŝian kaptilon. Antaŭe li estis tre singarda[24]. Li bone gardis sin je ĉiu provo lin faligi en la kaptilon. Sed la lasta ino — kiel do ŝi nomiĝas? mi forgesis… ha jes! Aneta! — Aneta, la lasta el longa aro, perfekte ludis sian rolon. La lastan fojon, li preskaŭ kaptiĝis, kio montras, ke eble li fariĝis malpli singarda.

Tiun lastan fojon, pri kiu mi parolas… eble mi devus diri «la antaŭlastan fojon», se vi konsideras, ke la vera lasta fojo estas ĉi tiu fojo, kun tiu Anet a… nu, negrave… tiun lastan fojon, mi diris, la kaptemulino estis tute senmona. La plej senhava, plej malriĉa knabino el la tuta urbo. Sed ŝi estis bela. Granda, sportema, sentima[25], sed sentema25 — almenaŭ laŭŝajne — ŝi montris sin tiel aminda, ke li preskaŭ ekamis ŝin je la unua rigardo. La afero daŭris pli ol unu jaron. Ho jes, dum pli ol unu jaro ili vidadis unu la alian kvazaŭ sen

24) Singarda: atentema kaj pripensema, por ne ricevi malbonaĵon aŭ malfeliĉon, aŭ por ne meti sin en realan aŭ imagitan danĝeron; malema agi subite kaj senpense; neriskema.

25) Sen-tim-a, sent-em-a.

interrompo.

Ekzistas tia tipo de virino, kiu tre nature plaĉas. Ŝi estas tia. Tamen, ŝi sukcesis plaĉi al li ne nur pro sia natura amindeco, sed, krom tio, ankaŭ pro io alia. Pro volo. Pro decido. Ŝi volis lian monon, ŝi decidis, ke ŝi havos ĝin, kaj do — samokaze — lin. Kaj ŝi agis tute laŭplane, bone pripensante unu paŝon post la alia, por realigi sian deziron. Ŝi neniam mispaŝis.

Ŝi serĉis pri li ĉiaspecajn informojn, kaj ŝi uzis siajn sciojn por plejproksimiĝi al li, kaj al lia koro. Ekzemple, kiam ŝi eksciis, ke li estas tre kantema, kaj eĉ estas ano de iu gea kantogrupo, ŝi tuj decidis aniĝi al tiu grupo. Alian fojon, oni diris al ŝi, ke li ĵus eliĝis el la militservo. Nu, ŝi serĉis la plej etajn informojn pri li, kaj sukcesis aranĝi la aferojn tiamaniere, ke ŝi estu la unua persono, kiu troviĝos sur lia vojo, kiam li alvenos en la urbon.

Kaj ne nur ŝi agis. Ankaŭ ŝiaj gepatroj trovis pseŭdomotivon por esti foje akceptitaj de lia patro. Ŝi kvazaŭ ŝtele eniris en lian mondon por ŝteli lian amon, kaj la tutan riĉon, kiu iras kun ĝi, ĉe tia multmona homo. Ŝi uzis plej plene sian imagon por elpensi plej malsamajn manierojn enŝteliĝi[26] en lian

26) Enŝteliĝi: eniri ŝtele, t.e. zorgante resti nerimarkita, kvazaŭ

vivon, kaj plaĉi al li. Sed eble ŝi trouzis ilin. Eble li suspektis ŝian planon kaj la ne plene honestajn motivojn, kiuj kuŝis malantaŭ ŝiaj tro oftaj aperoj ĉe lia flanko.

Subite, liaj amikoj rimarkis, ke li fariĝas pli kaj pli malvarma en siaj rilatoj kun ŝi. Oni sentis, ke la speco de espero kaj amemo, kiu ĵus batigis lian koron, nun iom post iom malaperas, lasante la lokon al iu malŝato··· ne, ne vere malŝato, kiel diri? Mi serĉas la ĝustan vorton, sed ne trovas ĝin, kiel ofte okazas al mi··· do, ne estis malŝato, sed iu sento proksima al ĝi, iom simila··· ha: jen mi trovis la vorton: neŝato. Neplaĉo. Li ne malamis ŝin, kompreneble, ankaŭ ne malŝatis ŝin, sed, tute simple, ŝi ne plu plaĉis al li. La sentoj, kiujn ŝi antaŭe estigis en li, simple malaperis. Mi gratulis lin. Li tiel ĵus eligis sin el serioza risko, el la risko edziĝi al monserĉa aventurulino, kiu ne indis, ke li kunigu sian vivon al la ŝia.

Sed jen novan fojon simila situacio ĵus aperis. Pro tiu Aneta, jen lia koro ĵus rekomencis batadi pli vive, jen reaperis la konata miksaĵo el espero kaj, se ne amo mem, almenaŭ deziro ami, kaj nun, jen ni ekscias, ke li decidis fariĝi sia edzo.

---

por ŝteli.

Eble tamen Aneta ne kaptis lin por lia mono. Finfine, mi ne konas la tutan historion. Kio ebligus al mi diri tion? Vi pravas. Se sincere paroli, mi ne rajtas tion diri pri ŝi. Mi preskaŭ ne konas ŝin. Pro kio do mi esprimis al vi tiujn malŝatajn ideojn, kiujn mi havis pri Aneta? Kial mi lasis mian imagon kapti min, koncerne ŝiajn motivojn? Mi ne estas honesta. Sed pro kio do? Ĉu pro deziro haltigi la geedziĝon? Ĉu tion mi deziras? Ĉu mi finfine rigardu la veron vizaĝ-al-vizaĝe? Kaj kiu estas tiu vero, se ne ke iĝi la edzino de Rikardo deziras plej forte mi?

17. a. 결혼을 잡으려는 여자들

예, 몇 년 전 그 사람이 자기가 본 여자 중 가장 아름다운 여자라고 나에게 말했을 때, 나는 거의 사랑에 빠질 뻔했어요. 그런 말로 내 아름다움에 대해 말한 사람은 없었거든요. 간단히 말해서, 나에게 그렇게 감동적인 눈을 보낸 남자는 결코 없었지요.

그러나 얼마 후 나는 그 사람이 정말로 나를 사랑하지 않는다는 것을 깨달았고, 심지어 그 사람의 돈 때문에라도 결코 사랑할 수 없다고 깨달았어요. 그리고 지금 우리는 그 사람이 아네타와 결혼하고 싶어한다는 걸 알게 되었지요! 그 사람이 왜 아네타와 결혼하고 싶어하는지 이해하나요? 아네타는 어떤 면에서 맘에 드는 얼굴을 가졌지만 아름답지는 않거든요. 그 사람은 매우 부자예요. 아마도 아네타는 그 사람의 돈에 관심이 있을 거예요. 글쎄요, 만약 그 사람이 바보가 되기를 원한다면 그건 그 사람의 문제거든요.

그 사람의 여동생은 부자와 결혼했는데 그것이 훨씬 더 안전해요. 남편이 아내만큼 돈이 많다면 적어도 두 사람 모두 상대방이 결혼 생활에서 부자로 살 기회를 찾고 있지 않음을 처음부터 확신하게 되거든요.

많은 소녀들이 이미 리카르도의 돈을 결혼 생활에서 훔치려고 시도했어요. 그 사람이 결혼을 잡으려는 여자를 몇 명이나 내보냈는지 안다면! 하지만 항상 새로운 사람들이 돌아왔고, 이번 에는 성공했어요. 이번에는 그 사람이 잡혔거든요. 끝났어요, 자유가. 리카르도는 아네타의 함정에 빠졌거든요. 그 전에 리카르도는 매우 조심스러웠어요. 자신을 함정에 빠뜨리려는 어떤 시도에도 대비해 잘 경계했지요. 그런데 마지막 여자 - 이름이 뭐죠? 잊어버렸어요... 아 그렇군요! 아네타! 긴 줄의 마지막인 아네타는 자신의 역할을 완벽하게 수행했지요. 지난번에 그 사람은 거의 잡힐 뻔했는데, 이는 덜 조심스러워졌음을 보여주거든요.

내가 말하는 마지막 번은... 아마도 "마지막 앞 번"이라고 말해야 할 것 같네요. 진짜 마지막 번이 저 아네타와 함께한 이번이라는 것을 고려한다면,... 음, 신경쓰지 마세요... 그 마지막 번에, 내가 말했지요, 그 잡으려는 여성은 완전히 무일푼이었어요. 마을 전체에서 가장 궁핍하고 가난한 소녀. 하지만 소녀는 아름다웠지요. 키가 크고, 운동능력이 뛰어나고, 두려움이 없지만 감정적이에요. - 적어도 겉보기에 소녀는 자신을 너무 사랑스럽게 꾸며 그 사람이 거의 첫눈에 반할 뻔했거든요. 그 일은 1년 넘게 지속됐어요. 아, 그렇군요. 그들은 1년이 넘도록 끊임없이 서로 계속 지켜보았거든요.

아주 자연스럽게 마음에 드는 유형의 여성이 있어요. 아네타가 그렇거든요. 그러나 아네타는 자연스러운 사랑스러움뿐만 아니라 그 외에도 다른 것 때문에 그 사람을 기쁘게 할 수 있었어요. 소망 때문에. 결정 때문에. 아네타는 리카르도의 돈을 소망했고, 아네타가 그것을, 따라서 같은 경우로 그 사람을 갖기로 결정했거든요. 그리고 자신의 소망을 실현하기 위해 한 단계 한 단계 잘 연구하면서 완전히 계획에 따라 행동했지요. 발을 잘못 디딘 적이 결코 없었어요.

리카르도에 관해 모든 종류의 정보를 찾았고, 리카르도에게, 그리고 리카르도의 마음에 가장 가까이 다가가기 위해 자신의 지식을 활용했어요. 예를 들어, 아네타는 리카르도가 매우 노래를 좋아하며 어느 게이 노래패의 회원임을 알았을 때 즉시 그 조직에 가입하기로 결정했어요. 또 한번은 리카르도가 막 군대를 제대했다는 말을 들었어요. 글쎄, 아네타는 리카르도에 대한 가장 작은 정보를 찾아내서 리카르도가 마을에 도착했을 때 길에서 본 첫 번째 사람이 자기가 되도록 일을 처리했지요.

그리고 오직 아네타만 행동한 게 아니었어요. 또한 아네타의 부모는 때때로 아네타의 아버지가 받아들이는 가짜 동기를 알았거든요. 마치 아네타가 그 부자에게서 사랑과 그에 따른 모든 부를 훔치기 위해 그 부자의 세계로 몰래 들어간 것 같았어요. 자신의 상상력을 최대한 활용하여 그 부자의 삶에 몰래 들어가 기쁘게 할 수 있는 다양한 방법을 찾아냈지요. 하지만 아마도 그것을 과도하게 사용했을 수도 있어요. 아마도 리카르도는 아네타의 계획과 자기 옆에 너무 자주 나타나는 뒤에 숨어있는 완전히 정직하지 않은 동기를 의심했을 거예요.

갑자기 친구들은 리카르도가 아네타와의 관계에서 점점 더 차가워지는 것을 알아차렸어요. 방금 가슴을 두근거리게 했던 희망과 애정이 어떤 혐오감을 주면서 이제는 점점 사라지고... 아니, 진짜 혐오감은 아니라, 뭐라고 표현해야 할까요? 적당한 단어를 찾고 있는데 못찾는 경우가 종종 있어서... 그래서 혐오감이 아니라 뭔가 거기에 가까운 느낌, 조금 비슷한... 하! 여기 좋아하지 않음, 그 단어를 찾았네요. 물론 리카르도는 아네타를 미워하지 않았어요. 역시 싫어하지도 않았지요. 그러나 간단히 말해서 더 이상 맘에 들지 않았거든요. 아네타가 이전에 리카르도에게 불러일으켰던 감정은 간단히 사라졌어요. 나는 리카르도에게 축하를 건냈지요. 그리하여 리카르도는 자신의 삶을 아네타의 삶에 합류시킬 심각한 위험에서, 돈을 추구하는 무가치한 여자모험가와 결혼하는 위험에서 방금 자신을 구출했지요.

그러나 새롭게 비슷한 상황이 방금 나타났어요. 그 아네타 덕분에 리카르도의 심장은 다시 활기차게 뛰기 시작했고, 이제 희망에 더하여 사랑 자체는 아니더라도 적어도 사랑에 대한 열망에서 익숙한 혼합감정이 다시 나타났고, 이제 여기서 남편이 되기로 결심했다는 것을 우리는 알게 되지요.

어쩌면 아네타는 돈 때문에 리카르도를 잡지 않았을 수도 있어요. 결국 나는 전체 이야기를 몰라요. 내가 그렇게 말할 수 있는 이유는 무엇일까요? 당신 말이 맞아요. 솔직히 말해서 나는 아네타에 대해 그렇게 말할 권리가 없거든요. 나는 아네타를 거의 알지 못해요. 그렇다면 내가 아네타에 대해 가졌던 싫어하는 생각을 왜 당신에게 표현했나요? 나는 왜 아네타의 동기에 대해 내 상상력을 최대한 활용하게 되었나요? 나는 정직하지 않아요. 그런데 왜? 결혼을 중단하고 싶은 마음 때문인가요? 그게 내가 원하는 걸까요? 드디어 진실을 직시해야 하는 걸까요? 그리고 내가 가장 리카르도의 아내가 되고 싶다는 것이 아니라면 그 진실은 무엇인가요?

b. Instruista amo

Ne estas facile ami kun dudek kvin geknaboj. Ne rigardu min tiel mire, mi diras la veron. Mi volas diri, ke kiam oni estas instruisto, amas junulinon, kaj havas kun si klason de dudek kvin geknaboj, kiuj sekvas sian instruiston, kien ajn li iras, amrilatoj fariĝas malfacilaj.

La domego, kie ni estis, dum tiu sur-monta semajno, estis malnova hotelo, kiun oni rearanĝis por infangrupoj. Estis en ĝi granda manĝejo por la grupaj manĝoj, kaj ankaŭ pli malgranda, pli plaĉa trinkejo, kie oni povis aĉeti kafon, sukon, ĉokoladon, teon kaj aliajn trinkaĵojn.

Tie ŝi laboris. Kiam mi eniris la trinkejon, en la unua tago, kaj mi ekvidis ŝin, mia koro misbatis. Kaj mi samtempe iĝis certa, ke ankaŭ ŝia koro faris unu misbaton. Mi rigardis ŝin, ŝi rigardis min, ni ridetis.

Ne daŭris pli ol unu sekundon tiu unua rigardo, sed mi sentis, kvazaŭ mi aliiĝus al nova homo. Neniam mi vidis iun tiel amindan, tiel feliĉige amvekan.

La infanoj brue envenis post mi. Nu, vi scias, kiaj estas infanoj. Ili movis la seĝojn. Ili kriis. Ili vokis de unu angulo al alia plej laŭte. Unu paŝis sur la piedon de kunulo, kaj ĉi-lasta ekkriis, kvazaŭ oni ĵus provus mortigi lin. Nu, vi konas tian situacion.

«Kiu ŝtelis mian monon?» iu kriis furioze. «Mia monujo malaperis!»

«Ĝi falis el via poŝo», «Tie, ĉe la seĝpiedo», «Serĉu antaŭ ol suspekti!» samtempe kriis plej malsamaj voĉoj, dum sonis pliaj respondoj, al kiuj plene mankis ĝentileco.

Sed mi nenion aŭdis. Mi nur povis rigardi ŝin. Post tiu unua rigardo, kiun mi antaŭe priparolis, mi direktis la okulojn aliloken dum unu sekundo, sed ne pli. Mia rigardo tuj revenis al ŝi kaj ne plu forlasis ŝin. Kvazaŭ iu supernatura forto min devigus ne movi la okulojn.

Ankaŭ ŝi min rigardis plu, kun la sama feliĉplena rideto. Stranga, nekutima, silenta ĝojo ekokupis mian tutan estaĵon. Tute trankvile. Mia koro ne plu misbatis, sed ĝi ne batis kiel antaŭe. Ĝi estis kvazaŭ plena je suno, je bela, varma, plaĉa sed samtempe trankvila sunlumo.

Dume, interinfana milito komenciĝis. «Mi vidis vin, vi provis ŝteli mian monujon», kriis iu knabino.

«Ne gravas, vi jam estas tro riĉa», ride rebatis

knabo.

«Ĉi tiu estas mia seĝo, ne sidu sur ĝi», plendis tria infano.

«Kiu faligis mian glason?» furiozis kvara.

Objektoj komencis traflugi la aeron. La bruoj devus tuŝi mian atenton, konsciigi min, ke aŭdeblas vortaĉoj, ke okazas neallasindaj[27] batoj, ke ploroj kaj plendoj kaj ridoj resonas tro brue de unu muro al alia.

Sed mi kvazaŭ ne ĉeestis. Mia atento estis for. Ĝi ne direktiĝis al la infana milito, nur al tiuj bluaj okuloj, al tiu mirinda nazo, al tiuj brunaj haroj, tiel perfekte aranĝitaj.

Kaj, pro nekomprenebla motivo, ankaŭ ŝiaj okuloj estis turnitaj nur al mi. Al mia tro dika nazo, al miaj senordaj haroj, al mia nespeciale bela vizaĝo.

«Ne sidu ĉi tie», laŭtis knaba voĉo.

«Mi rajtas sidi kie ajn mi volas», respondis alia.

«Se vi sidiĝos sur ĉi tiun seĝon, vi tion bedaŭros», parolis tria, malamike.

«Vi ne rajtas malpermesi al li sidi sur tiu seĝo», knabino kriis.

Mil interkriadoj sonis samtempe. Mil objektoj, sajne, kune bruis en la trinkejo. Sed mi aŭdis

27) Al-lasi: lasi alveni, lasi enveni, kaj do permesi, lasi okazi, akcepti.

nenion. Aŭ, pli ĝuste, mi aŭdetis ian kvazaŭ tre malproksiman bruon, kiu ne sukcesis kapti mian atenton. Mian atenton ja plene okupis la superbela vizago de virino sensimila.

Kaj jen ŝi ekridis.

Mi rigardis ŝin eĉ pli, mire. Sed ŝi tro ridis por povi parole respondi al mia silenta demando.

Ŝia mano montris al la ejo, al la nekredeblaj militspecaj agadoj, kiuj okazis en ĝi, al seĝoj kuŝantaj, al rompita taso, al kruroj, kapoj, brakoj, manoj moviĝantaj ĉiadirekte, dum vortaĉoj kaj militkrioj ĉie[28] sonadis.

Nur tiam mi ekkonsciis. «Geknaboj!» mi kriis. «Sufiĉas!»

Neniam mi komprenis, kial mi havas aŭtoritaton. Sed aŭtoritaton mi havas. Naturan aŭtoritaton. Ĉu eble pro io en la voĉo? Mi ja ne estas alta fortegulo, kiel kelkaj viroj, kiujn infanoj rigardas kun ia timo, kaj sekve kun forta motivo ne riski malkontentigon. Ne. Mi estas ne pli ol mezalta kaj mezforta, kaj tute ne havas timigan aspekton.

Sed la infanoj, al kiuj mi instruas, neniam faras ion, kion mi malpermesas. Sufiĉas, ke mi diru «atentu!», kaj la bruo haltas, envenas silento, dum la geknaboj nin rigardas atente kaj atende, atendante,

---

28) Ĉie: en la tuta loko.

fakte, ke mi precizigu miajn dezirojn. Eĉ, ofte, mi diras nenion. Nura rigardo, nura vizaĝesprimo, nura movo de la mano, kaj tuj ili trankviliĝas.

Ĉi-foje, mia natura aŭtoritato ree agis. Apenaŭ mi devis aldoni kelkajn vortojn por precizigi, ke mi volas, ke ili restarigu la falintajn tablon kaj seĝojn, haltigu la batojn, remetu ordon kaj trankvilon en tiu plaĉa trinkejo. Post dek minutoj, ĉio estis ree en ordo, kaj ili interparolis trankvile, kvazaŭ neniu malamikeco iam ajn aperis inter ili.

«Gratulon, sinjoro!» diris la plej bela voĉo, kiun mi iam ajn aŭdis. «Kiam mi ekvidis la malordon, mi imagis, ke ne eblos restarigi bonordon antaŭ ol noktiĝos».

Nenio estis pli dolĉa al mia koro, ol ŝiaj gratulvortoj. Tiel komenciĝis inter ni plej feliĉa amrilato.

Sed, kredu min, ne estas facile ami kun dudek kvin geknaboj. Mi ne povis forlasi la dormejon nokte, se unu el ili ne dormis. Tiu ja vekis kelkajn aliajn, kaj post dek minutoj la dormejo fariĝis brua ludejo. Iun tagon — estis ŝia libertago — ŝi konsentis veni promeni kun mi. Sed ankaŭ kunmarŝis la dudek kvin karuletoj, kio tamen mallarĝigis la eblecojn de plaĉa para interparolado.

Kiam mi estis libera, kaj mia kunlaboranto[29] ilin

gardis, ŝi laboris en la trinkejo. Se mi tien iris, plej ofte ankaŭ kelkaj el miaj klasanoj venis. Kaj kiam ŝi interrompis la laboron, mi ne estis libera, sed devis okupiĝi pri la dudek-kvino. Mia helpanto29 ĉeestis nur dumtage, je precizaj horoj.

Tamen, iom post iom, mi sukcesis trovi solvojn al la problemoj, kaj vidi ŝin ne tro malofte. Mi rakontis ĉion pri mi, pri mia vivo, pri miaj deziroj, pri mia amo, kiu certe daŭros ĝismorte, kaj ŝi same rakontis ĉion pri si. Ŝi estis ridema, kantema, sed ankaŭ laborema kaj plej fidinda homo, kun koro plena je ĝojo, kaj feliĉiga rideto.

Post kiam mi revenis hejmen, certe plaĉis la foresto de la infanoj, sed mia soleco pezis al mi. Feliĉe, la urbo, kie mi instruas, ne estas tro malproksima. Kiel eble plej ofte mi reiris al la montara malnova hotelo, kaj nia amo de fojo al fojo grandiĝis. Nek ŝi nek mi plu havas gepatrojn kaj gefratojn, kaj nia geedziĝo estis plej simpla, kun nur kelkaj geamikoj. Almenaŭ laŭplane. Ĉar kiam eksonis la geedziĝa marŝmuziko kaj ni turnis nin por brak-en-brake eliri, silente, ridete kaj korbate larĝ-okulis al ni dudek-kvino da geamiketoj.

---

29) -anto: persono, kiu …-as, -anta homo.

b. 선생님의 사랑

스물다섯 명의 남녀아이들과 함께 있으면서 사랑하기는 쉽지 않은 일이예요. 너무 놀라지 마세요. 저는 사실을 말하고 있거든요. 내 말은, 당신이 선생님이고, 여자를 사랑하고, 선생님이 가는 곳마다 따라다니는 스물다섯 명의 남녀아이들로 이뤄진 반을 맡고 있다면, 연애가 어렵다는 거예요.

우리가 산에 있었던 그 주간 동안 묵었던 큰 건물은 어린이 단체손님을 위해 개조된 오래된 호텔이었어요. 단체 식사를 위한 넓은 식사 공간이 있었고 커피, 주스, 초콜릿, 차 및 기타 음료를 구입할 수 있는 더 작고 쾌적한 찻집도 있었어요.

거기서 여종업원이 일했지요. 첫날 찻집에 들어가서 그 여자를 봤을 때 심장이 쿵쾅쿵쾅 뛰었어요. 그리고 동시에 여자의 마음에도 심장이 뛰는 것을 확신하게 되었어요. 여자를 바라보자, 여자도 나를 바라보았고, 우리는 미소를 지었지요.

한번 쳐다본 지 일 초도 채 안 됐는데, 마치 새로운 사람으로 변한 듯 느꼈지요. 그토록 사랑스럽고 행복하게 사랑을 불러일으키는 사람을 본 적이 없거든요.

아이들이 시끄럽게 나를 따라왔어요. 글쎄, 당신은 아이들이 어떤지 알고 있지요. 그들은 의자를 옮기고. 소리를 지르고. 이쪽에서 저 쪽으로 가장 크게 이름을 불렀지요. 한 명이 친구의 발을 밟자, 그 친구는 마치 누군가가 죽이려고 한 것처럼 비명을 질렀어요. 글쎄, 당신은 그런 상황을 아시지요.

"내 돈을 누가 훔쳤어?" 누군가가 화가 나서 소리쳤어요. "지갑이 없어졌어!"

"주머니에서 떨어졌어.", "저기, 의자 발치에", "의심하기 전에 살펴봐!" 동시에 완전히 다른 목소리가 외쳤고, 더 많은 대답이 들려서 공중예절이 전혀 없었어요.

그러나 나는 아무것도 듣지 못했어요. 여자를 바라볼 수밖에 없었거든요. 아까 말했던 한번 쳐다본 이후에 나는 일 초만 다른 곳으로 시선을 돌렸지만 그 이상은 아니었어요. 내 시선은 즉시 여자에게로 돌아왔고 결코 떠나지 않았거든요. 마치 어떤 초자연적인 힘이 나에게 눈을 움직이지 못하게 만든 것처럼.

여자도 여전히 행복한 미소를 지으며 나를 계속 바라보았어요. 이상하고 특이하며 조용한 기쁨이 온 몸에 젖어들기 시작했어요. 완전히 평안했어요. 심장은 더 이상 쿵쾅거리지 않았지만 예전처럼 뛰지는 않았지요. 그것은 마치 태양으로, 아름답고 따뜻하며 쾌적하지만 동시에 차분한 햇빛으로 가득 찬 것 같았어요.

그 사이 아이들 사이의 전쟁이 시작되었어요. "내가 봤어, 네가 내 지갑을 훔치려고 했어." 라고 한 소녀가 소리쳤지요.

"상관없어. 넌 이미 너무 부자니까." 한 소년이 웃으며 반박했어요.

"이것은 내 의자야. 거기 앉지 마." 세 번째 아이가 불평했어요.

"누가 내 잔을 떨어뜨렸지?" 네 번째 아이가 화를 냈어요.

물체가 공중으로 날아가기 시작했어요. 그 소음은 나의 관심을 끌어야 하고, 욕설이 들릴 수 있고, 용납할 수 없는 싸움이 일어나고 있으며, 울부짖음과 불평, 웃음이 한 벽에서 다른 벽으로 너무 크게 울려 퍼진다는 것을 나에게 인식시켜야 했지요.

하지만 나는 자리에 없는 듯 했어요. 내 관심이 사라졌어요. 내 관심은 아이들의 전쟁이 아니라 단지 저 파란 눈, 저 멋진 코, 너무나 완벽하게 빗질한 저 갈색 머리였어요.

그리고, 여자의 시선도 알 수 없는 이유로 오직 나에게 향하고 있었지요. 너무 큰 코, 헝클어진 머리, 특별히 아름답지 않은 얼굴에게.

"여기 앉지 마." 라고 소년이 목청을 키웠어요.

"내가 앉고 싶은 곳에 앉을 권리가 있어." 라고 다른 아이가 대답했어요.

"이 의자에 앉으면 후회하게 될 거야." 세 번째 아이가 적대적인 목소리로 말했어요.

"네겐 그 아이가 의자에 앉는 것을 금지할 권리가 없어." 라고 한 소녀가 소리쳤어요.

천 개의 함성이 한꺼번에 울렸어요. 찻집에는 수천 개

의 물체가 함께 소음을 내고 있었던 것 같아요. 그러나 나는 아무것도 듣지 못했어요. 아니면 더 정확히 말해 오히려 내 주의를 끌지 못하는 아주 먼 곳에서 나는 듯 한 일종의 소음을 들었어요. 독특한 여성의 정말 뛰어나게 아름다운 얼굴이 내 관심을 완전히 사로잡았지요.

그리고 여기서 여자는 웃기 시작했어요.

나는 놀라서 더욱 여자를 바라보았지요. 그러나 여자는 너무 많이 웃어 말없는 내 질문에 말로 대답하지 않았어요.

고함소리와 전쟁의 함성이 사방에서 울려 퍼지는 동안 여자의 손은 그 장소, 그 안에서 일어난 놀라운 전쟁과 같은 활동, 넘어진 의자, 깨진 컵, 사방으로 움직이는 다리, 머리, 팔, 손을 가리켰지요.

그제야 나는 알아차렸어요. "아이들아!" 나는 소리 질렀지요. "그만해!"

나는 결코 왜 나에게 권위가 있는지 이해하지 못했어요. 하지만 나에겐 권위가 있어요. 타고난 권위. 어쩌면 목소리에 뭔가 있기 때문일까요? 나는 아이들이 약간의 두려움을 갖고, 따라서 불쾌감을 느끼지 않을 강한 동기를 갖고 바라보는 일부 남자들처럼 실제로 키가 크고 강한 남자가 아니에요. 아니요. 나는 중간키와 중간 체격에 지나지 않으며 전혀 무서운 인상이 아니거든요.

하지만 내가 가르치는 아이들은 금지하는 일을 절대 하지 않아요. 내가 "주목!"이라고 말하는 것만으로도 충분해요. 그러면 소음이 멈추고 침묵이 찾아와요. 그러면서 아이들은 우리를 주의 깊게 기대하며 바라보고 실제 내가 원하는 것을 구체적으로 말해 주기를 기다리거든요. 심지어 나는 종종 아무 말도 하지 않아요. 단순한 눈짓, 단순한 표정, 단순한 손짓만으로도 그들은 즉시 진정되거든요.

이번에 나의 타고난 권위가 다시 한 번 행동했어요. 나는 그들이 넘어진 탁자와 의자를 다시 세우고, 싸움을 그치고, 그 쾌적한 찻집에서 질서와 평온을 회복하기를 원한다는 것을 분명히 하기 위해 몇 마디 말을 추가할 필요가 거의 없었지요. 10분 후, 모든 것이 다시 정리되었고, 그들은 마치 그들 사이에 어떤 적대감도 나타나지 않은 것처럼 침착하게 대화를 나누었어요.

"축하합니다. 선생님!" 내가 들어본 것 중 가장 아름다운 목소리가 말했어요. "무질서한 상황을 봤을 때 해가 지기 전에 제 자리를 찾는 게 불가능할 것이라고 상상했거든요."

여자가 건넨 축하의 말보다 내 마음을 더 기쁘게 하는 것은 없었어요. 그리하여 우리 사이의 가장 행복한 연애가 시작되었지요.

하지만 스물다섯 명의 남녀아이들과 함께 있으면서 사랑하기는 쉽지 않다는 제 말을 믿으세요. 밤에 그들 중 한 명이라도 자지 않으면 기숙사를 나갈 수가 없었어요. 그 아이가 다른 몇 명을 깨웠고, 십 분 뒤에 기숙사는 시끄러운 놀이터로 변했거든요. 여자가 쉬는 어느 날, 나와 함께 산책하러 가기로 동의했어요. 그러나 스물다섯 명의 아이들과 함께 걸었기에 맘에 맞는 한 쌍은 대화를 나눌 가능성이 적었지요.

내가 쉬는 날은 동료 선생님이 그들을 돌보았고 여자는

찻집에서 일했어요. 내가 그곳에 가면 대부분 같은 반 친구들도 몇 명 오기 마련이에요. 그리고 여자가 일을 중단했을 때 나는 자유롭지 못하고 스물다섯 명을 처리해야 했지요. 내 도우미는 낮에만 정확한 시간에 참석했거든요.

하지만 조금씩 문제에 대한 해결책을 찾을 수 있게 되었고, 여자를 가끔 만나게 되었지요. 나는 나에 대해, 내 삶에 대해, 내 소망에 대해, 죽을 때까지 지속될 내 사랑에 대해 모든 것을 말했고 여자도 똑같이 자신에 대해서 모든 것을 말했어요. 여자는 미소를 짓고 노래를 불렀지만, 동시에 기쁨이 가득한 마음과 행복한 미소를 지닌 근면하고 가장 믿을 수 있는 사람이었지요.

집에 돌아온 뒤 아이들이 없는 게 분명 맘에 들었지만 외로움이 나를 무겁게 짓눌렀어요. 다행히도 제가 가르치는 도시는 그리 멀지 않거든요. 나는 가능한 한 자주 오래된 산속 호텔로 돌아갔고, 우리의 사랑은 만남이 거듭될수록 커졌어요. 여자도 나도 더 이상 부모나 형제자매가 없어, 우리의 결혼식은 친구 몇 명만 모인 가장 단순한 결혼식이었지요. 적어도 계획대로라면요. 결혼식 행진곡이 시작되고 우리가 팔짱을 끼고 나가려고 돌아섰을 때 스물다섯 명의 친구들이 심장을 두근거리며 눈을 크게 뜨고 미소를 지으며 말없이 우리를 바라보았기 때문이지요.

18. a. La letersoifa patrino

Ĉiam estas ege malfacile komenci leteron. Tuj kiam mi havas plumon enmane, miaj ideoj malaperas kun nekredebla rapideco, kaj mi trovas min kun plumo en la mano kaj kun kapo malplena.

Kiam mi estis infano, kiom da fojoj mi sentis min «malbona filo», nur pro tio, ke mi neniam skribis leteron al miaj gepatroj, dum mi estis for! Mi ricevadis leterojn plenajn je la dika skribo de mia patrino. La skribo estis dika, ĉar ŝi ĉiam fuŝis siajn plumojn. Mia patrino ja estis forta kampara virino kun fortaj manoj, kiuj rompas ĉion, kion ili tuŝas. Krome, tiuepoke, la plumoj estis aĉe faritaj, kaj fuŝiĝis multe pli rapide ol nun.

Kion mi diris? Ha jes, mi ricevis longajn leterojn de mia patrino kaj preskaŭ ne kuraĝis ilin eklegi, tiom mi timis. Mi timis, ĉar mia patrino parolis pri sia sufero. Kaj rakontis kun granda precizeco, ke ŝi suferas pro mi.

Jen kian patrinon mi havis. Tiu larĝkorpa, dik-mana, fortabraka kampulino, kiu rompaĉis meblon nur tuŝetante ĝin — mi preskaŭ diris: nur rigardante ĝin — tiu virino, fortiĝinta pro jaroj kaj jaroj da kampa laboro, tiu forta virino suferis, laŭ siaj leteroj, pro eta mi.

Mi ne scias kial, ŝi ne elportis mian poŝtan silenton. Ŝi rompis du aŭ tri plumojn, verŝajne ŝiris nevole la paperon, kiun ŝi provis preni el la skribmeblo, sed fine sukcesis skribi dikaplume sian opinion pri mi:

«Kara filo». Neniam ŝi uzis mian nomon, verŝajne pro deziro estigi ian malproksimecon inter ŝi kaj mi, aŭ sentigi sian aŭtoritaton.

«Kara filo», ŝi skribis. «Jam pasis du semajnoj ekde la tago, kiam vi forlasis la hejmon por iri al via monta libertempo, kaj eĉ ne unufoje vi pensis pri via kompatinda patrino, kiu suferas pro manko de letero de vi. Vi ŝiras mian koron. Ĉu vi ne amas vian patrinon, kiu tiom laboras por vi kaj por viaj fratetoj?

«Mi zorgas, zorgas, zorgas. Mi min demandas, ĉu vi malsatas aŭ soifas, ĉu vi manĝas sate fruktojn. Ĉi tie la pomoj komencas apereti. La hejmo estas tiel malplena, kiam vi forestas, ke vi povus almenaŭ skribi letereton al via amanta kaj suferanta patrino. Via patro ne estas apud mi nun, li laboras en la kampoj, sed mi scias, ke li plene konsentas kun mi.

«Li neniam sukcesas legi viajn leterojn, pro tiu via

maniero skribaĉi nelegeble, sed mi laŭtlegas al li kaj tio lin feliĉigas. Aŭ pli ĝuste mi voĉlegus al li, se mi havus ion por legi, ian skribaĵon de vi, eĉ mallongan.

«Ĉu vi forgesis vian promeson? Vi promesis skribi, kiam vi foriris. Mi estas certa, ke vi havas sufiĉe da mono. Ĉu la poŝtoficejo estas malproksima? Nu, tamen, granda knabo kiel vi ne lasas tiajn etajn malfacilaĵojn haltigi lin.

«Vi ne forĵetas vian monon en malsaĝajn aĉetojn, ĉu? Vi ne ĵetadas ĝin senpripense al la vendistoj de ĉokolado kaj dolĉaĵoj, espereble. Pensu, kiom multe oni devas labori por ricevi iom da mono. Ne. Certe ne temas pri manko de mono. Eble vi estas laca pro tiuj longaj marŝoj sur etaj malfacilaj montvojoj. Sed ĉu tro laca por skribeti hejmen? Vi ne estas malsana, ĉu? Ne. Se vi malsanus, vi skribus hejmen, eĉ se nur por ke mi faru vian preferatan kukon kaj ĝin sendu al vi.

«Mi timas la veron. La vero estas, ke vi ne sufiĉe amas vian patrinon. Ho! Kiom tiu penso suferigas min! Kiel neelporteble estas konscii pri la neamo de filo!

«Sed verŝajne vi tamen ametas min. La prava klarigo de via malvolo skribi eble estas, ke vi estas mallaborema. Atentu pri tio, filo mia. Gardu vin de mallaboremo. Ĝi estas la komenco de multaj malbonoj en la vivo. Sed ne forgesu, ke mi bezonas leteron de vi, kiom mi bezonas aeron. Se vi ne skribos, mi mortos…»

Kaj tiel plu, kaj tiel plu. Ŝi povis plenigi tiom da papero, kiom troveblis hejme, per sia dika skribo, ripetante la samajn aferojn kun la sama drameco, kiun mi tute ne povis preni serioze.

«Faru tion», «Ne faru tion», «Mi suferas pro vi», tiuj tri ideoj kovris la tuton de ŝia leterfarado.

Kara patrino! Kiel drame ŝi skribis! Mi suspektas, ke tiu suferpatrina rolo ege plaĉis al ŝi, eĉ se ŝi ne plene tion konsciis. Jen ŝi havis okazon paroli pri sia morto, pri sia sufero, pri mia malboneco, kun io drama en la vortoj, kaj en tiuj momentoj ŝi certe sentis sin reale grava.

Kaj tio ĉefmankis al tiu kara persono. Senti sin grava. Ŝi estis bonkora, dolĉa patrino, nekredeble laborema, kun la povo elporti la plej aĉajn aspektojn de la kampara vivo sen perdi sian rideton, sen forĵeti eĉ momente la silentan enan ĝojon, kiu sunradiis sur ŝia vizaĝo.

Sed de tempo al tempo ŝi bezonis plendi. Ŝi bezonis momente forĵeti la rolon de la ĉiam felica laboranta kampulino, de la ĉiam rideta patrino, de la edzino perfekta. Ŝiaj leteroj estis ĝusta okazo por tio. Ili ebligis al ŝi malplenigi sian koron de la multegaj neesprimitaj zorgoj, de la mil faktoj maltrankviligaj en tiu malriĉula vivo, terure sendolĉa. Ŝi ne priskribis tiujn priokupojn. Sed la plendan senton ŝi esprimis, kaj la malfeliĉon, pri kiu ŝi ne havis tempon konscii dumtage. Kaj tio faris bonon al ŝi, tute certe.

Vidu, kiel elturniĝema mi estas. Jen mi sukcesis certigi al mi, ke mi agis saĝe kaj bonfile ne skribante al mia patrino. Se ja mi skribus, ŝi ne havus tiun — por si sanigan — okazon plorletere plendi.

Stranga estas la homa koro, ĉiam ema pravigi sin!

Kaj tamen, kiu diros, ke ne troviĝas iom da pravo en tiu ĵus esprimita ideo? Nu, eble ĝi estas iom prava. Sed pri unu alia afero mi estas certa, nome, ke mia konscia deziro neniam estis agi bonfile, kiam mi lasis la tempon pasi kaj tagojn sekvi tagojn sen unu vorto skribita de mi.

Mi ludis, mi ĝojis, mi kantis, mi promenis, mi marŝis, mi vivis libertempan vivon, kaj mi tute simple forgesis pri la hejmo, kaj pri miaj zorgoplenaj gepatroj. Ne. Rilate al leterskribado, mi ne estis bona filo. Neniam rompis plumon pro troskribo mi.

18 a. 편지에 굶주린 어머니

편지를 시작하는 것은 항상 매우 어렵습니다. 펜을 손에 쥐자마자 내 생각은 믿을 수 없을 만큼 빠른 속도로 사라지고, 나는 손에 펜을 쥐고 머리가 텅 빈 자신을 발견하게 됩니다.

제가 어렸을 때, 집을 떠나 있는 동안 부모님께 한 번도 편지를 쓰지 않았다는 이유만으로 “나쁜 아들“이라는 느낌을 받은 적이 몇 번이나 됩니까? 어머니의 두꺼운 글씨가 가득 담긴 편지를 받았습니다. 어머니는 항상 펜을 망가뜨려 글씨가 두꺼웠습니다. 우리 어머니는 손이 닿는 모든 것을 부수는 힘센 손을 가진 튼튼한 시골 여성이었습니다. 게다가 그 당시에는 펜이 형편없이 만들어져, 지금보다 훨씬 빨리 망가졌습니다.

내가 뭐라고 했나요? 아, 네, 어머니로부터 긴 편지를 받았는데 너무 두려워서 거의 감히 읽지 못했습니다. 나는 어머니가 자신의 고통에 대해 이야기했기 때문에 두려웠습니다. 그리고 어머니가 나 때문에 고통 받고 있다는 사실을 매우 정확하게 말씀하셨습니다.

이것이 내가 가진 어머니의 모습입니다. 그 넓은 몸집에 두꺼운 손, 강한 팔을 가져 가구를 만지기만 해도 - 거의 보기만 해도라고 말할 뻔했다 - 부서뜨릴 여자농사꾼, 수년간의 농사일로 강해진 그 여자, 그 힘센 여자가 편지에 따르면 어린 나 때문에 고통을 겪었습니다.

왜인지는 모르겠지만, 어머니는 우편물에 대한 나의 침묵을 참을 수 없었습니다. 펜 두세 개를 부러뜨렸고 아마도 책상에서 꺼내려던 종이를 무의식적으로 찢었지만 마침내 두꺼운 펜으로 나에 대한 의견을 적었습니다.

“사랑하는 아들“. 어머니는 결코 내 이름을 사용하지 않았습니다. 아마도 어머니와 나 사이에 어떤 거리를 두거나 자신의 권위를 느끼게 하려는 욕구 때문이었을 것입니다.

“사랑하는 아들아” 라고 썼습니다. “네가 산으로 휴가를 가던 날부터 벌써 2주가 지났는데도 편지 한 통이 없어 괴로워하는 불쌍한 엄마는 단 한 번도 생각하지 않았구나. 네가 내 마음을 찢는구나. 너와 네 동생들을 위해 그토록 일하는 어머니를 사랑하지 않니?

난 걱정하고 걱정하며 걱정하는구나. 배고픈지 목이 마른지, 과일을 충분히 먹는지 궁금하구나. 이제 사과가 보이기 시작한단다. 네가 집에 없어 집이 그렇게 텅 비어 있는데 사랑하는 어머니, 고통 받는 어머니에게 최소한 작은 편지라도 쓸 수 있을 텐데. 네 아버지는 지금 내 옆에 없고 밭에서 일하고 계시지만 내 생각에 전적으로 동의하신다는 것을 나는 안단다.

아버지는 너의 읽을 수 없게 갈겨쓰는 방식 때문에 네 편지를 결코 읽지 못하지만, 나는 아버지에게 큰 소리로 읽어 주었고 그것이 아버지를 행복하게 한단다. 아니 더 정확히 말해 읽을 것이 있으면 네가 쓴 글, 심지어 짧은 글이라도 큰 소리로 아버지께 읽어 드리고 싶어.

약속을 잊었니? 떠날 때 쓰기로 약속했잖아. 나는 네가 돈을 충분히 가지고 있다고 확신해. 우체국이 머니? 어쨌든, 너처럼 큰 소년은 그런 작은 어려움 때문에 그만두지 않는단다.

어리석은 소비로 돈을 낭비하지 않겠지? 바라건대, 초콜릿이나 사탕 판매자에게 무심코 돈을 허비하지 마라. 돈을 벌기 위해 얼마나 열심히 일해야 하는지 생각해 보거라. 아니. 물론 돈이 부족해서가 아니야. 아마도 작고 험난한 산길을 오랫동안 걷느라 피곤했을 거야. 하지만 집에 편지를 쓰기에 너무 피곤하니? 아프지 않지? 아니. 아프면 집에 편지를 보낼 테지. 비록 네가 가장 좋아하는 과자를 내가 만들어서 보내달라고 한다해도.

나는 진실이 두렵다. 사실은 네가 어머니를 충분히 사랑하지 않는다는 거야. 오! 그런 생각을 하면 정말 마음이 아프구나! 아들의 사랑이 없음을 아는 것은 얼마나 견딜 수 없는 일이냐!

하지만 정말 너는 나를 조금은 사랑할 거야. 네가 글쓰기를 꺼리는 진짜 이유는 게으른 성격 탓일 수도 있어. 조심해라, 내 아들아. 게으름을 조심해. 그것은 인생의 많은 악의 시작이란다. 하지만 나에게 공기가 필요한 만큼 네 편지도 필요하다는 사실을 잊지 마라. 안 쓰면 나는 죽을 거야….

등등. 어머니는 내가 전혀 진지하게 받아들일 수 없는 똑같은 연기력으로 똑같은 일들을 반복하면서 두꺼운 글로 집에서 찾을 수 있는 만큼 많은 종이를 채울 수 있었습니다.

"그렇게 해라", "그러지 마라", "내가 너 때문에 괴로워한다", 이 세 가지 생각이 어머니의 편지 내용의 전부였습니다.

사랑하는 어머니! 어머니는 얼마나 극적으로 썼습니까! 비록 어머니가 그것을 완전히 인식하지는 못했지만, 이 고통 받는 어머니 역할이 자신을 엄청나게 기쁘게 했다고 나는 생각합니다. 여기에서 어머니는 자신의 죽음, 자신의 고통, 나의 나쁨에 대해 단어로 무언가 극적으로 말할 기회를 가졌으며, 그 순간 자신이 정말 중요하다고 확실히 느꼈을 것입니다.

그리고 그것은 사랑하는 사람에게 부족한 가장 중요한 것이었습니다. 자신이 중요하다고 느끼는 것. 어머니는 친절하고 다정했으며, 농촌 생활의 최악의 상황에서도 미소를 잃지 않고, 얼굴에 빛나던 고요한 내면의 기쁨을 한 순간도 버리지 않고 견딜 수 있는 능력을 지닌 채 믿을 수 없을 만큼 열심히 일하셨습니다.

그러나 때때로 불평할 필요가 있었습니다. 항상 행복하게 일하는 농부, 항상 웃는 어머니, 완벽한 아내의 역할을 잠시 버려야 할 필요가 있었습니다. 어머니의 편지는 그에 딱 맞는 기회였습니다. 그것들은 그 가난하고 지독하게 쓰디쓴 삶에서 표현되지 않은 수많은 걱정들, 수천 가지의 불안한 사실들로부터 어머니의 마음을 비울 수 있게 해주었습니다. 어머니는 그러한 여러 일들에 대해 설명하지 않았습니다. 그러나 불만을 표현했고 낮 동안 인식할 시간이 없었던 불행을 표현했습니다. 그리고 그것은 아주 확실히 어머니에게 좋은 일이 되었습니다.

내가 얼마나 회피하려고 하는지 보세요. 여기서 나는 내가 어머니에게 편지를 쓰지 않아서 현명하게 좋은 아들처럼 행동했다는 데 스스로 확신했습니다.

정말로 내가 편지를 썼다면 어머니는 자신의 치유를 위해 눈물 어린 편지로 불평할 기회를 갖지 못했을 것입니다.

항상 자신을 정당화하려는 인간의 마음은 이상합니다!

하지만 방금 표현한 생각에 조금의 진실도 없다고 누가 말할 수 있겠습니까? 글쎄요, 어쩌면 그게 조금 맞을 수도 있습니다. 그러나 한 가지 확실한 것은, 내가 단 한 마디도 쓰지 않고 시간이 흐르고 날이 계속될 때, 나의 의식적인 소망은 결코 좋은 아들처럼 행동하는 것이 아니라는 점입니다.

나는 놀고, 기뻐하고, 노래하고, 걷고, 뛰고, 자유롭게 살면서 집에 대해 걱정이 많으신 부모님에 대해 아주 단순하게 잊어버렸습니다. 아니요. 편지 쓰기와 관련해서 나는 좋은 아들이 아니었습니다. 내가 너무 많이 써서 펜이 부러진 적이 결코 없었습니다.

b. Mi atendas gravan leteron

Kioma horo estas? Preskaŭ la dua kaj kvin minutoj. Aŭ, se vi preferas — ja uzeblas ambaŭ dirmanieroj — kvin minutoj post la dua. Nu, nu, kiel rapide la tempo pasas!

Mi ne vidis la leterportiston. Ĉu li jam pasis? Preskaŭ ĉiam mi vidas lin. Kutime li pasas tuj post la dua.

Hoho! «Kutime li pasas post la dua», tiu esprimo ne estas tre klara. Oni povus pensi, ke mi volas diri: «tiu ĉi leterportisto pasas tuj post la dua leterportisto». Nu, ĉu vere oni povus miskompreni tiamaniere? Verŝajne ne. Kial estus tri leterportistoj pasantaj samstrate? Por ke nova leterportisto povu pasi post alia leterportisto, kiu mem estus nomata «dua leterportisto», devus pasi tri leterportistoj entute, ĉu ne?

Verŝajne do vi komprenis, ke temas pri la horo. Mi volis diri: «Kutime li pasas tuj post la dua horo».

Nu, mi iru vidi, ĉu li alportis ion al mi. Mi ja atendas gravan leteron, kaj ĝi ankoraŭ ne alvenis. Mi ne ŝatas atendi, atendi, atendadi ion, kio ne okazas. Kaj jam de kelkaj tagoj mi atendas la alvenon de tiu letero.

Ne. Estas nenio. Aŭ li jam pasis, kaj estis nenio por mi, aŭ li ankoraŭ ne pasis. Plej verŝajne li ankoraŭ ne pasis.

Eble li malfruas ĉi-foje. Li preskaŭ neniam malfruas, li kutime pasas ĝustatempe. Tamen malfruo povas fojfoje okazi.

Sed rigardu! Laŭ la murhorloĝo estas nur kvaron o[30] antaŭ la dua. La unua kaj kvardek kvin minutoj. La unua kaj tri kvaronhoroj. Ĉu eble la murhorloĝo funkcias bone, dum mia brakhorloĝo estas fuŝita?

Ne! Mi misvidis. Mi misprenis[31] la sekundan montrilon por la minuta. Sur mia brakhorloĝo, la sekunda montrilo estas tro dika, ĝi tro similas minutan, kaj mi neniam vere alkutimiĝis al tiu dika montrilo, kiu montras nur la sekundojn. Mi ofte mislegas la horon pro tiu tro dika sekundmontrilo.

Koncerne la murhorloĝon, estas pli simple, ĉar ĝi estas tre malnova kaj ne havas montrilon por la sekundoj. Tiel ne estas risko fuŝlegi la horon.

Kiel kutime, mi parolas senhalte kaj dume la tempo pasas. Nun estas dek minutoj antaŭ la dua. Tio estas la unua kvindek. La unua horo kaj kvindek

30) Kvarono: 1/4.

31) Preni X por Y, mispreni X por Y: pensi, ke estas Y, dum fakte estas X.

minutoj kaj dek sekundoj. Nu, ni ne konsideru la sekundojn. Sekundoj tute ne gravas. Estas do la unua kaj kvindek minutoj. La dektria kvindek, se vi bezonas precizigi, ke nun estas posttagmeze. Dek minutoj antaŭ la dekkvara. Ĉar, se la unua posttagmeze estas la dektria, tiam la dua posttagmeze estas la dekkvara.

Mi neniam kutimiĝis al tiu maniero esprimi la horon. Eĉ dum mia militservo, kvankam mi soldatis en unuo specialigita pri komunikado, kaj ni devis uzi tiun teruran dudekkvarhoran dirmanieron. Mi neniam sukcesis plene lerni ĝin. Nu, mi povas uzi ĝin, sed ĉiam kun sekundo da hezito. Ĝi neniam iĝis reale natura por mi.

Nu, nu, leterportisto, kion vi faras? Ĉu vi venas aŭ ne? Mi volas legi tiun leteron, scii, ĉu mi povos labori en tiu radiomagazeno. Mi estas fakulo pri radio. Mi eklernis dum la militservo, kaj poste plu interesiĝis pri radio, sekvis instruadon pri radio en vespera lernejo, iĝis radiofakulo.

Amiko Bip diris al mi, ke tiu laboro en la radiomagazeno estus perfekta por mi, kaj mi la ĝusta homo por tiu laboro. Kial la direktisto de la magazeno ne respondis tuj? Kial tiuj uloj, tiuj ĉefoj, neniam respondas tuj? Kial ili ne respondis parole, tuj post la intervido, ĉu ili akceptas min aŭ ne? Kial ili diris: «vi estos informita perletere»? Kial, en tiuj situacioj, ili ĉiam alprenas senmovan vizaĝon?

Verŝajne por ke oni ne sciu, ĉu oni kontentigis ilin aŭ ne. Verŝajne por ke oni daŭre sin demandu, ĉu oni havas ŝancojn aŭ ne ricevi la petitan laboron. Sed kial agi tiamaniere? Ĉu vi komprenas?

Estas strange, ke mi diras «vi», dum mi parolas al neniu. Se iu ĉeestus ĉi tie, li trovus min ridinda. Eble mi estas strangulo. Mi parolas tute sola, mi parolas al la muroj, al la tablo, al la seĝoj, kaj mi uzas la vorton «vi»! Fakte, ne al la muroj, ne al la mebloj mi parolas. Kaj ne estas ĝuste diri, ke mi parolas al neniu. Mi parolas al iu, sed tiu «iu» ne ekzistas. Almenaŭ li ne ekzistas ekster mi. Mi simple parolas al mi mem.

Kaj kial do mi ne rajtus paroli al mi laŭte? Mi estas en mia hejmo. Kaj hejme mi estas la plej supera aŭtoritato. Mi ĝenas neniun. Neniu — bedaŭrinde — kunvivas kun mi en mia hejmo. Mi estas sola.

Kiam oni vivas sola, estas normale plenigi la malplenon per la sono de sia voĉo. Ne estas plaĉe vivi sola. Mi neniam kutimiĝos al tia vivo. Soleco ne estas bona por la homo.

Tial mi tiom atendas la leterportiston. Se oni ricevas leterojn, oni sentas sin malpli sola.

Jam kvin minutoj post la dua nun. La dekkvara kaj kvin. Kion ili faras en la poŝtejo?

Mi forte esperas, ke tiu radiomagazeno akceptos min. Labori tage, nur dumtage, kia ĝojo! Mia nuna nokta laboro ne plaĉas al mi. Kaj mi ricevus iom pli da mono ol nun. Estas plaĉe perlabori sufiĉe da mono por aĉeti ĉiaspecajn aferojn, kiujn oni ne bezonas.

Aĉeti ion bezonatan ne estas plezuro. Oni ja bezonas vivi. Sed aĉeti ion senbezone, nur ĉar oni havas la monon kaj deziras aĉeti la aferon, tio estas la dolĉa vivo.

Mi ne iĝos riĉega, eĉ se ili akceptos min en tiun radiovendejon, sed iom pli riĉa ol nun.

Nun estas kvarono post la dua. Mi rigardas tra tiu fenestro jam tutan duonhoron nun. Kaj tiu leterportisto ankoraŭ ne vidigis eĉ peceton de sia nazo. Kio okazas al li?

Mi ne longe elportos. Mi bezonas tiun leteron. Mi ne volas resti hejme la tutan posttagmezon. Mi bezonas promeni, marŝi, movi min, fari ion. Ne resti hejme malantaŭ fenestro, dum horoj kaj horoj pasas, kaj ne pasas la leterportisto.

Kaj se li pasos kaj ne havos mian leteron? Se la radioriparejo plu atendigas min? Ĉu mi elportos? Diable! Mi ne kutimas elporti tiajn situaciojn, kaj mi ne sentas min tre forta.

Mi petas vin, leterportisto, kara juna bona aminda leterportisto, venu, kaj donu al mi tiun respondon, tiun jesan respondon.

Kaj se la respondo venos, kaj estos nea? Oj, oj, oj! Kia terura vivo! Tion eĉ malpli mi elportos.

Mi tro esperas. Tio estas la malbona flanko de mia nuna situacio. Mi devus igi min esperi malpli. Tiel mi ne riskus defali de tro altaj esperoj. Sed kiel fari por malgrandigi sian esperon? Ĉu vi scias? Ĉu iu scias ĉi tie? Kompreneble ne. Ĉi tie estas ja neniu….

b. 중요한 편지를 기다려요

지금 몇 시지요? 거의 2시 5분쯤 됐어요. 또는 원하는 경우 두 가지 방법으로 말할 수 있거든요. 2시 지나 5분이요. 글쎄, 시간이 얼마나 빨리 지나가는지!

나는 집배원을 보지 못했어요. 집배원이 벌써 지나갔나요? 나는 거의 항상 집배원을 보거든요. 보통 2시 직후에 지나가요.

후! "보통 2시 직후에 지나가요." 라는 표현은 그다지 명확하지 않아요. 내가 이렇게 말하고 싶다고 생각할 수도 있거든요. "이 집배원은 두 번째 집배원 직후에 지나가요." 글쎄요, 정말 이런 식으로 오해할 수 있을까요? 아마도 그렇지 않을 거예요. 왜 같은 거리에 세 명의 집배원이 지나갈까요? 새로운 집배원이 자신을 《제2의 집배원》이라고 부르는 다른 집배원을 지나가려면, 총 3명의 집배원이 지나가야 하겠지요?

그래서 정말 그것이 시간에 대한 이야기임을 이해했을 겁니다. 저는 "보통 오후 2시 직후에 지나가요" 라고 말하고 싶었거든요.

글쎄, 집배원이 나에게 뭔가 가져온 것이 있는지 보러 갈 겁니다. 나는 정말로 중요한 편지를 기다리는데 아직 도착하지 않았거든요. 나는 기다리고, 기다리고, 일어나지 않는 뭔가를 계속 기다리는 것을 좋아하지 않아요. 그리고 며칠 전부터 그 편지가 도착하기를 기다리고 있거든요.

없어요. 아무것도 없네요. 집배원이 이미 지나갔고 나에게는 아무 것도 없었거나, 아니면 아직 지나가지 않았거나 둘 중 하나일 거예요. 아직 지나가지 않았을 가능성이 높지요.

아마도 이번에는 늦네요. 거의 늦지 않으며 대개 정시에 지나가거든요. 그러나 때때로 지연이 생길 수 있지요.

하지만 보세요! 벽시계로 보니 2시 15분전이네요. 1시 45분이지요. 1시 45분. 내 손목시계는 엉망인데 벽시계는 아마도 잘 작동하겠지요?

아니요! 제가 잘못 봤네요. 초침을 분침으로 착각했어요. 내 시계에서는 초침이 너무 크고 분침과 아주 비슷해 보이며 초만 표시하는 그 큰 바늘에는 전혀 익숙해지지 않았어요. 너무 두꺼운 초침 때문에 시간을 잘못 읽는 경우가 많거든요.

벽시계는 매우 오래되었고 초침이 없기 때문에 더 간단해요. 그렇게 하면 시간을 잘못 읽을 위험이 없지요.

늘 그렇듯이 쉴 새 없이 이야기를 나누다가 시간이 흘러가요. 지금은 2시 10분 전이예요. 즉 1시 50분이죠. 1시 50분 10초. 글쎄, 초를 세지 맙시다. 초는 전혀 중요하지 않거든요. 그러니까 1시 50분이에요. 지금 오후임을 정확히 할 필요가 있는 경우 13시 50분이지요. 14시 10분전. 왜냐하면 오후 1시가 13시라면 오후 2시는 14시이기 때문이죠.

나는 시간을 말하는 그런 방식에 결코 익숙해지지 않았

어요. 군복무 하는 기간조차 통신특화부대원으로 근무하면서 그 지독한 24시 화법을 써야만 했음에도. 나는 그것을 완전히 배울 수 없었지요. 글쎄요, 사용할 수는 있지만 항상 잠시 망설이게 되거든요. 나에게는 결코 자연스러워지지 않았어요.

글쎄요, 집배원님, 뭐 하시는 거예요? 오실 건가요, 안 오실 건가요? 나는 그 편지를 읽고 싶고, 내가 그 라디오 잡지에서 일할 수 있을지 알고 싶거든요. 저는 라디오 전문가예요. 군복무 중에 배우기 시작했고, 라디오에 더 관심을 갖게 되었고, 야간학교에서 라디오 수업을 듣고 라디오 전문가가 되었거든요.

내 친구 빕은 라디오 잡지에서 일하는 그 직업이 나에게 완벽할 것이며 나는 그 직업에 적합한 사람이라고 말했어요. 왜 잡지의 관리자는 즉시 응답하지 않나요? 저 사람들, 저 상사들은 왜 바로 대답하지 않는 걸까요? 왜 그들은 나를 받아들이든 안 받아들이든 면접 직후 구두로 대답하지 않았나요? 왜 그들은 "편지로 알려줄 게요" 라고 말했나요? 왜 그런 상황에서 그들은 항상 근엄한 표정을 짓는 걸까요?

아마도 그들이 흡족했는지 여부를 알 수 없을 거예요. 아마도 당신이 원하는 일을 받을 기회가 있는지 없는지 스스로에게 계속 물어보라고 하기 위해서겠지요. 그런데 왜 이런 식으로 행동하나요? 이해가 되나요?

내가 누구와도 이야기하지 않으면서 "당신" 이라고 말하는 게 이상하지요. 누군가 여기에 있었다면 나를 우스꽝스럽게 여겼을 거예요. 어쩌면 나는 이상한 사람일지도 몰라요. 나는 완전히 혼자서 말하고, 벽에, 탁자에, 의자에 말하고, "당신"이라는 단어를 사용해요! 사실 저는 벽에게, 가구에게 말하는 게 아니거든요. 그리고 아무에게도 말하지 않는다고 말하는 것은 옳지 않아요. 나는 누군가와 이야기하고 있지만 그 "누군가"는 존재하지 않거든요. 적어도 그 사람은 내 밖에 존재하지 않아요. 나는 단순히 나 자신에게 이야기하고 있거든요.

그리고 나 자신에게 크게 말할 권리가 왜 내게 없나요? 나는 집에 있거든요. 그리고 집에서 나는 최고의 권위자예요. 나는 누구도 괴롭히지 않아요. 유감스럽게도 우리 집에는 나와 함께 사는 사람이 아무도 없거든요. 나는 혼자예요.

혼자 살다 보면 자기 목소리로 그 공허함을 채우는 것이 정상이지요. 혼자 사는 것은 즐겁지 않거든요. 나는 이런 생활에 결코 익숙해지지 않을 거예요. 외로움은 사람에게 좋지 않아요.

그래서 나는 집배원을 그만큼 기다려요. 편지를 받으면 외로움이 줄어들거든요.

지금은 2시 5분이에요. 14시 5분. 그들은 우체국에서 무엇을 하고 있나요?

나는 라디오 잡지가 나를 받아주기를 진심으로 바라거든요. 낮에 일하기, 오직 낮에만, 얼마나 기쁜가요. 나는 현재의 야간 근무가 맘에 들지 않아요. 그리고 지금보다 조금 더 많은 돈을 벌 수 있을 거예요. 필요하지 않은 온갖 물건을 살 수 있을 만큼 돈을 벌 수 있다는 것은 좋은 일이거든요.

필요한 무언가를 사는 것은 즐거움이 아니에요. 살아가는 게 필요하거든요. 하지만 돈이 있고 사고 싶다는 이유만으로 그냥 사는 것, 그것이 바로 달콤한 삶이지요.

그 라디오 가게에서 나를 받아들여도 나는 큰 부자가 될 수는 없지만 지금보다는 조금 더 부자가 될 거예요.

지금은 2시 15분이네요. 나는 지금 30분 동안 그 창밖을 바라보고 있었어요. 그리고 그 집배원은 아직 코빼기도 보이지 않았어요. 무슨 일이 일어난 걸까요?

나는 오래 참지 못할 거예요. 그 편지가 필요하거든요. 나는 오후 내내 집에 머물고 싶지 않아요. 걷고, 뛰고, 움직이고, 뭔가를 할 필요가 있어요. 몇 시간이 지나도 집배원이 오지 않는 동안 집 창문 뒤에 머물지 마세요.

집배원이 지나가고 내 편지를 가지지 않았다면? 라디오 수리점이 나를 계속 기다리게 한다면? 내가 참을까? 젠장! 나는 이런 상황을 다루는 데 익숙하지 않고 그다지 강하지도 않아요.

바라건대, 집배원님, 젊고 멋지고 사랑스러운 집배원님, 와서 제게 그런 대답, 긍정적인 대답을 해주세요.

그리고 대답이 오면 '아니요'가 될까요? 아, 아, 아! 정말 끔찍한 삶이군요! 나는 그것을 더욱 못 견딜 거예요.

내가 너무 바라는군요. 그게 내 현재 상황의 나쁜 면이죠. 나는 희망을 덜 가져야 해요. 그렇게 해야 너무 높은 희망에서 떨어지는 위험을 감수하지 않게 되지요. 하지만 그런 희망을 줄이려면 어떻게 해야 할까요? 당신은 알고 있나요? 여기 누가 아나요? 당연히 모르죠. 여기서는 정말 아무도 몰라요.

19. Dormu trankvile!

Bonan matenon, kara amiko, ĉiam absorbata en la lernado de la lingvo tutmonda!

Vi demandas, kion ni faros ĉi-foje, ĉu ne? Ĉu vi vere deziras fari ion? Kial do? Ĉu ne plaĉas al vi resti farante nenion dum kelka tempo?

Nu, se vi volas labori, laboru. Se vi volas enkapigi al vi vortojn, enkapigu. Se vi volas relegi jam legitajn rakontojn, relegu. Mi ne malhelpos vin. Mi ne ĝenos vin. Mi ne volas vin senkuraĝigi.

Nur permesu, ke mi dormu trankvile. Mi decidis, ke ĉi tiu tago ne estos labortago por mi. Mi deklaras ĝin libertago.

Ĉu vere vi sentas vin tre malfeliĉa, se unu tago pasas kaj vi ne ricevis vian kutiman legaĵon en la nova lingvo? Kia stranga reago!

Bonvolu do pardoni min, se ĉi tiu legaĵo estas tro mallonga por via leg- kaj lernsoifo[32]. Mi kredas vin trovema, kaj fidas je via trovemo. Se vi volas labori, vi trovos laboron por fari. Kiu serĉas, tiu trovas.

32) Leg- kaj lernsoifo : necesas kompreni «legsoifo kaj lernsoifo», t.e. granda deziro legi kaj lerni.

Serĉu do. Sed ne serĉu ĉe mi, ĉar mi ne deziras skribi nun. Mi deziras dormi, havigi al mi duan bonan matenmanĝon (mi jam manĝis unu, sed mi ŝategas matenmanĝojn!), iri promeni kun mia hundo tra la kamparo, ludi iom da muziko, fari ion ajn, kio plaĉos al mi, sed ne elpensi por vi malsaĝajn rakontojn, kiujn vi legos kvazaŭ soife pro nekomprenebla lernemo, kiu, ŝajne, allasas al vi eĉ ne unu tagon da nenifaro[33].

Laboru do kuraĝe, lernu multajn vortojn, legu longajn rakontojn, kaj lasu min pasigi tagon tute senzorgan.

Cetere, se vi volas fari kiel mi, ne hezitu. Mi atendas nenion de vi, ĉi-foje. Vian decidon — kredu min — mi perfekte komprenos.

Mi dankas pro via komprenemo, kaj salutas vin plej sincere.

Ĝis la revido!

---

33) Nenifaro : = neni(o)-faro, faro de nenio.

19. 푹 자요!

안녕, 사랑하는 친구여, 항상 국제어 학습에 열중하고 있지요!

이번에는 우리가 무엇을 할지 궁금하지요? 정말 무엇을 하고 싶나요? 그럼 왜? 한동안 아무것도 하지 않고 가만히 앉아 있는 걸 좋아하지 않나요?

글쎄요, 공부하고 싶으면 공부하세요. 단어를 머릿속에 넣고 싶다면 머릿속에 넣으세요. 이미 읽은 이야기를 다시 읽고 싶다면 다시 읽으세요. 나는 당신을 방해하지 않을 거예요. 당신을 귀찮게 하지 않을 거예요. 당신을 낙담시키고 싶지 않거든요.

나를 푹 자게 허락만 해주세요. 나는 오늘이 나의 근무일이 아니라고 결정했어요. 휴무일을 선언하지요.

하루가 지나도 새 언어로 평소에 읽던 읽을거리를 받지 못한다면 정말로 매우 불행하다고 느끼나요? 정말 이상한 반응이군요!

독서와 배움에 대한 갈증에 비해 이 읽을거리가 너무 짧다면 양해해 주세요. 나는 당신이 잘 찾으리라고 믿고, 당신의 검색능력을 신뢰해요. 공부하고 싶다면 공부할 거리를 찾을 거예요. 찾는 사람은 찾거든요. 그럼 검색해 보세요. 하지만 내 옆에서는 찾지 마세요. 지금은 글을 쓰고 싶지 않으니까요. 나는 자고 싶고, 두 번째 맛있는 아침 식사를 하고 싶고(나는 이미 한번 먹었지만 아침 식사를 엄청 좋아해요!), 시골에서 개와 산책하러 가고, 음악을 조금 연주하고, 좋아하는 일을 모두 하고 싶지만, 분명히 단 하루도 게으름을 허용하지 않는 듯 이해할 수 없는 향학열 때문에 목마른 것처럼 읽게 될 지혜롭지 않은 이야기를 생각하고 싶지는 않아요.

그러니 용감하게 공부하고, 많은 단어를 배우고, 긴 이야기를 읽되, 나에게는 완전히 근심 없는 하루를 보낼 수 있게 해주세요.

그런데, 나처럼 하고 싶다면 망설이지 마세요. 이번에는 당신에게 아무것도 기대하지 않아요. 당신의 결정을 - 나를 믿으세요 - 나는 완벽하게 이해할 거예요.

이해해 주셔서 감사하며, 진심으로 인사드려요.

안녕히!

20. a. La fakulo-instruisto venis de malproksime

Komence, rigardu atente la aparaton. Ion similan vi neniam vidis, ĉu? Uzu do la tutan tempon necesan por bone rigardi ĝin.

Vi vidas, ĉu ne, ke ĝi havas tenilon, nigran tenilon. Vidu, mi prenas la tenilon per la maldekstra mano. Tiel.

Do, bone, mi prenis ĝin. Mi tenas ĝin forte, ĉar la aparato estas peza. Nun, mi forprenas la fermoplaton. Ĉu vi ne scias, kio fermoplato estas? Nu, nomu ĝin «kovrilo», se vi preferas. Se mi bone komprenis, en via lingvo oni uzas ambaŭ vortojn. Ne gravas la vorto; gravas, ke vi malfermu la aparaton, kaj por tio necesas komence forpreni la kovrilon — aŭ fermoplaton — kiu kovras ĝin. Jen.

Nun mi metas la fermoplaton sur la tablon. Vi povas meti ĝin ien ajn. La ĉefa afero estas, ke ĝi troviĝu en loko, kie ĝi ne riskas ĝeni viajn movojn.

Refoje mi petas vin rigardi. Estas pluraj aferoj, kiuj elstaras. Krome estas ĉi tiuj montriloj, iom similaj al horloĝaj montriloj. Ili tre gravas, ĉar ili sciigos al vi, ĉu la streĉo estas sufiĉa aŭ ne. Bone. Ĉu vi rigardis sufiĉe? Atentu mian manon nun.

Nun per la dekstra mano mi faras ĉi tiun movon. Rigardu bone, kion mi faras. Ĉu vi vidis? Rigardu atente la rondan aĵeton, kiu elstaras ĉi tie, sur la dekstra flanko. Mi parolas pri ĉi tiu ruĝa ronda afereto.

Jen. Vi prenas ĝin kaj forte turnas ĝin dekstren, t.e. laŭ la sama direkto kiel horloĝmontriloj. Vi sentos, ke io streciĝas en la aparato. Se vi streĉis sufiĉe, la plej malalta montrilo moviĝas. Ĝi devas halti sub numero 10. Bone. Ne uzu tro da forto, vi ne deziras, ke io ene rompiĝu, ĉu? Turnu tute trankvile, kaj ĉio bone funkcios.

Pardonu, se mi ne klarigas pli bone, sed oni sendis min al ĉi tiu faka lernejo antaŭ ol mi havis la tempon bone lerni vian lingvon. Via lingvo estas tre malfacila por mi, kiu venas de malproksime, de la alia flanko de la mondo. Mi do ne konas la nomojn de tiuj pecoj kaj aĵoj.

Nu, ĉi tie estas io, kio iom similas malgrandan teleron, ĉu ne? Mi celas[34] ĉi tiun rondan platon. Mi forprenas ĝin. Kutime, vi ne bezonus ĝin forpreni. Mi forprenas ĝin nur, por ke vi rigardu, kiel ĝi estas

34) Mi celas: mi volas diri…, mi parolas pri…

metita.

Venu apud min. Tenu ĝin. Pasigu ĝin de unu al alia. Ĉu vi rimarkas, kiel peza ĝi estas? Oni ne imagus, ĉu?, ke tia telereto estas tiel peza. Nu, ĝia pezo devenas de tio, ke ĝi estas farita el speciala substanco, tute nekutima.

Ĝuste sur tiun telereton vi metos la verdan pulvoron. Kiam la pulvoro metiĝas sur la telereton, jen ĉi-flanke elsaltas verda afereto. Ĝi estas verda, por ke vi memoru, ke ĝi rilatas al la pulvoro, kiu ankaŭ estas verda, aŭ iom verda, blue verda aŭ verde blua, se vi volas esti pli precizemaj.

Nun vi prenu la verdan aĵeton, kiu ĵus elsaltis kaj nun elstaras. Rigardu, kiel mi faras. Vi devas ĝin movi tiudirekte. Via celo estas, ke ĝi alvenu ĝis ĉi tiu loko, ĝis la fino de sia irejo. Vi sentos, ke ĝi ne estas obeema afero. Ĝi ne obeas vian deziron irigi ĝin tiudirekte, konduki ĝin laŭ la tuta vojo ĝis ĉi tie. Ĉi-foje, vi vere devas uzi vian forton. Vi devas obeigi ĝin. Ne kredu, ke ĝi estas obstina. Ĝi estas iom obstina — ĝi volas resti surloke — sed vi devas esti pli obstina ol ĝi. Se vi metos sufiĉe da forto en vian movon, ĝi konsentos moviĝi. Ne timu; ĝi ne rompiĝos. Sed vi vere devos streĉi vian forton ĉi-cele, aŭ la aĵeto ne moviĝos. Kaj ĝi devas moviĝi kaj alveni ĝis la loko tie, por ke la pulvoro eniru la aparaton.

Jen, ĉu vi vidis? Ĉu unu el vi volas veni ĉi tien kaj refari tute trankvile antaŭ siaj kunuloj la movojn, kiujn mi faris? Ili ne estas malfacilaj. Sed estas bone antaŭeniri nur malrapide. Se vi bone lernis la unuajn movojn, vi neniam misfaros ilin. Ni do haltos iomete por refari ilin. Kiu venos?

Nu, nu, unu kuraĝulon, mi petas! Ne estu timemaj. Se vi volas lerni iun fakon, vi devas agi. Labori. Dankon, Ibrahim. Vi estas kuraĝa. Faru nur la kelkajn movojn, kiujn mi faris. Kaj diru laŭte, kion vi faras.

Tio helpas la memoron. Kaj, krome, tio instruos al mi vian lingvon, ĉar vere mi bedaŭras, ke mi ne konas la fakvortojn, kaj povas paroli nur pri «aĵoj», «aferoj» aŭ «pecoj», dum certe ĉiu el tiuj havas sian ĝustan nomon ankaŭ vialingve.

Nun, Ibrahim, komencu. Mi remetas la fermoplaton — aŭ kovrilon — por ke vi komencu vere de la komenco. Kaj diru laŭte, klare, ĉion, kion vi faras.

20. a. 전문 선생님이 멀리서 왔습니다.

먼저 장치를 자세히 살펴보세요. 당신은 그런 것을 본 적이 없지요? 그러므로 그것을 잘 살펴보는 데 필요한 시간을 모두 사용하세요.

아시다시피, 손잡이, 검정색 손잡이가 있지요. 보세요, 저는 왼손으로 손잡이를 잡거든요. 이렇게.

그래요, 좋아요. 제가 잡았어요. 장치가 무거워서 꽉 잡고 있어요. 이제 폐쇄판을 제거할 게요. 폐쇄판이 무엇인지 모르나요? 글쎄, 원한다면 "덮개" 라고 부르세요. 제가 올바르게 이해했다면 당신의 언어에서는 두 단어가 모두 사용되거든요. 단어는 중요하지 않아요. 장치를 여는 것이 중요하며, 그러기 위해서는 먼저 장치를 덮고 있는 덮개 또는 폐쇄판을 제거해야 해요. 그게 다예요.

지금 탁자 위에 폐쇄판을 올려놓았어요. 어디에나 놓을 수 있죠. 가장 중요한 것은 움직임을 방해할 위험이 없는 장소에 둔다는 거예요.

다시 한 번 살펴보세요. 눈에 띄는 점이 몇 가지 있거든요. 또한 시계바늘과 조금 비슷한 지시계도 있어요. 팽팽함이 충분한지 여부를 알려 주기 때문에 매우 중요해요. 좋아요. 충분히 쳐다보았나요? 지금 내 손을 주목하세요.

이제 오른손으로 이런 동작을 할 게요. 제가 무엇을 하고 있는지 잘 살펴보세요. 본 적 있나요? 여기 오른쪽에 튀어나온 둥근 것을 자세히 보세요. 나는 이 빨간색의 둥글고 작은 것에 대해 말하고 있거든요.

그게 다예요. 당신은 그것을 잡고 오른쪽으로 세게 돌려요. 시계방향과 같은 방향으로. 장치가 조여지는 것을 느낄 거예요. 충분히 조이면 가장 낮은 지시계가 이동하거든요. 10번 이하에서는 멈춰야 해요. 좋아요. 힘을 너무 많이 가하지 마세요. 내부의 어떤 것도 부서지는 것을 원하지 않지요? 아주 편하게 돌리면 모든 것이 잘 작동할 거예요.

더 잘 설명하지 못해 미안하지만, 저는 당신의 언어를 잘 배울 시간을 갖기도 전에 이 직업학교에 왔어요. 당신의 언어는 먼 곳, 지구 반대편에서 온 제게 매우 어렵거든요. 그래서 저는 그 조각들과 물건들의 이름을 몰라요.

그런데, 여기 약간 작은 접시처럼 보이는 것이 있지 않나요? 제 말은, 이 둥근 판을 말하는 거예요. 그것을 떼어낼 게요. 일반적으로 제거할 필요는 없어요. 단지 어떻게 배치되어 있는지 확인하기 위해 떼어낼 뿐이거든요.

제 옆으로 오세요. 들고 한 사람에게서 다른 사람에게 전달해보세요. 얼마나 무거운지 아나요? 그러한 작은 접시가 그렇게 무겁다고는 상상도 못할 거예요. 글쎄, 그 무게는 그것이 완전히 특이한 특수 물질로 만들어 졌다는 사실에서 비롯되거든요.

바로 그 작은 접시 위에 녹색 가루를 넣을 거예요. 가루를 접시 위에 올려놓으면 이쪽에 작은 녹색 물질이 튀어나와요. 녹색이므로 가루와 관련이 있다는 것을 기억하세요. 더 구체적으로 말하면 녹색이거나 약간 녹색, 청록색 또는 녹청색이예요.

이제 방금 튀어나왔다가 두드러진 녹색 부분을 잡으세요. 제가 어떻게 하는지 지켜보세요. 그 방향으로 움직여야 하거든요. 당신의 목적은 가는 길이 끝날 때까지 그 장소로 이동하는 거지요. 당신은 그것이 순종하는 성질이 없음을 느낄 거예요. 그것은 그런 식으로 방향을 바꾸고 여기까지 이동하려는 당신의 요구대로 따르지 않거든요. 이번에는 정말 힘을 써야 해요. 당신은 그것이 순종하도록 해야 해요. 완고하다고 믿지 마세요. 그것은 약간 완고하거든요 - 가만히 있기를 원하지요 - 그러나 당신은 그것보다 더 완고해야 해요. 움직이도록 힘을 충분히 가하면 움직일 거예요. 깨지지 않을 테니까 두려워하지 마세요. 하지만 그러기 위해서는 힘을 다해야 해요. 그렇지 않으면 물체가 움직이지 않아요. 그리고 가루가 장치에 들어갈 수 있도록 움직여서 그곳으로 가야 해요.

여기, 봤나요? 여러분 중 한 분이 여기로 와서 동료들 앞에서 제가 했던 동작을 완전히 편하게 다시 하고 싶은가요? 어렵지 않아요. 하지만 천천히 앞으로 나아가는 것이 좋아요. 첫 동작을 잘 배웠다면 절대 틀릴 일이 없거든요. 그래서 우리는 그것들을 다시 실행하기 위해 잠시 멈출 게요. 누가 할 건가요?

글쎄, 용감한 사람 한 명만 부탁해요! 부끄러워하지 마세요. 어떤 분야를 배우고 싶다면 행동해야 해요. 공부해야. 고마워요, 이브라힘. 당신은 용감하네요. 제가 했던 몇 가지 동작만 해보세요. 그리고 무엇을 하고 있는지 큰 소리로 말해보세요.

그게 기억력에 도움이 돼요. 그리고 게다가, 그것은 제게 당신의 언어를 가르쳐 줄 거예요. 왜냐하면 제가 전문적인 단어를 몰라서, 분명 당신의 언어로 그것들 모두 올바른 이름을 가지고 있지만 "물건", "사물" 또는 "조각"에 대해서만 말할 수 있어 정말 유감스럽기 때문이에요.

자, 이브라힘, 시작하세요. 진짜 처음부터 시작할 수 있도록 폐쇄판 또는 덮개를 다시 씌웠어요. 그리고 당신이 하는 모든 일을 크고 명확하게 말하세요.

b. Troa scivolo kondukas morten

Aŭskultu, mi tamen ŝatus scii, kion vi celas finfine. Kio estas via celo? Vi staris trans la pordo, kaj vi aŭskultis, ĉu ne? Vi subaŭskultis[35], kiel oni diras. Mi ne dubas, ke interesas vin scii, kiu estas kun mi, kaj pri kio ni parolas. Sed en ĉi tiu laboro, en kiu vi kun-agas kun mi, via sinteno estas neallasebla. Iom da digno, mi petas.

Oni subdiris[36] al mi, ke vi transiris al niaj malamikoj. Mi tion ne volis kredi. Kiam vi ĝojsaltis vidante min reveni, mi kredis je vi. Kiam vi kisis min kvazaŭ amoplene, mi kredis je vi. Kaj ĉu vi memoras tiun fojon, kiam vi ploris kaj ploris, ĉar mi ĵus tenis min iom malafable? Mi estis laca kaj ĵus agis malĝentile. Pro laceco oni kelkfoje agas, kiel oni devus ne agi. Aŭ pro troa zorgado. Nu, mi agis malbone kaj mia sinteno ne estis pravigebla. Kaj vi

35) Subaŭskulti: kaŝe aŭskulti; aŭskulti ion, kion oni devus ne aŭskulti.

36) Subdiri: komprenigi aŭ sciigi ion al iu, ne dirante ĝin tute klare.

ploris. Jes, tiun tagon, kiam vi ploris, mi kredis je vi.

Sed nun, jam la trian fojon mi trovas vin subaŭskultanta ĉe la pordo de mia oficejo. Mi bezonas koni vian celon. Kion do vi celas? Vi tion neniam faris antaŭe. Ne temas do pri simpla persona scivolemo. Se vi estus nature scivolema, mi estus rimarkinta tion jam delonge. Ne. Ĉiam mi ŝatis vian diskretan sintenon. Kiuj ajn la kondiĉoj, en kiuj mi igis vin labori, vi tenis vin plej diskrete.

Kaj nun, subite, ĝuste en tempo, kiam diversaj raportaĉoj alvenas al mi koncerne vin, kiam oni provas subkomprenigi al mi, ke eble mi devus dubi vian honestecon, jen vi komencas subaŭskulti. Vi tamen subskribis[37] promeson ĉiam gardi la interesojn de ĉi tiu oficejo. Vi scias, ke ni havas malamikojn, kiuj serĉas ĉiaspecajn informojn pri niaj esploroj, kaj kiuj sufiĉe riĉas por havigi multe da mono al tiu, kiu transdonus al ili interesajn sciojn pri ni. Ĉu al ili vi transiris? Ĉu vi forlasis nin, kvankam vi skribe promesis kaj mem subskribis vian promeson? Kvankam vi — laŭ via diro — amas min?

Via onklo Johano foje alvenis senbrue por viziti nin kaj diris al mi, ke li vidis vin rigardi tra la

37) Subskribi: skribi sian nomon fine de letero aŭ dokumento.

seruro de mia oficejo. Kia sinteno! Alian fojon, kiam mia fratino, pasante tra nia urbo, ankaŭ venis nin viziti, vi eksaltis en la koridoro, kiam ŝi subite ekaperis apud vi. Ŝi ne vidis, kion vi faras, sed ŝi raportis al mi la aferon, ĉar ŝi tre miris pri via reago al ŝia alveno. Ŝi tre precize rimarkis vian salteton. Vi eksaltetis, kiel oni faras, kiam io tute neatendita — kaj malplaĉa, aŭ danĝera — subite prezentiĝas. Mirige, ĉu ne?

En mia raporto al niaj ĉefoj, mi prezentis la tutan situacion. Mi montris, kiel danĝera ĝi estas por ni. Mi proponis diversajn agadojn, kiuj, miaopinie, ebligus savi preskaŭ ĉion. Ni devos streĉi niajn fortojn, sed ni havas multajn ŝancojn sukcesi, se ni agos tuj. Tamen unu kondiĉo gravegas: sekreteco. Sekreteco estas plene necesa ĉi-afere, se ni volas, ke niaj fortostreĉoj ebligu al ni realigi nian celon.

Sed ĉio ŝanĝiĝis pro via subaŭskultado. Mi ne dubas, ke vi eksciis nenion gravan ĉi-foje. Kiom ajn vi streĉis vian aŭskultpovon, vi ne povis plene aŭdi, kaj — ĉefe — vi ne povis kompreni, kio diriĝas trans tiu pordo. Fakte, via celo ne estas realigebla, ĉar mankas al vi tro da informoj.

Mi travivis multajn aventurojn en la vivo. Mi elportis malfacilaĵojn, danĝeron, malfeliĉon, kun ĉiam sekaj okuloj. Sed nun mi emus plori kiel knabeto.

Mi sentas ploremon, ĉar mi fidis al virino, kaj ŝi montris sin ne plu inda je mia fido. Mi sentas ploremon, ĉar la virino, kiun mi fidis, estis mia amatino, kaj ŝia apud-esto min per ĝojo plenigis. Kunlabori kun ŝi estis mia feliĉo. Scii, ke en ĉiu risko, jen ŝi estas apud mi, kaj min subtenas, tio iom post iom iĝis la devenejo de mia forto.

Kaj nun, iom post iom, mi komprenetis, ke ŝi ne estas fidinda, ke ŝi transiris al la malamika flanko, kaj ke mi devas gardi min.

Jes, mi apenaŭ povas min deteni de plorado, ĉar mi ankoraŭ amas ŝin. Mi ankoraŭ amas vin, Klara, sed eble ne por longe. Via malveremo tuŝas min tro suferige. Ĝi alsaltas min, kaj mi sentas, ke danĝera furiozeco min pli kaj pli kaptas. Ne. Ne moviĝu! Restu ĉi tie. Apud mi.

Vi ĉiam deziris apud-esti, ĉu ne? Via sola celo, kiam vi ekvidis min unuafoje, estis tutvive proksimi al mi. Tiel vi vin esprimis. Tutvive!

Ĉu vi sciis jam dekomence, ke iun tagon vi vendos miajn sekretojn? Aŭ ĉu ili sukcesis kapti vin en siajn dubajn agadojn nur poste? Ĉu vi estis sincera komence, kaj transiris al ili? Aŭ ĉu neniam okazis transiro, ĉar jam de la unua tago vi konis vian celon: enŝteliĝi ĉi tien kiel oficistino, labori perfekte, iom post iom havigi al vi la plenan fidon de la ĉefo, laŭcele agi por ke li enamiĝu, ŝajnigi amon al li, kaj uzi tiun belegan situacion por transdonadi informojn? Kiel serpento vi envenis nian esplorcentron, kiel serpento deziranta mortigi, sed atenta, ke oni ne vidu ĝin…

Antaŭe mi diris, ke komence vi sen ia dubo amis min. Nun mi pli kaj pli dubas tiun opinion. Nun pli kaj pli la tuta afero prezentiĝas klare al miaj okuloj. En mian koron vi eniĝis kiel ŝtelisto en domon, por kapti…

Kaj mi lasis vin agi! Mi enlasis vin en mian hejmon, en mian oficejon, en miajn brakojn, en mian koron! Kaj vi ŝajnigis vin feliĉa! Vi perfekte ludis vian rolaĉon, ho jes! Vi ne agis amatore. Vi ne reale feliĉis — oni ne povas serioze feliĉi, kiam oni vivas en malvero — sed vi ŝajnigis feliĉon, vi ludis la rolon de feliĉulino plensukcese, por ke en la kaptilon mi falu.

Nun stariĝas la demando: kio okazu al vi? Vi scias tro multe, ĉu ne? Estus danĝere lasi vin vivi. Kaj ĉiaokaze, vi tiom suferigis min, ke vi ne plu indas vivi. Haha! Vi timas, ĉu ne? Vi timegas, videble. Nu, vi ricevas nur la naturajn sekvojn de viaj decidoj. Ĉu vi ne antaŭvidis mian sintenon? Ĉu vi ne opiniis, ke mi tamen pli fortas ol vi? Ĉu vi pensis, ke ĉar mi amas vin, mi ellasos vin plezure, eĉ se mi malkovros vian rolaĉon? Vi ludis, kaj perdis la ludon. Bedaŭru, se helpas vin bedaŭri. Vi certe bedaŭros malpli ol mi. Vi bedaŭros nur, ke vi ne plene realigis vian celon. Mi bedaŭros amon perditan, fuŝitan de malverema ulino.

Kaj ĉu vi scias, kio aldonas kroman suferon? Ke vi agis tiel infanece. Subaŭskulti ĉe pordo! Ĉu viaj ĉefoj ne instruis al vi pli nuntagajn manierojn ricevi informojn? Oni nuntempe faras tiel perfektajn aparatojn, tute tute malgrandajn, por senfine subaŭskulti, multe pli bone ol tra pordoj. Tro memfida vi estis. Vi ne imagis, ke mi povus suspekti. Kaj vi iĝis nesingarda. Bedaŭrinde por vi. Nun via bela kara vivo alvenas al sia fino. Kaj ne kredu — eĉ se mi ridaĉas — ke tio ĝojigas min. Mi ne ŝatas ridaĉi. Mi ŝatus havi koron plenan je amo, kaj larĝan rideton survizaĝe. Sed vi devigas min. Vi komprenas la ludon, ĉu ne? Vi sufiĉe longe ludis ĝin.

Nu, bone, sufiĉas. Nun mi tuj komunikos la novaĵon al miaj kunlaborantoj. Vi ne mortos tuj. Ni unue devos eligi el vi ĉiujn viajn sciojn. Estas milito, ĉu ne?, suba milito, milito, kiu okazas sub la videblaĵoj, sed tamen milito, terura milito.

Kial, diable, vi eniris tiun militon? Ĉu vi ne povis simple honeste labori, kiel ĉiu alia? Ĉu la destino tiel malamas min, ke ĝi alportis en mian vivon kiel malamikon la solan virinon, kiun mi sincere amis? Sufiĉe! Ne ploru! Agi mi devas. Mi agu tuj.

Kaj vi··· Provu kunstreĉi ĉiujn viajn fortojn, por almenaŭ morti digne.

b. 지나친 호기심은 죽음을 부른다

들어보세요, 결국엔 무슨 목적인지 알고 싶어요. 당신의 목적은 무엇인가요? 당신은 문 건너편에 서서 듣고 있었죠, 그렇죠? 당신은 사람들이 말하는 바, 도청을 했어요. 나는 당신이 나와 함께 있는 사람이 누구인지, 우리가 무엇에 대해 이야기하고 있는지 알고 싶어 한다는 데 의심의 여지가 없어요. 하지만 당신이 나와 함께 활동하는 이 일에서 당신의 태도는 용납될 수 없거든요. 품위를 좀 가지세요.

나는 당신이 우리 적들에게 넘어갔다는 말을 들었어요. 그것을 믿고 싶지 않았지요. 내가 돌아오는 것을 보고 당신이 기뻐 뛰었을 때 나는 당신을 믿었거든요. 사랑이 가득한 듯 내게 입 맞출 때 나는 당신을 믿었어요. 그리고 내가 좀 못되게 굴어서 당신이 울고 또 울던 그때를 기억하지요? 피곤해서 그냥 무례하게 행동했어요. 피로 때문에 때로는 하지 말아야 할 행동을 하기도 하지요. 아니면 지나친 걱정 때문에. 글쎄, 나는 행동을 잘못했고 태도는 정당하지 못했어요. 그리고 당신은 울었지요. 그래요, 당신이 울던 그 날 나는 당신을 믿었어요.

그런데 지금 세 번이나 당신이 내 사무실 문을 도청하고 있는 것을 발견했지요. 당신의 목적을 알아야 해요. 그럼 목적이 무엇인가요? 당신은 전에 그런 일을 한 적이 없거든요. 그러므로 그것은 단순한 개인적인 호기심의 문제가 아니에요. 자연스러운 호기심이라면 나는 이것을 오래 전에 알아차렸을 테지요. 아니요. 나는 항상 당신의 신중한 태도를 좋아했어요. 내가 당신에게 일하게 한 조건이 무엇이든 당신은 가장 신중하게 행동했거든요.

그리고 이제 갑자기, 당신에 대한 다양한 비방거리가 왔을 때, 아마 그들이 당신의 정직성을 의심해야 한다고 암시하려고 할 그때, 여기서 당신은 도청을 시작하지요. 그러나 당신은 이 사무실의 이익을 항상 보호하겠다는 약속에 서명하였어요. 우리의 연구에 관한 모든 종류의 정보를 찾고, 우리에 대한 흥미로운 정보를 제공하는 사람에게 많은 돈을 제공할 만큼 충분히 부유한 적들이 우리에게 있다는 것을 당신은 알고 있어요. 그들에게 넘어갔나요? 글로 써서 약속하고 직접 서명했는데도 우리를 버렸나요? 당신이 말한 대로 나를 사랑함에도 불구하고?

당신의 삼촌 요하노는 때때로 조용히 우리를 방문하여 당신이 내 사무실의 자물쇠를 들여다보는 것을 보았다고 말했지요. 어떤 태도인가요? 또 한 번은 우리 도시를 지나가던 내 누이가 우리를 찾아왔을 때, 갑자기 당신 옆에 나타나자 당신은 복도에서 펄쩍 뛰었지요. 당신이 무엇을 하는지 누이는 보지 못했지만, 자신이 도착했을 때 당신의 반응에 매우 놀랐기 때문에 그 일을 나에게 알렸어요. 누이는 당신이 뛴 것을 매우 정확하게 알아차렸거든요. 전혀 예상하지 못한, 불쾌하거나 위험한 일이 갑자기 나타날 때 사람들이 하는 것처럼 당신은 뛰었지요. 놀랍지 않나요?

나는 상사에게 보고할 때 모든 상황을 설명했어요. 그것이 우리에게 얼마나 위험한지 보여주었지요. 내 생각에 거의 모든 것을 구할 수 있는 다양한 활동을 제안했어요. 우리는 힘을 긴축해야 하지만 지금 행동한다면 성공할 기회가 많거든요. 그러나 한 가지 조건은 매우 중요해요. 바로 비밀이지요. 우리의 긴축력이 목적을 실현할 수 있도록 하려면 이 문제에 있어서 비밀이 절대적으로 필요하거든요.

하지만 당신의 도청으로 인해 모든 것이 바뀌었어요. 이번에 중요한 사실을 아무것도 알아내지 못했다고 의심하지는 않아요. 아무리 청력을 다 기울여도 제대로 들을 수 없었고, 무엇보다도 저 문 너머에서 무슨 말을 하는지 이해할 수 없었거든요. 사실, 정보가 너무 부족해서 목적이 실현 가능하지 않아요.

나는 인생에서 많은 모험을 겪었어요. 항상 건조한 눈으로 어려움과 위험과 불행을 견뎌냈지요. 하지만 이제는 어린아이처럼 울고 싶네요.

여자를 믿었는데 그 여자가 더 이상 나의 믿음에 합당하지 않음을 보여주었기 때문에 눈물을 흘리고 싶네요. 믿었던 여자가 연인이었고, 옆에 있어서 나를 기쁨으로 가득 채웠기 때문에 눈물을 흘리고 싶네요. 그 여자와 함께 일하는 것은 나의 행복이었거든요. 어떤 위험 속에서도 내 곁에 있어주고 나를 지지해줌을 아는 것이 조금씩 내 힘의 원천이 됐거든요.

그리고 이제 여자가 믿을 가치가 없다는 것과 적의 편

으로 넘어갔다는 것, 그리고 스스로 나를 지켜야 함을 조금씩 깨달았어요.

그래요, 나는 아직도 여자를 사랑하기 때문에 울음을 참을 수 없어요. 난 아직도 당신을 사랑해요, 클라라. 하지만 오래 가지 못할 수도 있어요. 당신의 거짓이 나에게 너무 고통스럽거든요. 그것은 나에게 달려들고 위험한 분노가 나를 점점 더 사로잡는 것을 느껴요. 아니요. 움직이지 마세요! 여기 있어요. 내 옆에.

당신은 항상 내 옆에 있고 싶었어요, 그렇죠? 당신이 나를 처음 봤을 때 당신의 유일한 목적은 평생 나와 가까이 있는 것이었지요. 그렇게 표현했지요. 평생!

언젠가 당신이 내 비밀을 팔리라고 처음부터 알았나요? 아니면 나중에 그들이 의심스러운 활동에 당신을 이용하게 되었나요? 처음에는 진정이었다가 그들에게 넘어갔나요? 아니면 첫날부터 당신의 목적 즉 사무원으로 여기에 몰래 들어와 완벽하게 일하면서 조금씩 상사의 완전한 신뢰를 얻고 의도적으로 행동하여 상사를 사랑에 빠지게 만들어, 사랑하고, 사랑하는 척하고, 그 아름다운 상황을 이용해 정보를 전달하는 것을 알고 있었기 때문에 결코 넘어간 적이 없었나요? 뱀처럼 우리 연구소에 들어와서, 죽이고 싶지만 눈에 띄지 않도록 조심하는 뱀처럼….

아까도 말했지만, 처음에는 어떤 의심 없이 당신은 나를 사랑했지요. 이제 나는 그 생각을 점점 더 의심해요. 이제 내 눈에는 모든 문제가 점점 더 분명하게 보이거든요. 훔치려고 집에 들어온 도둑처럼 당신은 내 마음에 들어와서….

그리고 나는 당신이 행동하도록 놔두었어요! 당신을 내 집으로, 내 사무실로, 내 품으로, 내 마음으로 들여보냈어요.

그리고 당신은 행복한 척 했어요! 연기를 완벽하게 해냈지요, 오 예! 당신은 전문가처럼 행동했어요. 실제로는 행복하지 않았지요. 거짓으로 살면 진심으로 행복할 수는 없잖아요. 하지만 나를 함정에 빠지도록 행복한 척 하고, 행복한 여자 역을 완벽하게 성공적으로 해냈어요.

이제 질문이 생기네요. 당신에게 무슨 일이 일어나야 할까요? 당신은 너무 많은 것을 알고 있어요, 그렇죠? 당신을 살려 두는 것은 위험할 거예요. 그리고 어쨌든 당신은 더 이상 살 가치가 없을 정도로 나를 너무 고통스럽게 만들었거든요. 하하하! 무섭지요, 그렇죠? 당신은 분명히 겁을 먹고 있어요. 글쎄요, 당신은 자신의 결정에 따른 자연스러운 결과만을 얻게 되지요. 내 태도를 예상하지 못했나요? 어차피 내가 당신보다 강하다고 생각하지 않았어요? 내가 당신을 사랑하기 때문에 그런 짓거리를 발견하더라도 기꺼이 당신을 보내줄 거라고 생각했나요? 당신은 경기를 하다가 패배했어요. 미안해하는 것이 도움이 된다면 미안해하세요. 분명 저보다는 덜 후회할 거예요. 당신은 목적을 완전히 실현하지 못해 후회할 거예요. 나는 거짓말하는 여자에 의해 망가지고, 잃어버린 사랑을 후회할 테지요.

그리고 어떤 고통이 더해지는지 아나요? 당신은 그렇게 유치하게 행동했거든요. 문에 대고 도청하기! 당신의 상사가 정보를 얻는 더 현대적인 방법을 가르쳐주지 않았나요? 그들은 현재 문을 통한 것보다 훨씬 더 나은 끝없는 도청을 위해 아주 아주 작은 완벽한 장치를 만들고 있지요. 당신은 너무 자신감이 넘쳤어요. 내가 의심할 수 있으리라고 상상하지 못했지요. 그리고 부주의했어요. 유감스럽게도 당신에게는. 이제 당신의 아름답고 소중한 삶이 끝나가네요. 그리고 비록 내가 낄낄거리더라도 그것이 나를 행복하게 한다고 믿지 마세요. 나는 낄낄거리는 것을 좋아하지 않아요. 사랑으로 가득 찬 마음을 가지고, 얼굴에 커다란 웃음을 짓고 싶거든요. 하지만 당신은 나에게 강요해요. 경기를 이해하죠, 그렇죠? 당신은 충분히 오랫동안 경기를 했거든요.

글쎄요, 좋아요, 충분해요. 이제 즉시 동료들에게 소식을 전하겠어요. 당신은 즉시 죽지 않을 거예요. 먼저 당신의 모든 지식을 알아내야 하거든요. 그것은 전쟁이죠, 그렇죠? 지하 전쟁, 눈에 보이지 않는 곳에서 일어나는 전쟁, 그러나 여전히 전쟁, 끔찍한 전쟁이지요.

도대체 왜 그 전쟁에 들어왔나요? 그냥 남들처럼 단순하게 정직하게 일할 수는 없었나요? 운명은 나를 너무 미워해서 내가 진심으로 사랑했던 유일한 여자를 적으로서 내 삶에 끌어들인 걸까요? 충분해요! 울지 마세요! 나는 행동해야 해요. 즉시 조치를 취할 게요.

그리고 당신은…. 최소한 품위 있게 죽을 수 있도록 온 힘을 다해 긴장하세요.

21. a. Ho bela naskiĝurbo!

Rigardu! Ĉi tie mi naskiĝis. Ĉu ne bela loko? Mi dubas, ĉu ekzistas io simila aliloke en la mondo. Ĉu la montoj ne estas nekredeble belaj? Ĉu vi konas pli mirindan vidaĵon? Rigardu la urbeton, kun ĝiaj malnovaj domoj kaj ĝiaj mallarĝaj stratoj, kiuj turniĝas serpente, ĉu vi ie ajn vidis ion similan? Rigardu tiujn malnovajn ŝtonmurojn. Ne ofte oni ankoraŭ vidas tiel perfektan urbomuregon. La tuta urbo estas plena je trezoroj multjarcentaj. Mi dubas, ĉu ilia valoro estas konata. Sed certe ĝi estas tre alta.

La urbodomo[38] estas mirinda artaĵo. Vi certe jam vidis fotojn de ĝi, ĉu ne? Multaj venas al ĉi tiu urbeto nur por rigardi la urbodomon kaj foti ĝin. Se vi havas bonan fotoaparaton, ni iros tien, kaj mi indikos al vi, de kiu angulo ĝi aspektas plej bele.

Fakte, multaj el tiuj mallarĝaj stratoj ne estas tre puraj, sed tio ne ĝenos vin, ĉu?

---

38) Urbodomo: domo, kie troviĝas la ĉefaj urb-administraj oficejoj.

Mia frato volas fari libron pri nia naskiĝurbo. Li ankoraŭ vivas ĉi tie. Mi foriris antaŭ longe, tuj post kiam niaj gepatroj mortis kaj oni vendis la magazenon. Sed mia frato restis plu.

Ĉu vi sentas la harmonion de ĉi tiu loko? Bedaŭrinde, la suno ankoraŭ ne montriĝis, ĉar la lumo nun ne estas tute kontentiga por foti.

Via fratino foje venis ĉi tien, ĉu ne? Ŝi venis kun iu muzika societo, se mi bone memoras. Mi tre ŝatas vian fratinon, vian plej junan fratinon, almenaŭ. La alian mi ne konas. Sed via plej juna fratino estas tre kara al mi. Ŝi estas tiel dolĉa! Dolĉa, harmonia vizaĝo, kaj belega voĉo. Ne mirige, ke ŝi ludas muzikon. Estas bedaŭrinde, ke ŝi estas tiel··· kiel diri?··· ne timema, sed··· ne-sinmontrema. Ŝi parolas tiel mallaŭte, ke oni sentas, kvazaŭ ŝi timus, ke oni rimarkos ŝian ĉeeston. Kial bela knabino kiel ŝi timas, se oni rigardas ŝin?

Via fratino lernis muzikon eksterlande, ĉu ne? Mi ne memoras, en kiu lando. Kaj ŝi iris al multaj diversaj landoj dank' al sia muziko. Devas esti plaĉe, kaj interese, iri de lando al lando kun muzikistaro. Sed eble tiu ĉiama translokiĝo estas laciga.

Nun, se vi havas ankoraŭ tempon, mi kondukos vin al la alia flanko de la urbo. Multaj malnovaj domoj estas vidindaj tiuflanke. Ĉi-flanke estas bone por havi plenan ideon pri la urbo, ĉar ni troviĝas sufiĉe alte por havi bonan rigardon al la tuto. Sed estas malpli da vidindaĵoj ĉi-flanke. La plej vidindaj aferoj troviĝas trans tiu larĝa strato, kiun vi vidas dekstre. Tie ja komenciĝas la malnova urbo.

Ĉu vi scias, ke oni daŭre esploras serĉe al malnovaĵoj ĉi-urbe? Sub la monteto, sur kiu ni staras, oni trovis multajn valorajn objektojn.

La historiistoj ne interkonsentas inter si pri diversaj aspektoj de la urba historio. Sed oni malkovris postrestaĵojn el muroj kaj domoj ĉi tie ene de la monteto. Oni eĉ trovis meblojn, laborilojn kaj diversajn objektojn, ekzemple pecojn de boteloj, tie ĉi, precize sub la loko, kie ni nun staras.

Oni kredas, ke dum persekutoj, homoj venis vivi ĉi tie sube. Antaŭ kelkaj jarcentoj, la ŝtato persekutis multajn pro ilia religio. Se la afero interesas vin, mi donos al vi libron pri tiu persekutado. Teruraj aferoj okazis. Homa vivo ne plu havis valoron por la tiuepokaj aŭtoritatoj. Ili mortigis kaj suferigis homojn sen eĉ plej eta kortuŝo. La popolo terure suferis.

Nu, tiel estas la vivo, ĉu ne? Ekzistas personoj, kiuj bedaŭras la malnovan tempon, la pasintajn epokojn. Mi ne. La vivo estas pli bona nun, almenaŭ por ni ĉi tie, ĉar ni scias, ke en la resto de la mondo homa persono ne ĉiam estas konsiderata kiel la valora estaĵo, kiu ĝi estas, aŭ devus esti, laŭ mia opinio.

Ĉu vi sufiĉe rigardis la vidaĵon? Bone. Ni do povas iri al la alia flanko, kie ni povos vidi de proksime tiujn malnovajn domojn. Venu. Mi kondukos vin. Mi estas certa, ke tiu malnova urbo ege plaĉos al vi.

21. a. 오 아름다운 고향이여!

바라보세요! 이곳에서 저는 태어났어요. 아름다운 곳이지 않나요? 세계 어디에도 이와 같은 것이 있는지 의심스럽군요. 산이 믿을 수 없을 만큼 아름답지 않나요? 더 놀라운 볼거리를 아시나요? 오래된 집들과 좁고 구불구불한 거리가 있는 작은 마을을 보세요. 어디에서 이와 같은 것을 본 적이 있나요? 저 오래된 돌담을 보세요. 이렇게 완벽한 성벽을 볼 수 있는 경우는 흔하지 않거든요. 도시 전체가 수백 년 된 보물로 가득 차 있어요. 그 가치가 알려져 있는지 의심스럽군요. 그러나 확실히 그것은 매우 가치가 커요.

시청은 훌륭한 예술 작품입니다. 이전에 사진을 본 적이 있을 겁니다. 그렇죠? 많은 사람들이 단지 시청을 보고 사진을 찍기 위해 이 작은 마을에 와요. 좋은 카메라가 있다면 거기로 가서, 어떤 각도에서 가장 잘 보이는지 보여 드릴게요.

사실, 그 좁은 거리들 중 상당수는 아주 깨끗하지 않지만, 그렇다고 해서 당신에게 문제가 되지는 않을 겁니다. 그렇죠?

제 형은 우리 고향에 관한 책을 만들고 싶어 해요. 아직도 여기에 사시거든요. 저는 오래 전, 부모님이 돌아가시고 가게가 팔린 직후에 떠났지요. 하지만 형은 더 오래

계셨지요.

이곳의 조화가 느껴지시나요? 현재는 빛이 사진 촬영에 그다지 만족스럽지 않는 걸 보니 유감스럽게도 해가 아직 떠오르지 않았네요.

당신의 누이는 가끔 여기에 오곤 했었죠, 그렇죠? 제 기억이 맞는다면 그 누이는 어떤 음악 동아리와 함께 왔어요. 저는 당신의 누이, 적어도 막내 누이를 정말 좋아해요. 다른 누이는 모르겠어요. 하지만 당신의 막내 누이는 제게 아주 소중하거든요. 너무 달콤해요! 달콤하고 조화로운 얼굴과 정말 멋진 목소리. 음악을 연주하는 것도 놀랍지 않죠. 불행하게도 그 누이는… 어떻게 말해야 할까요?… 부끄러워하지 않지만… 자기를 드러내려고 하지 않아요. 너무 작게 말을 해서 자신의 존재가 들킬까 봐 두려워하는 듯 한 느낌이 들어요. 왜 당신의 누이처럼 아름다운 아가씨가 남의 시선을 두려워하는 걸까요?

누이는 해외에서 음악을 공부했지요, 그렇죠? 어느 나라인지 기억이 나지 않군요. 그리고 음악 덕분에 여러 나라를 다녔지요. 음악가들과 함께 이 나라 저 나라를 여행하는 것은 즐겁고 흥미롭겠죠. 하지만 아마도 끊임없는 이동하는 게 피곤하겠지요.

지금, 아직 시간이 있다면 마을의 다른 쪽으로 안내할게요. 그 쪽에는 많은 오래된 집들이 볼만한 가치가 있어요. 이쪽은 전체를 잘 볼 수 있을 만큼 높기 때문에 도시 전체를 한눈에 파악하는 데 좋거든요. 하지만 이쪽에는 볼거리가 적어요. 가장 볼 만한 것은 오른쪽에 보이는 넓은 길 건너편에 있어요. 거기서 바로 구도시가 시작되지요.

이 도시에서 오래된 것들을 찾기 위해 사람들이 계속해서 조사하고 있음을 아시나요? 우리가 서 있는 언덕 아래에서 귀중품들이 많이 발견되었어요.

역사가들은 도시 역사의 다양한 측면에 대해 서로 의견이 일치하지 않아요. 그러나 이곳 언덕 안쪽에서 성벽과 집의 유적을 발견했어요. 심지어 가구, 작업 도구 및 다양한 물건, 예를 들어 병 조각을 이곳, 우리가 지금 서 있는 곳 바로 아래에서 발견했어요.

박해 기간 동안 사람들이 이곳 아래에 와서 살았다고 믿어지는군요. 몇 세기 전에 국가는 종교 때문에 많은 사람을 박해했어요. 그 문제에 관심이 있으시면 그 박해에 관한 책을 한 권 드릴 게요. 끔찍한 일이 일어났지요. 그 당시의 통치자들에게는 인간의 생명이 더 이상 가치가 없었어요. 그들은 양심의 가책이 조금도 없이 사람을 죽이고 고통을 가했어요. 사람들은 극심하게 고통스러웠지요.

글쎄, 그게 인생이지요, 그렇죠? 옛날, 지난 시대를 후회하는 사람들이 있어요. 나는 아니에요. 적어도 여기 있는 우리에게는 지금의 삶이 더 나아졌거든요. 왜냐하면 우리는 다른 세계에서는 인간이 항상 가치 있는 존재로 간주되지 않거나 혹은 내 생각으로는 그렇게 되어야 함을 알고 있기 때문이죠.

볼거리를 충분히 보셨나요? 좋아요. 그러면 우리는 다른 쪽으로 가서 그 오래된 건물들을 가까이에서 볼 수 있어요. 오세요. 제가 안내할 게요. 저는 그 구도시가 당신 마음에 들거라고 확신하거든요.

b. Adiaŭ lando amata!

Adiaŭ, lando de mia naskiĝo! Mi forveturas. Mi ne plu manĝos viajn sensimilajn kolbasojn. Ne plu okazos, ke mi forgesos la zorgojn, perdante iom post iom la konscion pro via tro forta brando, kaj pro viaj troaj trinkotradicioj.

Mi ne plu legos viajn librojn multvalorajn. Mi ne plu baniĝos en via kolora sed harmonia atmosfero. Mi ne plu sentos la dolĉecon de via religia vivo, ĉeestanta en ĉiu urbo, en ĉiu kampo, en ĉiu domo, en ĉiu plej malgrava, forperdita anguleto de la lando. Mi ne plu aŭdos la kriojn de viaj vendistoj, la plendojn de la aĉetantoj, la diskutojn pri la vera valoro de tio kaj tio ĉi. Mi ne plu vizitos la kunvenojn de la kantosocieto, kaj via muziko ne plu aŭdeblos, kiam mi promenos de strato al strato en la granda novmonda urbego, kien mi nun veturos kaj kie mi sentos min perdita, plia senvalora numero en mondo de senvaloraj numeroj.

Adiaŭ, lando de mia juneco! Ĉi tie mi naskiĝis, ĉi tie mi vivis infanecon, ĉi tie mi ekkonis mian unuan amon, ĉi tie mi suferis.

Ĉu mi suferas nun? Strange, mi ne povas respondi. Mi scias, ke mi forflugas al nehoma mondo, al lando timiga, kie mono valoras pli ol sentoj, scioj pli ol amo, kaj laboro pli ol ludo. Ili tie altvalorigas pensadon, ne kantadon, amiko diris al mi, kaj li sciis, ĉar li tie estis studento. Mi scias, kion mi forlasas. Mi ne scias, kio atendas min, tie transe.

Lastfoje mi rigardas vin, mia popolo! Homoj surstrataj, miaj samlandanoj, mi rigardas vin nun per novaj okuloj. Kiel kolore vi estas vestitaj, kiel ĝoje vi alparolas unu la alian, kiel vive vi ĉiuj aspektas! En tiu lando de laktotrinkantoj, kie mi baldaŭ ekvivos, ĉio estas senkolora, kaj la bruoj pli esprimas furiozon ol feliĉon, laŭ tio, kion mi aŭdis.

Ŝtelistoj multas ĉi tie, sed ankaŭ tie, ĉu ne?, kvankam laŭdire ili ne agas same. Tie estas instruitaj ŝtelistoj, kiuj vizitadas la lernejojn dum longaj jaroj kaj scias funkciigi sian kapon. Ĉe ni, ŝtelisto agas ŝance, per rapida faro tute simpla, ĝenerale sukcesas, fojfoje kaptiĝas, nu, ĉiuj ridas, neniam estas dramo. Nur momento en la vivo. Kaj ĉiuj komprenas malriĉecon. Tie ŝtelistoj havas planojn. Ili planas siajn agadojn. Ili eĉ grupiĝas multhome kaj kunordigas la laboron. Imagu al vi! Tie transe, ŝtelistoj nomas sian okupon «laboro»! Kia stranga maniero aranĝi sian vivon! Se ŝteli estas labori, kial ne simple honeste labori?

Adiaŭ, ŝtelistoj mialandaj! Kaj adiaŭ ankaŭ al vi, ŝtelema ŝtato! Vi tro malsatas je la mono de l' landanoj. Oni diris, ke tie almenaŭ la ŝtato estas honesta, aŭ preskaŭ honesta. Ni diru: «sufiĉe honesta». Almenaŭ, laŭ miaj informoj, ŝajnas, ke la ĉefa celo de la ŝtatfunkciuloj tie estas io alia ol plenigi siajn poŝojn per la ŝtatana mono. Ne ĉe ni. Adiaŭ ŝtatoficistoj diverstipaj, altaj kaj malaltaj, junaj kaj maljunaj! Mi lasas vin al via tutlanda ŝtelplanado kaj al via subtabla enmanigo de tiom kaj tiom da riĉo, kiu devus servi al la feliĉo de l' popolo, ne al tio, ke vi pligrasiĝu.

Adiaŭ, patrolanda kamparo! Mi naskiĝis ĉe vi, ho kampoj maldolĉaj, kaj mi scias, pro kio vi maldolĉas. Min naskis vi, kamparanoj, kaj mi vidis vian suferon, vian nelacigeblan laboradon, sed ankaŭ vian nemortigeblan povon estigi ridon kaj kantadi ĉe plej aĉaj vivkondiĉoj.

Adiaŭ, fantomoj, kiujn la montoj naskas ĉi-lande! Oni ne kredas je vi tie, kien mi iras. Oni kredas je scienco kaj je «esploroj plene dokumentitaj». Kaj vi, fantomoj, ridas super la sciencaj esploroj, kiuj neniam kaptas vin. Kaj pro vi, «ili» ne komprenas nin. Kiel tiuj homoj povus kompreni popolon, kiu meze de scienca laboro, sentas, ke fantomo ĉeestas, kaj rimarkas ridete, ke li kredas pli je l' fantomo ol je l' laboro farata? Jes, mi adiaŭas vin, fantomoj, kiuj teruris mian infanecon, kaj tro emis min sekvi ien ajn. Mi forfuĝas al senfantoma lando, kaj vivos fine vivon liberan je via ĝena ĉiama enmiksiĝo.

Adiaŭ, naskiĝlando mia! Neniu iam ajn, ie ajn, sukcesis kopii viajn artojn, viajn tradiciojn, vian atmosferon. Nenie troveblas same pura aero, same manĝindaj fruktoj, same veraj amikoj. Vi estas sensimila lando, la plej ŝatinda lando en la mondo, la lando de mia naskiĝo.

Kaj tamen mi feliĉe forveturas.

Min persekutis via polico. Min ĝenis via ĉiama bezono kontroli, kion mi faras, kion mi diras, kiu min vizitas, kiun mi vizitas, kaj tiom da aliaj detaloj pri mia vivo. Vi tro zorgas pri viaj ŝtatanoj. Vi tro okupiĝas pri la landanaro. Kaj via celo, ho ŝtato, ne estas, ke ni vivu feliĉe, sed ke vi direktadu ĉiun kaj ĉion ĉi-lande.

Kiel liber-ama homo povus elporti tian situacion? Kiel oni povas havi dignecon en tiaj kondiĉoj? Ĉu vi ne komprenis, kiom digneco valoras por homo, kiom ĝi necesas, kiom ni bezonas ĝin?

Adiaŭ, naskiĝlanda polico, scivolema, kontrolema, komfort-ama polico! Mi forflugas por ĉiam. Multo mankos al mi. Mankos la koloroj, la muziko, la kantoj. Mankos mialingvaj libroj, kiujn mi ne povos tie fore ricevi. Mankos la vizaĝoj, la voĉoj, la ridoj.

Sed al mi almenaŭ, ho ŝtata polico, certe ne mankos vi.

b. 잘 있어요. 사랑하는 조국이여!

잘 있어요, 내가 태어난 나라여! 나는 떠납니다. 비슷한 데가 없는 이 땅의 소시지를 더 이상 먹지 않을 겁니다. 너무 강한 브랜디와 과도한 음주의 전통 때문에 점차 의식을 잃으면서 걱정을 잊어버리는 일은 더 이상 일어나지 않을 겁니다.

무척 가치 있는 우리나라의 책을 더 이상 읽지 않을 겁니다. 화려하지만 조화로운 분위기에 더 이상 푹 빠지지 않을 겁니다. 모든 도시, 모든 들판, 모든 집, 이 땅에서 가장 하찮고 아주 잃어버린 모든 구석구석에 존재하는 종교 생활의 감미로움을 더 이상 느끼지 않을 겁니다. 판매원의 외침, 구매자의 불만, 이것저것의 진정한 가치에 대한 논의를 더 이상 듣지 않을 겁니다. 노래패 모임에 더 이상 참석하지 않을 것이며, 지금 운전할 곳이자 쓸모없는 숫자의 세계에서 더 쓸모없는 숫자에 길을 잃었다고 느낄 만큼 신세계의 대도시에서 거리를 이리저리 산책할 때 우리나라의 음악은 더 이상 들리지 않을 겁니다.

잘 있어요, 내 젊음의 땅이여! 나는 여기서 태어났고, 여기서 어린 시절을 보냈고, 여기서 첫사랑을 만났고, 여기서 괴로웠습니다.

지금은 괴로운가? 이상하게도 대답을 못하겠습니다. 나는 감정보다 돈이, 사랑보다 지식이, 놀이보다 일이 더 가치 있는 비인간적인 세상, 무서운 나라로 날아가고 있음을 압니다. 그들은 그곳에서 노래하는 것보다 생각하는 것을 더 중요하게 여긴다고 한 친구가 말했는데, 친구는 그곳의 학생이었기 때문에 그것을 압니다. 나는 내가 무엇을 버리고 있는지 압니다만, 건너편 저쪽에서 무엇이 나를 기다리고 있는지 모릅니다.

마지막으로 여러분, 우리 국민을 바라봅니다! 거리의 사람들, 우리 동포들, 나는 이제 새로운 눈으로 여러분을 바라봅니다. 여러분은 얼마나 화려한 옷을 입고 있고, 얼마나 즐겁게 서로에게 말을 하고 있으며, 모두 얼마나 생기 있어 보이는지요! 내가 곧 살기 시작할 그 우유 마시는 사람들의 나라에서는 모든 것이 무색하며, 내가 들은 바에 따르면 소음은 행복보다는 분노를 더 많이 표현합니다.

여기에 도둑이 많지만, 저기도 그렇지 않나요? 비록 그들이 똑같이 행동하지는 않는다고 합니다. 그곳에서는 수년 동안 학교에 자주 드나들고 머리 쓰는 법을 아는 교육받은 도둑들이 있습니다. 우리 옆에서 도둑은 빠르고 완전히 간단한 행동으로 기회를 틈타 행동하고 일반적으로 성공하고 때로는 잡히고 음, 모두가 웃으며 극적인 것은 결코 없습니다. 인생의 한 순간입니다. 그리고 모두 가난을 이해합니다. 거기에서 도둑은 계획을 가지고 있습니다. 그들은 활동을 계획합니다. 그들은 심지어 많은 사람들과 함께 조직을 만들어 일을 조정하기도 합니다. 상상해보세요! 건너편 저기에서, 도둑들은 자신의 일을 《노동》이라고 부릅니다! 자기 삶을 정리하는 정말 이상한 방법입니다! 도둑질이 노동이라면 단순히 정직하게 노동하는 것이 어떨까요?

잘 있어요, 우리 땅의 도둑들이여! 그리고 잘 있어요! 도둑 같은 나라, 당신도! 당신은 동포의 돈에 너무 굶주려 있습니다. 그곳에서는 적어도 국가가 정직하거나 거의 정직하다고 합니다. "매우 정직하다"고 말해 봅시다. 적어도 내 정보에 따르면 그곳의 공무원들의 주요 목적은 국가의 돈으로 주머니를 채우는 것 외에 다른 무언가가 있는 듯합니다. 우리는 그렇지 않습니다. 지위가 높거나 낮거나, 젊거나 늙거나 모든 종류의 공무원들은 잘 있어요! 전국적인 절도 계획에 더하여 당신이 살찌는 것이 아니라 국민의 행복에 봉사해야 할 너무나 많은 부를 식탁 밑에서 손에 움켜쥐는 데 당신을 맡깁니다.

잘 있어요, 고향의 시골이여! 오, 고달픈 들판이여, 나는 당신에게서 태어났습니다. 당신이 왜 고달픈지 압니다. 나는 농민 여러분에게서 태어났고, 여러분의 고통과 지칠 줄 모르는 노동뿐만 아니라 최악의 생활 조건에서도 웃고 노래하게 만드는 불멸의 힘도 보았습니다.

잘 있어요, 이 땅의 산에서 태어난 신령들이여! 내가 가는 거기서는 당신을 믿지 않습니다. 그들은 과학과 "완전히 문서화된 연구"를 믿습니다. 그리고 유령인 당신들은 결코 당신을 인식하지 못하는 과학 연구를 비웃습니다. 그리고 당신 때문에 "그들"은 우리를 이해하지 못합니다. 과학 연구를 하는 중에 유령이 존재한다고 느끼고, 하고 있는 일보다 유령을 더 믿는다는 사실을 미소를 띠며 알아채는 국민들을 그 사람들이 어떻게 이해할 수 있겠습니까? 그래요, 어린 시절을 공포에 떨게 하고 어디든 따라오려고 애쓰던 유령들이여, 작별을 고합니다. 나는 유령이 없는 땅으로 도망쳐 마침내 당신들의 귀찮은 끊임없는 간섭으로부터 자유로운 삶을 살 겁니다.

잘 있어요, 내가 태어난 나라여! 언제 어디서도 당신의 예술, 전통, 분위기를 흉내 내는 데 성공한 것은 결코 없습니다. 이같이 깨끗한 공기, 먹을 만한 과일, 진정한 친구는 어디에서도 찾을 수 없습니다. 당신은 독특한 나라고, 세상에서 가장 사랑스러운 나라고, 내가 태어난 나라입니다.

그렇지만 나는 행복하게 떠나갑니다.

경찰이 나를 괴롭힙니다. 내가 하는 일, 내가 말하는 것, 나를 방문하는 사람, 내가 방문하는 사람, 그리고 내 삶의 많은 다른 세부 사항을 끊임없이 통제하려는 것에 짜증이 났습니다. 국민에 대해 너무 신경을 많이 씁니다. 국민에 대해 너무 일이 많습니다. 그리고 오! 나라, 당신의 목표는 우리가 행복하게 사는 것이 아니라 당신이 이 나라의 모든 사람과 모든 것을 통제하는 데 있습니다.

자유를 사랑하는 사람이 어떻게 그런 상황을 견딜 수 있겠습니까? 그러한 상황에서 어떻게 존엄성을 가질 수 있습니까? 사람에게 존엄성이 얼마나 가치 있는지, 그것이 얼마나 필요한지, 우리에게 얼마나 필요한지 이해하지 못하셨나요?

잘 있어요, 이 나라의 경찰이여, 호기심 많고 통제하려고 하며 편안함을 사랑하는 경찰이여! 나는 영원히 날아갑니다. 많은 것이 그리울 겁니다. 색상, 음악, 노래가 그리울 겁니다. 거기서는 받을 수 없는 우리 언어로 된 책이 그리울 겁니다. 얼굴, 목소리, 웃음이 그리울 겁니다.

그러나 적어도 우리나라 경찰이 그립지는 않을 겁니다.

22 a. Ek al fora insulo!

Mi saltas pro ĝojo, mi dancas pro ĝojo, mi eksplodas per rido pro ĝojo. Estas aranĝite: mi forvojaĝos. Hieraŭ jam mi ricevis antaŭan sciigon, ke verŝajne mia espero realiĝos. La ĉefoj bezonis iun, sed mi timis, ke ili preferos Petron. Petro estas pli ŝatata, ĝenerale, en la oficejo. Li estas pli laborema ol mi, tio estas fakto. Sed ili bezonis lin por alia tasko, pli malfacila ol ĉi tiu.

Mia tasko estos sufice simpla. Nur mi estu tre firma en la diskutoj, ili diris. Esti firma ne prezentas problemon al mi, feliĉe. Mia firmeco estas konata de la tuta oficistaro kaj de niaj aŭtoritatoj. Kiam mi decidis diri «ne», mi diras «ne», kiom ajn oni provas ŝanĝi mian pozicion. Mi firme tenas mian pozicion. Tial ili fidas min ĉi-okaze. Ili scias, ke mi agos laŭ iliaj interesoj. Oni fojfoje plendas pri mia obstineco. Nu, ĉi-foje ĝi servos al bona celo. Oni ne sukcesos min movi. Kaj tian homon ili deziris sendi, homon, kiun oni ne movos de la pozicio, kiun li promesis teni.

Mi do forvojaĝos. Unue aviadile. Poste ŝipe. Mi

antaŭĝojas ŝipi. Al aviadiloj mi ne havas specialan ŝaton. Mi ne malŝatas flugi aviadile; mi tre ŝatas vojaĝi, do kial mi plendus, se miaj ĉefoj sendas min malproksimen aviadile? Sed ŝipon mi antaŭĝojas. Mi neniam ŝipis sur vera granda maro. Oni diris al mi, ke tio estas tre malstreĉa. Kaj oni povas movi sin. Ĝuste tio min ĝenas en aviadiloj. Estas tre malmulte da ebleco por moviĝi. Kaj verdire mi estas tre moviĝema. Se mi ne povas movi miajn krurojn, iom promeni, iri de loko al loko, mi perdas la kapon. Mi, pri kiu oni tiel ofte diras, ke «mi havas la kapon sur la ĝusta loko»! Prave, se almenaŭ oni permesas al mi moviĝi.

Do ne gravas, ke mi devos uzi aviadilon dum parto de la vojaĝo. Sed mi iras al insulo, kien oni ne povas flugi, tial ili pagas al mi, ne nur la aviadilan vojaĝon, sed ankaŭ la ŝipan. Blua maro senfina! La plaĉa dancado de la ŝipo! Afablaj kunuloj, kiuj ridetas la tutan tempon, ĉar ili sentas sin feliĉaj, ke ili vojaĝas de insulo al insulo. Ha, la sento de senfina libereco!

Kaj la penso, ke tiuj aliaj vojaĝantoj certe pagis multe da mono por ŝipi en la insularon, dum mi iras por mia laboro, por eĉ ne malfacila laboro, nur ĉar bonŝance mi scias la bezonatan lingvon, kaj ĉar mi estas konata kiel firma persono, tiu penso — ke la aliaj pagas mem, kaj mi ne — estas plej plezuriga.

Hodiaŭ mi ricevis la biletojn. Aviadila bileto estas tute banala. Mi jam havis kelkajn en mia vivo. Sed ŝipbileton mi neniam tenis en miaj manoj, kaj la tuŝo de ĝi naskas en mi plej plaĉan plezuron.

Kompreneble, la amikoj tuj rimarkis mian ĝojon, kaj ne hezitis ĝin alsalti. «Vi prikantas la bele bluan maron kaj la riĉajn kunŝipulojn», ili diris, «kaj kiam vi troviĝos surloke, la maro estos brune verdaĉa, aŭ nigraĉa, la moviĝo de la ŝipo igos vin malsana, kaj la riĉaj vojaĝantoj estos nur bando da aventuruloj, kiuj konstante ĝenos vin».

Mi multe ridis aŭskultante ilin. Ili ne povis agi alimaniere. Ĉiu el ili ŝatus okupi mian lokon, kaj per siaj senkuraĝigaj vortoj ili esprimis tiun senton, ke tro bonŝanca estas mi. Sed ili ankaŭ ŝatas min, ili estas bonaj amikoj, kaj ili amike ridis pri mia troa imagado. «La realo estos alia», ili ripetis. Nu, bone, eĉ se ĝi estos alia, mi akceptos ĝin. Mi ne timas ŝipmalsanon aŭ verdaĉan multemovan maron. Mi eĉ ne timas aventuremajn kunvojaĝantojn.

Mi deziris iri al tiu insulo, mi subkomprenigis al miaj ĉefoj, ke mi estas la ĝusta persono tiurilate, mi agis laŭcele, uzante la ĝustajn rimedojn, mi trovis solvon al ĉiuj problemoj — aŭ pseŭdoproblemoj —

kaj respondon al ĉiu demando, mi agis laŭ mia obstina, firma maniero, kiel kutime, kaj mi sukcesis venigi ilin al la dezirata decido.

Granda vojaĝo baldaŭ komenciĝos. Morgaŭ mi devos vizitadi la ĉefajn magazenojn de la urbo, ĉar multon ankoraŭ necesas aĉeti. Ĉiam mankas aferoj, kiam oni preparas grandan vojaĝon al malproksima loko.

Ne estas facile decidi pri la vestoj. Kelkfoje la vetero estas malvarma tie, sed ĝenerale ĝi estas bela kaj plaĉa. Ĉu preni serioze la opiniojn, ke necesas antaŭvidi malvarman veteron kaj kunpreni vestojn laŭ tiu ebleco? Aŭ ĉu ili sennecese aldonos pezon al la jam sufiĉa pezo de la aferoj, kiujn mi kunportos?

Oni diris, ke kelkaj kavernoj estas vizitindaj, ĉar la naturo en ili alprenis plej strangan aspekton, vere vidindan. Ne ekzistas io simila aliloke. Eble do estus saĝe kunpreni varmajn vestojn. Kavernoj ĉiam estas malsekaj kaj malvarmaj. Se krome la vetero ne montriĝos plej bela…

Jes, la preparado de vojaĝo ne estas ĉiurilate facila, sed tamen ĝi estas interesa. Ĉar oni jam antaŭvojaĝas en-image.

Multekostajn aferojn mi ne kunprenos. Oni devas konsideri la riskon de ŝtelo aŭ perdo. Mi ne ŝatas multekostajn aferojn. Kaj eble mi povos aĉeti tie, surloke. Mi devos informiĝi pri la vivkostoj tieaj. Eble varmaj vestoj ne kostas multe kaj facile aĉeteblas. Se jes, tio solvus la problemon.

Estas ankaŭ montoj, kiujn oni vizitu. Supre de monto, ĝenerale, la temperaturo estas malalta. Sed ĉu mi iros supren? Ĉu valoros la laciĝon? Oni facile laciĝas marŝante supren en montaro. Eble oni povas veturi ĝis la supro de la plej belaj montoj. Sed eĉ veture, oni malvarmiĝas. Nu, mi vidos. Se estas tro multekoste por aĉeti varmajn vestojn, mi ne aĉetos ilin.

La Oficejo pagas al mi la vojaĝon, ĝi pagas la restadon en tre bona hotelo, ĝi pagas kelkajn aliajn hotelajn tranoktadojn en tiu aŭ alia lando survoje, mi tamen ne povus atendi, ke ĝi krome pagos miajn vestojn! Se mi bezonos varmajn vestojn por iri al la montosuproj, kaj trovos ilin tro multekostaj, mi decidos pri io alia. Mi ne iros al la montosuproj kaj trovos aliajn vidindaĵojn. Ili ne mankas, oni diris al mi.

Mi skribos al mia familio. Ankaŭ pri tio mi antaŭĝojas. Mi ŝategas skribi por rakonti miajn aventurojn. Tiam mi sentas min en tre proksima rilato kun ĉiuj familianoj. Estas feliĉo havi grandan familion. Multaj ne samopinias, sed al mi tio plaĉas. Mi skribos al miaj gepatroj, al la gefratoj, kompreneble, sed ankaŭ al onkloj kaj onklinoj, kaj al iliaj gefiloj, kaj, krom ili, al la amikoj. Mi pasigos multajn noktojn leterskribante. Mi scias, ke ĉiu tre ĝojos ricevi novaĵojn de mi.

Multaj personoj trovus stranga mian deziron pasigi la vesperojn kaj noktojn en hotelĉambro, skribante leteron post letero al tuta aro da familianoj, kaj al la tuta amikaro, dum mi povus viziti la dancejojn, ludejojn, teatrojn aŭ aliajn lokojn. La diablo eble scias, kiom da ejoj ekzistas nur por kapti la monon de la eksterlandanoj. Vojaĝantoj ofte estas monperdemaj. Eble ili estas riĉaj kaj vojaĝas per sia mono. Sed mi vojaĝos en tute aliaj kondiĉoj, ĉar nur per la mono de la Oficejo. Do mi ne iros danci kun nekonataj lokanoj, aŭ rigardi solece teatraĵon. Mi restos enhotele kaj skribos al miaj cent familianoj.

Kia vivo! Kia feliĉo! Kia plezuro! Mi apenaŭ eltenas la streĉon atendi ĝis venos la Tago de la Granda Forveturo. Oni diris, ke estas kelkaj malsanoj tie, pri kiuj oni devas sin gardi. Nu, mi informiĝos. Mia familia kuracisto certe povos diri al mi, ĉu iu aŭ alia faro estas deviga, aŭ eĉ simple farinda, kiel rimedo antaŭgardi la sanon. Mi forte deziras ne malsaniĝi tie. Mi ne ŝatus restadi longe en malsanulejo fore de la tuta familio kaj amikaro. Mi kompreneble amikiĝus kun lokanoj, se mi devus longe resti tie, sed se tio ne estas necesa, mi preferas ne.

Diable! Kiel rapide la tempo pasas! Jam estas preskaŭ la kvina kaj duono. Tereza baldaŭ alvenos, kaj mi ankoraŭ nenion preparis. Kaj mi promesis al ŝi pomkukon kaj mian specialan fruktosukan trinkaĵon. Ek, al la laboro! Mi povas pensi pri mia vojaĝo ankaŭ preparante la manĝon.

22. a. 머나먼 섬으로 출발!

나는 기뻐서 뛰고, 기뻐서 춤을 추고, 기뻐서 웃음이 터져 나왔습니다. 내가 떠나기로 정리가 되었습니다. 어제 나는 내 희망이 이루어질 가능성이 높다는 사전 통지를 이미 받았습니다. 상사들께는 누군가가 필요했지만 페테르를 더 좋아할까봐 나는 두려웠습니다. 페테르는 일반적으로 사무실에 있는 것을 더 좋아합니다. 그 사람이 나보다 더 열심히 일하는 건 사실이에요. 하지만 그들은 이 일보다 더 어려운 또 다른 일을 위해 페트로가 필요했습니다.

내 임무는 충분히 간단할 겁니다. 오직 나만이 토론에서 매우 확고해야한다고 상사들은 말했습니다. 다행히도 확고한 태도는 나에게 문제가 되지 않습니다. 나의 확고함은 모든 직원과 임원들에게 알려져 있습니다. 내가 "아니요" 라고 말하기로 마음먹으면, 얼마나 많은 사람들이 내 입장을 바꾸려고 해도 나는 "아니요" 라고 말합니다. 나는 내 소신을 굳건히 지킵니다. 그렇기 때문에 그들은 이번 기회에 나를 신뢰합니다. 그들은 내가 자신들의 이익을 위해 행동하리라고 압니다. 사람들은 때때로 나의 고집에 대해 불평합니다. 음, 이번에는 좋은 목적에 도움이 될 것입니다. 그들은 나를 움직일 수 없을 것입니다. 그리고 그들은 그런 사람, 자기가 취한다고 약속한 자리에서 흔들리지 않는 사람을 보내고 싶어 했습니다.

그래서 나는 떠날 것입니다. 먼저 비행기로. 그런 다음 배로. 나는 항해를 기대하고 있습니다. 비행기를 특별히 좋아하는 편은 아닙니다. 비행기 타는 것을 싫어하지 않습니다. 여행을 정말 좋아하는데 상사들이 나를 비행기로 멀리 보낸다고 왜 불평합니까? 하지만 나는 항해를 기대합니다. 진짜 큰 바다를 항해해 본 적이 없습니다. 이것이 매우 편안하다고 들었습니다. 그리고 스스로 움직일 수도 있습니다. 그것이 바로 비행기가 나를 괴롭히는 점입니다. 움직일 가능성은 거의 없습니다. 그리고 솔직히 말해서 나는 매우 활동적입니다. 다리를 움직이거나, 조금 걷거나, 이리저리 다니지 못하면 정신을 잃게 됩니다. 나! 사람들이 자주 나에 대해 "머리가 제자리에 있구나."라고 말합니다. 적어도 내가 움직이도록 허락만 해 준다면 맞는 말입니다.

따라서 여행의 일부로 비행기를 이용해야 함은 중요하지 않습니다. 하지만 나는 비행기를 탈 수 없는 섬으로 갈 예정입니다. 그래서 비행기 여행비뿐만 아니라 배 여행비도 받습니다. 끝없는 푸른 바다! 배의 즐거운 춤! 섬에서 섬으로 여행하여 행복해서 늘 웃는 친절한 동승자들. 아, 무한한 자유의 느낌!

그리고 다른 여행자들은 여러 섬을 항해하기 위해 돈을 많이 냈음이 틀림없는데 나는 일하러, 그것도 힘든 일도 아닌데, 다행스럽게도 필요한 언어를 알고, 확고한 사람이라고 알려진 이유만으로 간다는 생각, 남들은 자기 돈을 내고 나는 안 낸다는 그런 생각이 가장 즐겁습니다.

오늘 표를 받았습니다. 비행기 표는 완전히 사소한 것입니다. 인생에서 이미 몇 차례 경험했습니다. 그러나 승선표를 손에 쥐어 본 적이 없었는데, 그것을 만지게 되어 가장 마음에 들고 기뻤습니다.

물론 친구들은 내 기쁨을 즉시 눈치 채고 주저하지 않고 공격하며 말했습니다. "너는 아름다운 푸른 바다와 부유한 승선객들에 대해 노래하는구나. 네가 그곳에 있을 때 바다는 갈색을 띤 녹색이거나 거무스름할 거야. 배가 움직여 아프게 할 것이고, 부유한 여행자들은 끊임없이 괴롭히는 모험가 무리가 될 거야."

나는 그들의 말을 듣고 많이 웃었습니다. 그들은 달리 행동할 수 없었습니다. 그들 각자는 내 자리를 차지하고 싶어 했고 낙담하는 말로 내가 너무 운이 좋다는 느낌을 표현했습니다. 하지만 그들도 나를 좋아하고, 좋은 친구이고, 나의 지나친 상상에 다정하게 웃어주었습니다. "현실은 다를 거야" 라고 그들은 되풀이했습니다. 글쎄요, 다른 것이더라도 좋아요. 받아들일 겁니다. 뱃멀미도, 거칠게 파도치는 푸르뎅뎅한 바다도 두렵지 않습니다. 나는 모험을 좋아하는 동료 여행자조차 두려워하지 않습니다.

나는 그 섬에 가고 싶었고, 그 점에서 내가 당사자라는 것을 상사에게 분명히 밝혔고, 올바른 수단을 사용하여 의도적으로 행동했으며, 모든 문제 또는 유사 문제에 대한 해결책과 모든 질문에 대한 답을 찾았습니다. 나는 평소와 같이 완고하고 확고한 태도로 행동하여 원하는 결정을 그들이 내리는 데 성공했습니다.

거창한 여행이 곧 시작됩니다. 내일은 도시의 주요 상

점을 방문해야 할 것입니다. 아직 살 것이 많기 때문입니다. 먼 곳으로의 큰 여행을 준비하다 보면 늘 부족한 게 있습니다.

옷을 결정하는 것은 쉽지 않습니다. 때로는 날씨가 추울 때도 있지만 일반적으로 좋고 쾌적합니다. 추운 날씨를 예상하고 그에 맞춰 옷을 챙겨가는 것이 필요하다는 의견을 진지하게 받아들여야 하나? 아니면 내가 들고 다닐 물건으로 이미 충분히 무거운 데 불필요하게 무게를 더해야 할까?

일부 동굴은 방문할 가치가 있다고 합니다. 그 동굴의 자연은 정말 볼만한 가치가 있는 가장 기묘한 외관을 가졌기 때문입니다. 다른 곳에서는 이와 같은 것이 없습니다. 그러므로 따뜻한 옷을 가져가는 것이 현명할 수 있습니다. 동굴은 항상 습하고 춥습니다. 게다가 날씨가 가장 맑지 않다면….

네, 여행 준비는 모든 면에서 쉽지는 않지만 그럼에도 흥미롭습니다. 이미 상상 속에서 앞서 여행하고 있기 때문입니다.

나는 비싼 물건을 가지고 가지 않을 것입니다. 도난이나 분실의 위험을 고려해야 합니다. 나는 비싼 물건을 좋아하지 않습니다. 그리고 어쩌면 거기 그 자리에서 살 수도 있을 겁니다. 거기 생활비는 좀 알아봐야합니다. 어쩌면 따뜻한 옷은 비용도 많이 들지 않고 구입하기 쉬울 수도 있습니다. 그렇다면 문제가 해결될 것입니다.

사람들이 가보라는 산도 있습니다. 산 정상은 대체로 기온이 낮습니다.

하지만 내가 위로 올라갈까요? 피곤해 질 가치가 있을까요? 산맥을 오르는 것은 피곤해지기 쉽습니다. 어쩌면 가장 아름다운 산의 정상까지 운전해서 갈 수도 있습니다. 하지만 운전할 때도 춥습니다. 글쎄요. 보겠습니다. 따뜻한 옷을 사기가 너무 비싸면 사지 않을 것입니다.

사무실은 내 여행비용을 지불하고 아주 좋은 호텔에 숙박하는 데 필요한 비용을 지불하며 도중에 한 나라 또는 다른 나라에서 몇 번 다른 호텔 숙박비용도 지불하지만 옷값도 지불하리라고 기대할 수는 없습니다! 산 정상에 가려면 따뜻한 옷이 필요하지만 가격이 너무 비싸다면 다른 뭔가를 결정하겠습니다. 산 정상에 가지 않고 다른 명소들을 찾을 것입니다. 그것들이 부족하지 않다고 들었습니다.

나는 가족에게 편지를 쓸 것입니다. 그 점에 관해서도 앞서 기뻐하고 있습니다. 나의 모험을 이야기하기 위해 글을 쓰는 것을 무척 좋아합니다. 그러면 가족 모두와 매우 친밀한 관계를 느낍니다. 대가족은 축복입니다. 많은 사람들이 동의하지 않지만 나는 그것이 맘에 듭니다. 나는 부모님과 형제자매들에게 물론 편지를 쓸 것입니다. 삼촌과 숙모, 그리고 그들의 자녀들, 그리고 그들 외에 친구들에게도 편지를 쓸 것입니다. 편지를 쓰면서 많은 밤을 보낼 겁니다. 내 소식을 들으면 모두 매우 기뻐할 것이라고 압니다.

많은 사람들은 내가 무도장, 오락실, 극장이나 다른 곳을 방문할 수 있음에도, 가족 전체와 친구들에게 편지를 계속 쓰면서 호텔 방에서 저녁과 밤을 보내고 싶어 하는 것을 이상하게 여길 것입니다. 외국인의 돈을 빼앗기 위해서만 얼마나 많은 장소가 존재하는지 악마는 알 수도 있습니다. 여행자는 자주 돈을 잃습니다. 어쩌면 그들은 부자이고 돈을 가지고 여행합니다. 하지만 나는 완전히 다른 조건으로 여행할 것입니다. 오직 사무실의 돈으로 하기 때문입니다. 그래서 나는 모르는 사람들과 춤을 추러 가지도 않고, 혼자 연극을 보러 가지도 않을 것입니다. 호텔에 머물면서 100명의 가족들에게 편지를 쓸 것입니다.

정말 멋진 인생이에요! 정말 행복해요! 정말 기쁘네요! 나는 위대한 출발의 날이 올 때까지 기다리는 정신적 고통을 거의 견딜 수 없습니다. 주의해야 할 질병이 몇 가지 있다고 합니다. 글쎄, 안내 받을 겁니다. 우리 주치의는 건강을 예방하기 위해 어떤 것이 필수인지, 아니면 단순히 할 가치가 있는지 확실히 말해 줄 것입니다. 거기서는 아프지 않았으면 정말 좋겠어요. 나는 모든 가족과 친구들한테서 떨어져 병원에 오래 머물고 싶지 않습니다. 그곳에 오랫동안 머물러야 한다면 물론 현지인들과 친구가 되겠지만, 그럴 필요가 없다면 그러지 않는 편이 낫습니다.

젠장! 시간이 얼마나 빨리 지나가는지! 다섯 시 반쯤 됐어요. 테레자가 곧 도착할 예정인데 아직 아무것도 준비하지 못했습니다. 그리고 나는 테레자에게 사과 과자와 특별히 만든 과일 즙 음료수를 약속했습니다. 가자, 일터로! 식사를 준비하면서도 여행에 대한 생각을 할 수 있거든요.

b. Skribas malliberulo

Kara Amikino,

Mi ne konas vin, sed vi permesos, ĉu ne?, ke mi nomu vin amikino. Mi ne scias, kiel danki vin. Via letero estas por mi tiel neatendita belaĵo, ke mi ne trovas vortojn por esprimi, kion mi sentas. Ĝi estis korvarmiga. Kaj mi starigas al mi multajn demandojn: Kiel vi eksciis pri mi? Kiu pri mi parolis al vi? Kiel eblas, ke vi havis tiun ideon ekrilati kun mi letere? Kiu ajn intervenis por rilatigi vin kun mi, mi tiun plej sincere dankas.

Jes, kiel vi diras en via letero — kaj mi gratulas vin pro via realeca imagpovo — vivo en malliberejo ne estas facila. Tiuj, kiuj estas plene liberaj, ne konas la valoron de libereco. Libereco similas al sano. Oni ekkonscias ĝian havindecon nur post kiam oni perdis ĝin. Ĉu vi konas la komencon de «Sinjoro Tadeo» de Mickiewicz[39]?

Litvo[40]! Patrujo[41] mia, simila al sano,

39) Fama verkisto. Prononcu : Mickjeviĉ.
40) Litvo: unu el la du ĉefaj partoj de malnova Pollando.

Vian grandan valoron ekkonas litvano
Vin perdinte···

Nu, tion saman mi povas diri pri libereco.

Pri manĝoj kaj similaj aferoj mi ne tro povus plendi. Ni ne estas en granda, riĉula hotelo, kompreneble, sed tiuj aspektoj de nia vivo estas akcepteblaj. Kio apenaŭ estas eltenebla[42], tio estas la manko de libereco. Ne povi eliri. Ne povi viziti magazenojn. Neniam povi decidi pri siaj movoj. Ne promeni en naturo. Ne vidi domojn, urbon, kampojn. Scii, ke antaŭ longe ne estos libertempo, ne estos ebleco vojaĝi al maro aŭ montoj. Tio esta s··· kiel mi povus diri? Ne ekzistas vorto por klarigi tion··· tio estas subiga. Subfaliga. Ĉu vi komprenas?

La alia terura afero, por viroj, en la malliberejoj de ĉi tiu lando, estas la manko de virinoj. Vi ne imagas, kiom mankas virinoj al ni. Ne nur por para amo aŭ por plezuro korpa. Sed nur vidi virinon, aŭdi inan voĉon, rigardi la belecon kaj dolĉecon de ina persono! Tiu neebleco estas terura manko por ni.

Estas ĉi tie kelkaj junuloj kun bela vizago kaj korpo maldika. Se vi scius, kiel oni rigardas ilin! Kaj

41) Patrujo: patrolando.
42) Elteni: elporti.

ne temas nur pri rigardoj, kompreneble. Ĉu vi trovas min aĉa, ĉar mi priparolas tiajn aferojn? Pardonu min. Ili estas parto de nia realo ĉi tie, kaj la afero estas perfekte komprenebla en mondo, kie virinoj tute forestas.

La fakto, ke la propono interŝanĝi leterojn kun kompatinda malliberulo venis de virino, igis la aferon eĉ pli kor-altiga al mi. Ĉu vi komprenas mian esprimon? «Kor-altiga»: per tio, mi volas diri, ke mi sentas, kvazaŭ mia koro estus pli bela, pli granda, pli sana, nu, pli alta, tio estas, en pli bona pozicio.

Jes, la ideo, ke iu nekonata virino pensas pri mi, deziras skribi al mi, eĉ sciante, ke mi malbonagis, tio estas plaĉe varmiga al mia koro. Se vi scius, kiel sola mi estas!

Amikojn oni trovas mem, ĉu ne?, kaj ili estas grava parto de la vivo. Oni decidas mem, ke kun tiu aŭ alia persono oni ekrilatos amike. Sed ĉi tie estas neniu amiko, neniu persono estas kun ni, ĉar ni decidis esti kune. Tio estas terura. Eĉ la anoj de la bando, kiuj estis arestitaj kun mi, tute ne estas amikoj. Nur kunlaborantoj. Aĉaj kunkrimuloj, fakte.

Ĉu eble ni iĝos geamikoj? Mi tion esperas. Sed eble tio estas troa. Mi ne rajtas esperi tion. Kiel vi amikus al mi, kiu mem metis min ekster la normalan vivon?

Pardonu min, se mi diras al vi aferojn, kiuj ne plaĉas. Mi sentas min ĝenata. Mi ne scias, kion skribi, kaj mi estas tiel kontenta skribi, pensi pri vi, imagi vin. Ĉu vi bonvolos sendi al mi foton de vi? Vi igas min malpli sola. Vi venas aldoni al la ĉi-tiea nenormala, soldateca atmosfero ion virinecan, kion ĝi vere bezonas.

Nun mi devas halti. Mi tre streĉe atendas vian respondon.

Via sincera amiko malliberulo,

Paŭlo

b. 죄수가 쓴다

친애하는 친구에게,

나는 당신을 모르지만, 친구라고 부르는 것을 허락해 주실 것입니다, 그렇죠? 어떻게 감사해야 할지 모르겠습니다. 당신의 편지는 나에게 너무나 예상치 못한 아름다움이어서 내 느낌을 표현할 단어를 찾을 수 없습니다. 마음을 따뜻하게 해주었습니다. 그리고 나는 스스로에게 많은 질문을 던집니다. 나에 대해 어떻게 알게 되었을까? 누가 나에 관해 당신에게 말했을까? 당신이 나와 편지로 소통하겠다는 생각을 어떻게 했을까? 당신에게 나를 연결시켜 준 분이 누구일지라도 진심으로 매우 감사드립니다.

네, 당신이 편지에서 말했듯이 - 그리고 당신의 현실적인 상상력에 축하를 전합니다 - 교도소에서의 생활은 쉽지 않습니다. 완전히 자유로운 사람은 자유의 가치를 모릅니다. 자유는 건강과 같습니다. 사람은 그것을 잃어버린 후에야 가질만한 가치를 알게 됩니다. 미키에비치의 "타데오 씨"의 시작 부분을 아시나요?

리투아니아여! 나의 조국은 건강과 비슷하여
리투아니아인은 당신의 큰 가치를 알아가고 있습니다.
당신을 잃은 채…

글쎄요, 자유에 대해서도 똑같이 말할 수 있습니다.

나는 식사와 비슷한 일에 대해 너무 많이 불평할 수 없었습니다. 물론 우리는 크고 부유한 호텔에 있는 것은 아니지만 우리 삶의 그러한 외형은 받아들일 수 있습니다. 참기 힘든 것은 자유가 부족하다는 점입니다. 나갈 수 없습니다. 큰 가게 방문이 불가능합니다. 자신의 움직임에 대해 결코 결정할 수 없습니다. 자연 속에서 산책할 수 없습니다. 집, 도시, 들판을 볼 수 없습니다. 오래지않아 휴식시간이 끝남을 알기 때문에 바다나 산으로 여행을 갈 가능성도 없을 것입니다. 그건… 내가 어떻게 말하겠어요? 설명할 단어가 없습니다… 눌립니다. 아래로 처집니다. 이해했나요?

이 나라 교도소에 있는 남성들에게 또 다른 끔찍한 사실은 여성이 부족하다는 것입니다. 우리에게 여성이 얼마나 부족한지 당신은 전혀 모릅니다. 단지 한 쌍의 사랑이나 육체적인 즐거움을 위해서만이 아닙니다. 하지만 여자를 보고, 여자 목소리를 듣고, 여인의 아름다움과 달콤함을 바라보는 것만으로도! 그 불가능성은 우리에게 끔찍한 결핍입니다.

여기에는 얼굴이 잘 생기고 몸이 마른 젊은이들이 있습니다. 사람들이 그들을 어떻게 보는지 당신이 알 수만 있다면! 물론 쳐다보는 것에 관해서만 말함은 아닙니다. 내가 그런 얘기를 하는 게 저급하다고 생각하나요? 미안합니다. 그것이 여기 우리 현실의 일부이며, 여성이 전혀 없는 세상에서 그 점은 완벽하게 이해할 수 있습니다.

불쌍한 죄수와 편지를 교환하자는 제안이 한 여성에게

서 나왔다는 사실이 나에게 그 문제를 더욱 가슴 벅차게 만들었습니다. 내 표정을 이해하나요? «가슴 벅차게»는 그것으로 내 마음이 더 멋지고, 더 크고, 더 건강하고, 글쎄 더 높이 된 것처럼, 즉 더 나은 위치에서 느낀다는 것이라고 말하고 싶습니다.

네, 어떤 모르는 여자가 나에 대해 생각하고 있다는 상상이, 잘못 행동한다는 것을 알면서도 편지를 쓰고 싶어하며, 그것은 내 마음을 기분 좋게 따뜻하게 해줍니다. 내가 얼마나 외로운 지 당신이 알았더라면!

사람들은 스스로 친구를 찾습니다, 그렇죠? 그리고 그들은 삶의 중요한 부분입니다. 사람은 이 사람이나 저 사람과 다정하게 관계를 맺으려고 스스로 결정합니다. 하지만 여기에는 친구도 없고, 어떤 사람도 우리와 함께 있지 않습니다. 우리는 함께 있기로 결정되었기 때문입니다. 정말 끔찍해요. 나와 함께 체포된 일당들조차 전혀 친구가 아닙니다. 오직 동역자들입니다. 사실 형편없는 동료 범죄자들입니다.

어쩌면 우리는 친구가 될 수 있을까요? 나는 그것을 바랍니다. 하지만 어쩌면 그건 너무한 일입니다. 나에게는 그렇게 바랄 권리가 없습니다. 일반적인 삶에서 스스로 벗어나게 처신한 나와 어떻게 친구가 될 수 있을까요?

내가 당신의 마음에 들지 않는 일을 말했다면 용서해주세요. 불안함을 느껴요. 무엇을 써야 할지 모르겠는데, 편지 쓰는 것이, 당신을 생각하는 것이, 당신을 상상하는 것이 너무 즐겁습니다. 당신의 사진을 나에게 보내주시겠어요? 당신은 나를 덜 외롭게 만듭니다. 당신은 이곳의 비정상적이고 군인다운 분위기에 정말로 필요한 여성스러운 무엇인가를 추가하러 옵니다.

이제 그만둬야 해요. 나는 당신의 답장을 매우 애타게 기다리고 있습니다.

당신의 성실한 친구 죄수
파울로

23. a. Sekreta servo

Kial diable mi entiriĝis[43] en tiun aferon? Mi ne estis sufiĉe singarda. Oni neniam gardas sin sufiĉe kontraŭ tiuj danĝeraj decidoj. Fakte, mi eĉ ne rimarkis, ke mi ion decidas. Tiuepoke, mi estis simpla soldato. Ĉar miaj gepatroj multege vojaĝis kaj konstante translokiĝis de unu lando al alia, mi lernis diversajn lingvojn. Tute senkonscie, fakte. Knabeto lernas rapide, eĉ se nur ludante kun aliaj infanoj, kiam li vivas portempe[44] en lando, kies lingvon li neniam lernis antaŭe. Li eĉ ne bezonas iradi al la lernejo por kutimiĝi al tute nova maniero esprimi sin. Se li allernejas, estas pli bone, sed lerneja instruado ne vere necesas por lerni lingvon. Se oni estas ankoraŭ tre juna kaj vivas en la koncerna lando. Konstante oni devas uzi la lingvon, ree kaj ree aperas novaj okazoj ĝin uzi, en novaj kondiĉoj, tiel ke ĉiuj vortoj kaj ĉio alia enkapiĝas eĉ sen plej eta fortostreĉo.

Tial mi vere bone scipovis kelkajn lingvojn. Ankaŭ

43) En-tir-iĝ-i.

44) Portempe: por iu tempo, dum iu tempo, dum iu daŭro.

lingvojn ne tre konatajn nialande. Kaj kiam miaj diablaj ĉefoj tion eksciis — oni neniam estas tro diskreta; se mi estus imaginta la sekvojn, mi estus silentinta pri miaj lingvoscioj — jes, kiam miaj ĉefoj tion eksciis, ili proponis al mi oficejan laboron: traduki dokumentojn, aŭ almenaŭ tiujn legi, kaj mallonge klarigi al ili, pri kio temas en tiuj paperoj.

Nu, mi ne speciale ŝatis la soldatan vivon, «la dolĉan vivon», kiel ni tiutempe kromnomis[45] ĝin. Porti pezan sakon marŝante tuttage sur sunvarmega vojo, aŭ kuŝi sur akveca tero ludante militon, ne estas por mi la plej tipa tipo de vivo feliĉa. Kaj mi aŭdis, ke la bonŝanculoj, kiuj militservas oficeje, ricevas multe pli bonajn manĝojn ol tiuj, kiuj fortigas sian korpon kaj lernas la arton ne pensi en ĉiutagaj kampaj soldatludoj.

Mi ŝatas bone manĝi. Tio estas unu el miaj multaj malfortaĵoj. Krome, miaj muskoloj pli rapide laciĝas ol mia kapo, kaj mi estis tiel lacega fine de tiuj liber-aeraj soldattagoj, ke mi sentis, kvazaŭ mi apenaŭ vivus plu. Eĉ signi per okulo estis tro lacige por mi en tiuj vesperoj.

Mi rakontas ĉion ĉi por klarigi al vi, kial mi tiel facile entiriĝis en la Centron kun granda C. Mi kompreneble petas vian protekton, ĉar··· Ne. Pri tio

45) Krom-nomi: doni kroman, anstataŭan nomon.

pli poste. Min altiris tien la scio, ke mi ne plu lacigos mian korpon ĝismorte rolante kiel serpento aŭ hundo, aŭ kiel pezeg-portanto, en lokoj maldolĉaj. Miaj kruroj kaj piedoj ne estas speciale belaj — ili eĉ estas vere malbelaj, se paroli sincere — sed mi ŝatas ilin, ĉar ili ĉiam servis min amike, kaj la «dolĉa vivo» de simpla soldato pli kaj pli eluzis[46] ilin, tiel ke mi sentis min iĝanta iom pli malalta ĉiutage.

Cetere, mia tuta korpo eluziĝis. Mi jam ne havis multe da graso antaŭ ol komenci, sed tiu malmulto perdiĝis en la unuaj semajnoj. Oni provis kredigi al mi, ke per tia konstanta funkciado je sia plej alta povo mia korpo fariĝos ĉiurilate fortega, sanega kaj multopova — «Vi estas Davidoj, mi faros Goljatoj el vi», diris unu el niaj suferigistoj, forgesante, kun la tipa senkapa funkciado de la militistaro, ke el tiuj du karuloj, Goljato montriĝis la perdinto — sed mi havis fortajn dubojn pri miaj ŝancoj sukcesi. Laŭ ilia agmaniero, eĉ se ilia celo sincere estis nin fortigi, ŝajnis al mi, ke la ŝancoj perdi la vivon kaj la malmultan saĝon, kiun ni junuloj havis, estis multe pli grandaj ol la ŝancoj realigi ilian celon: fari supervirojn el ni.

Kompare kun tiu Goljatigo, sidi en komforta

46) Eluzi: malbonigi aŭ malgrandigi per longa uzado.

oficejo tradukante paperon post papero ŝajnis al mi celo plej dezirinda. Kiam oni faris al mi tiucelan proponon, mi ne forĵetis ĝin. Kiel mi ĵus diris, mi ne estas superhomo, kaj en similaj kondiĉoj por nee respondi necesus superhoman forton.

Mi neniam estis speciale sindonema. Mi ĉiam celis pli protekti mian sanon kaj kontentigi mian emon bone vivi ol doni min al la Patrolando. Tute ne estis certe, cetere, ke mi estos malpli patrolandama en oficejo ol en la kampoj kaj montoj.

Mi do alvenis en la Centron. Mi tute ne sciis, pri kio temas. Oni igis min promesi, ke mi plene gardos la sekretojn pri ĉio, kion mi vidos, aŭdos, tuŝos aŭ iamaniere sentos tie, kaj ĉar tiuj realistoj ne kredas je simpla promesado, tuj kiam mi promesis, ili klarigis al mi, kiel rapide mi malaperus[47] el ĉi tiu vivo — tiel diskrete, ke eĉ la polico ne starigos al si demandojn — se ŝance mi ion dirus pri la Centro kaj tio, kion ĝi faras.

Traduki per si mem ne estas tia agado, kia portas vin al plejsupro de feliĉo, sed almenaŭ la dokumentoj estis interesaj. Mi ĉiam multe interesiĝis pri ĉio, kio okazas sur la Tero, kaj tiuj raportoj aŭ aliaj skribaĵoj min interesis. Ni tradukis plej

47) En la originalo : malaperos (preseraro). Ne temas pri futuro en pasinteco, sed pri vera kondicionalo (vidu la postan "se mi dirus").

strangajn paperojn, fojfoje eĉ leterojn senditajn de soldatfamilio el «malamika» lando al militservanto, do plenaj je informoj pri la vivo en la devenloko, kaj kaptitaj la-diablo-scias-kiel.

Sed poste··· Ne. Mi ne povas rakonti. Mi bezonas protekton, pli bonan protekton kontraŭ ili. Ili estas tiel danĝeraj. Aŭ ĉu tion mi imagas? Ne. Ili estas grandpovaj. Ili estas kvazaŭ ŝtato en la ŝtato. La malnova timo plu kuŝas malsupre en mia koro. Kaj tamen mi devus rakonti. Se ne por via plezuro, almenaŭ por la sano de mia kapo kaj de mia korpo, laca plu porti ĉion ĉi neniam parolante pri ĝi. Ĉu gardi sekretojn tutvive estas eble al ne-superhomo? Ĉiam gardi multe da gravegaj sekretoj estas konstanta streĉo, kaj tiu streĉo estas malpli kaj malpli elportebla. Eĉ kiam la sekretoj estas ridindaj.

Kaj mult-aspekte, la vivo en la Centro estis ridiga. Aŭ ridinda. Tiuj homoj prenis sin tiel serioze! La ideo partopreni en kaŝa, subtera, subsupraĵa milito tutmonda naskis en ili senton pri graveco, kiu fojfoje perdigis al ili la kapon.

Krome, ni tie vivis en konstanta streĉiĝo. Kaj ridi montriĝis bona rimedo por gardi nin kontraŭ la danĝeraj sekvoj de tiu ĉiam streĉa atmosfero.

Foje··· Se vi scius··· Vi ridegos, kiam vi ekscios. Foje, unu el tiuj spion-ĉefoj — li nomiĝis Alb···

Ho! Kio okazas al mi? Tra la fenestro, iu ekĵetis··· mi svenas, mi svenas··· Kapo turniĝas. Rigardu: en la koron ĝi eniĝis, ĝi teniĝas tute firme··· tiu afereto··· Mortiga substanco··· Kial vi malfermis la fenestron? Kial vi igis min stari apud ĝi? Ĉu vi···? Haaaaa!

23. a. 비밀 업무

도대체 내가 왜 그 일에 연루된 겁니까? 나는 충분히 조심하지 않았습니다. 사람들은 그러한 위험한 결정에 대해 충분히 경계하지 않습니다. 사실 나는 내가 뭔가를 결정하고 있다는 것조차 깨닫지 못했습니다. 그 당시 나는 평범한 군인이었습니다. 부모님이 여행을 무척 많이 하시고 끊임없이 한 나라에서 다른 나라로 이사하셨기 때문에 나는 다양한 언어를 배웠습니다. 사실 무의식적으로 말이죠. 어린 소년은 이전에 한 번도 언어를 배운 적이 없는 나라에서 잠깐이라도 살 때 다른 아이들과 놀아주기만 해도 빨리 배웁니다. 자신을 표현하는 완전히 새로운 방식에 익숙해지기 위해 학교에 갈 필요조차 없습니다. 학교에 가면 더 좋지만 언어를 배우는 데 학교 교육이 꼭 필요한 것은 아닙니다. 사람들이 아직 많이 어리고 관련 국가에서 거주한다면…. 끊임없이 언어를 사용해야하며, 낯선 여건에서 언어를 사용할 수 있는 새로운 기회가 계속해서 생겨나므로 모든 단어와 그 밖의 모든 것이 노력을 조금만 기울여도 머릿속에 들어오게 됩니다.

그래서 나는 언어를 몇 가지 정말 잘 알 수 있었습니다. 또한 우리나라에서는 잘 알려지지 않은 언어도…. 그리고 나의 악독한 상사가 그 사실을 알았을 때, 결코 사람들은 너무 신중하지 않습니다. 내가 결과를 상상했다면 내 언어 능력에 대해 조용히 있었을 것입니다. 예, 상사가 그 사실을 알았을 때 나에게 문서를 번역하거나 최소한 읽어보고 그 문서가 무엇인지 간략하게 설명하는 사무직을 제안했습니다.

글쎄요, 나는 당시 우리가 별명으로 불렀던 "달콤한 삶" 즉 군인의 삶을 별로 좋아하지 않았습니다. 하루 종일 햇볕이 쨍쨍 내리는 길을 행군하면서 무거운 가방을 들고 다니는 것도, 전쟁을 하면서 물기가 있는 땅에 엎드리는 것이 나에게는 행복한 삶의 가장 전형적인 형태는 아닙니다. 그리고 사무실에서 군 복무를 하는 운 좋은 사람들은 몸을 단련하고 매일 연병장에서 아무 생각 없이 훈련하는 군인들보다 훨씬 더 좋은 식사를 한다는 이야기를 들었습니다.

나는 잘 먹는 것을 좋아합니다. 그것은 나의 많은 약점 중 하나입니다. 게다가 내 근육은 머리보다 빨리 지쳤고, 야외에서 지낸 군대의 하루가 끝날 무렵에는 너무 피곤해서 더 이상 살 수 없을 것 같은 느낌이 들었습니다. 그런 저녁에는 눈짓하는 것조차 너무 피곤했습니다.

이 모든 것을 말하는 이유는 내가 왜 그렇게 쉽게 대문자 C가 있는 기관으로 끌려 들어갔는지 설명하기 위함입니다. 물론 보호해 주시기를 요청합니다. 왜냐면…. 아니요. 이에 대해서는 나중에 자세히 설명하겠습니다. 나는 뱀이나 개처럼, 아니면 열악한 곳에서 아주 무거운 짐을 나르는 짐꾼의 역할을 하면서 죽을 때까지 더 이상 몸을 지치게 하지 않으리라는 지식 때문에 거기에 끌렸습니다. 내 발과 다리는 특별히 예쁘지는 않습니다. 솔직히 말해서 정말 보기 흉하기까지 합니다. 하지만 나는 그것을 좋아합니다. 그들은 항상 나를 친근하게 섬겨 주었기 때문입니다. 그런데, 평범한 군인의 "달콤한 삶"이 그들을 점점 더 탈진하게 해서 나는 매일 조금씩 작아지는 것을 느꼈습니다.

게다가 온 몸이 탈진했습니다. 시작하기 전에 벌써 지방이 많지 않았는데, 처음 몇 주 동안 그 약간이 빠졌습니다. 그들은 가장 높은 힘으로 끊임없이 훈련해서 내 몸이 모든 면에서 매우 튼튼하고 건강하며 다기능이 될 것이라고 믿게 만들려고 했습니다. 군대의 전형적인 머리 없는 작전으로, 그 유명한 두 사람 중 골리앗이 패자로 판명된 것을 잊고서 "당신은 다윗입니다. 나는 당신을 골리앗으로 만들 것입니다"라고 우리를 괴롭히는 조교 중 한 명이 말했습니다. 나는 성공할 가능성에 대해 강한 의구심을 가졌습니다. 그들의 행동 방식에 따르면, 그들의 목표가 진심으로 우리를 강하게 만드는 데 있더라도, 우리 젊은이들이 가지고 있는 작은 지혜와 목숨을 잃을 가능성이, 우리 중에서 초인을 만들 그들의 목표를 실현할 가능성보다 훨씬 더 큰 것처럼 보였습니다.

그 골리앗이 되는 것에 비하면 서류를 하나씩 번역하면서 편안하게 사무실에 앉아 있는 것이 나에게는 가장 바람직한 목표처럼 보였습니다. 이런 목적으로 제안을 받았을 때 그것을 거절하지 않았습니다. 방금 말했듯이 나는 초인적인 사람이 아니며, 비슷한 상황에서 '아니요'라고 대답하려면 초인적인 힘이 필요했을 것입니다.

나는 한 번도 특별히 헌신하려는 마음을 먹은 적이 없

습니다. 나는 조국에 헌신하는 것보다 건강을 보호하고 잘 살고 싶은 욕구를 충족시키는 데 항상 더 목표를 두었습니다. 더욱이 내가 들이나 산에서보다 사무실에서 애국심이 덜 하리라는 것은 전혀 확실하지 않았습니다.

그래서 기관에 도착했습니다. 나는 그것이 무엇에 관한 곳인지 전혀 몰랐습니다. 나는 내가 본 것, 듣는 것, 만지는 것, 어떤 식으로든 그곳에서 느끼는 모든 것의 비밀을 지키겠다고 약속했는데, 이 현실주의자들은 간단한 약속을 믿지 않기 때문에 약속하자마자, 만약 우연히 기관과 기관이 하는 일에 대해 뭔가 말한다면 경찰조차도 스스로에게 어떤 질문도 하지 않을 정도로 신중하게, 이 인생에서 얼마나 빨리 없어질지 나에게 설명했습니다.

번역 자체가 행복의 정점에 도달하는 활동은 아니지만, 적어도 문서는 흥미로웠습니다. 나는 지구에서 일어나는 모든 일에 항상 관심이 많았고, 그 보고서나 다른 글에 관심이 있었습니다. 우리는 가장 이상한 서류, 때로는 "적국"의 군인 가족이 군인에게 보낸 편지까지 번역하였는데, 출신지의 삶에 대한 군인의 정보가 가득하지만 어떻게 잡혔는지는 아무도 모릅니다.

그런데 나중에…. 아니요. 나는 말할 수 없습니다. 나는 보호가 필요합니다. 그들에 대항하여 더 나은 보호가 필요합니다. 그들은 너무 위험합니다. 아니면 내가 상상하는 걸까요? 아니요. 그들은 강력합니다. 그들은 국가 내의 국가와 같습니다. 오래된 두려움은 여전히 아래에 놓여있습니다.

b. Ameriko, jen mi venas!

— Kiam vi forveturos?

— Venontan[48] semajnon.

— Aviadile, ĉu ne?

— Jes, aviadile. Neniu plu vojaĝas al Usono[49] ŝipe en nia epoko. Flugi estas tiel pli rapide!

— Ĉu vi devas prepari ankoraŭ multon?

— Ne, ĉio jam estas preparita. Mi havas ĉiujn dokumentojn. Mi devas ankoraŭ solvi la demandon pri mono, tio restas mia sola problemo nun.

— Kial estas problemo?

— Mi agis stulte. Mi ne okupiĝis pri tiu afero sufiĉe frue kaj nun la dolaro[50] altiĝas de tago al tago.

— Vi do devus rapidi aĉeti viajn dolarojn.

— Jes, sed mi aŭdis, ke nun la dolaro estas tro forta, kaj ke la usonaj aŭtoritatoj volas ĝin malaltigi.

---

48) Venonta: kiu venos, kiu sekvos, kiu okazos post la nuna tempo (venanta = kiu venas; veninta = kiu venis).

49) Usono: la lando inter Kanado kaj Meksikio (kun Alasko kaj Havajo); la nomo devenas de United States of North America.

50) Dolaro: mon-unuo en Usono, Aŭstralio, Kanado kaj kelkaj aliaj landoj.

— Kial? Ili estis malkontentaj, kiam la dolaro estis malforta, kvazaŭ tio volus diri, ke la valoro de la tuta lando, de la tuta popolo, malaltiĝis. Ĉu vere nun ili estas malĝojaj pri tio, ke la dolaro fariĝis plivalora?

— Jes, ĉar ili ne povas vendi tiel facile siajn produktojn[51] eksterlande.

— Prave. La valoro de la produktoj, kiuj venas de Usono, nun iĝis pli alta por homoj, kiuj ne perlaboras dolarojn.

— Ĝuste. Ĉio usona nun fariĝis pli multekosta por eksterlandanoj, kaj pro tio Usono vendas malpli, kaj sekve suferas. Estis jam sufiĉe grava senlaboreco tie. Nun, se ili vendos malpli al aliaj landoj, eble la senlaboruloj iĝos eĉ pli multaj, kaj tion ili timas.

— Sincere, mi dubas pri tio. Vendi eksterlande ne tiom gravas al tiel granda lando. La landanaro jam aĉetas preskaŭ ĉion, kion oni produktas tie. La eksteraj vendoj prezentas per si nur malgrandan parton de la tuto.

— Ĉu tiel estas? Se jes, mi devus ne konsideri tiun eblan malaltiĝon de la dolaro.

— Mi ne volas interveni en vian decidon. Estas iu risko en ambaŭ eblecoj. Ĉu vi jam estis en Usono

51) Produkti: fari aŭ estigi aĵojn (produktojn), ĉefe kun la celo ilin vendi aŭ havigi al iu, kiu ilin uzos.

antaŭe?

— Ne. Ĉu vi?

— Jes, mi estis tie. Fakte, mi laboris tie, kiam mi estis juna, kaj mi tien reveturis antaŭ du jaroj. Ĉiuj tie plendis pri la situacio, kaj mi facile kredas, ke por malriĉulo, ekzemple por homo senlabora, la vivo devas esti tre zorgiga tie. Sed tamen, dum mi travojaĝis la landon, mia konstanta sento estis, ke tio estas unu el la plej riĉaj landoj en la mondo.

— Ĉu vere?

— Jes. Ekzemple, vi ne povus imagi, kiom oni donas al vi por manĝi en restoracioj. Tiom pli ol en Eŭropo, por simila kosto.

— Sed ĉu la manĝaĵoj estas same plaĉaj, kiel ĉe ni?

— Ne. Estas pli bone ĉe ni tiurilate. Ĉefe, en nia lando, la manĝoj estas pli malsamaj. Vi povas facile ricevi ĉiutage ion malsaman en restoracioj. Sed eble mi ne rajtas tiel paroli pri Usono. Mia kono de tiu grandega lando estas tiel supraĵa!

— Tamen, tio, kion vi diras, estas tre interesa. Mi antaŭĝojas viziti tiun landon, pri kiu oni aŭdas tiom da malsamaj opinioj.

— Nu, mi esperas, ke vi solvos vian dolarproblemon kontentige. Ĝis revido, kaj bonan vojaĝon!

b. 미국아, 내가 간다!

- 언제 떠나니?

- 다음 주에.

- 비행기로, 그렇지?

- 응, 비행기로. 요새 배를 타고 미국으로 여행하는 사람이 아무도 없잖아. 비행이 훨씬 빠르거든!

- 아직도 준비할 게 있니?

- 아니, 이미 다 준비했어. 서류는 모두 갖추었지만 아직 돈 문제를 해결하지 못했어. 그것이 지금 유일한 문제야.

- 왜 문제인데?

- 미련하게 행동했거든. 그 일을 충분히 일찍 처리하지 않아, 지금 달러가 나날이 오르고 있어.

- 그러니 서둘러 달러를 사야 해.

- 응, 그런데 지금 달러가 너무 강해서 미국 당국이 달러를 낮추려고 한다고 들었거든.

- 왜? 그들은 달러가 약세를 보이자 나라 전체, 국민 전체의 가치가 낮아졌다고 말하고 싶은 듯 불만을 품어. 달러의 가치가 높아진 지금도 정말 슬퍼하니?

- 그래, 그들은 자기 제품을 해외에 그렇게 쉽게 팔 수 없기 때문이야.

- 맞아. 이제 미국산 제품의 가격은 달러를 벌지 못하

는 사람들에게 더 비싸졌어.

- 정확해. 이제 미국의 모든 물건은 외국인들에게 더 비싸졌고, 이로 인해 미국은 판매고가 떨어져 결과적으로 고통을 받거든. 그곳에서는 이미 실업률이 심각해. 이제 다른 나라에 대한 판매가 줄어들면 실업자가 더 많아질 수도 있는데 그 점을 두려워하지.

- 솔직히 의심스럽군. 해외 판매는 그렇게 큰 나라에서는 그다지 중요하지 않거든. 국민들은 이미 그곳에서 생산되는 거의 모든 것을 구입하고 있어. 외부 매출은 전체의 극히 일부에 불과해.

- 그래? 그렇다면 달러 가치 하락 가능성을 고려해서는 안 되지.

- 결정에 간섭하고 싶지는 않군. 두 가지 가능성 모두 어느 정도 위험이 있거든. 이전에 미국에 가본 적이 있니?

- 아니. 너는?

- 그래, 거기 가 보았지. 사실 어렸을 때 그곳에서 일했고, 2년 전에 다시 거기 가봤어. 그곳 사람들은 모두 여건을 탓했고 가난한 사람, 예를 들어 실업자는 거기의 삶이 매우 걱정스러울 거라고 쉽게 믿어. 하지만 그 나라를 여행하면서 이 나라가 세계에서 가장 부유한 나라 중 하나라는 느낌을 끊임없이 받아.

- 정말?

- 맞아. 예를 들어, 식당에서 식사를 하면 얼마나 많이 주는지 상상할 수 없을 정도야. 비슷한 비용으로 유럽보다 훨씬 더 많거든.

- 그런데 음식이 우리만큼 맛있니?

- 아니. 그런 점에서는 우리가 더 좋지. 주로 우리나라에서는 식사가 더 다르지. 식당에서는 매일 다른 무언가를 쉽게 받을 수 있어. 하지만 아마도 미국에 대해 그런 식으로 말할 수는 없을 거야. 그 거대한 나라에 대한 내 지식은 너무 피상적이거든!

- 그런데 네가 말한 내용은 매우 흥미로워. 매우 다양한 의견을 듣는 그런 나라를 방문하게 되어 기대가 되는구나.

- 글쎄, 달러 문제를 만족스럽게 해결하기를 바랄게. 안녕! 즐겁게 여행 다녀와!

24. a. Literaturo amindas, sed tamen…

La terura afero, koncerne Eduardon, estas, ke nur literaturo interesas lin. Ĉu vi tion konstatis? Nur pri literaturo li okupiĝas ĝisfunde. Mi konstatis tion ankoraŭ hieraŭ, kaj mi ne dubas, ke mi rekonstatos ĝin morgaŭ.

Kiam mi renkontis lin hieraŭ, lia edzino ĵus rakontis al mi pri tiu grava problemo koncerne la koston de la domo, kiun ili farigas en la apudurba kamparo. Ŝi ĵus parolis al mi tre precize pri la monaj malfacilaĵoj, kiujn ili renkontis. Multaspekta afero, kiun mi plejparte forgesis. Vi certe jam konstatis, ke mi neniam sentas min hejme, kiam oni prezentas al mi pri-monajn konsiderojn, speciale se parolas la edzino de Eduardo, ĉar ŝi emas miksi la faktojn. Ne estis facile sekvi ŝiajn klarigojn.

Tamen, unu aferon mi perfekte komprenis, nome, ke por ili la situacio fariĝas de tago al tago pli serioza. La ŝtata institucio, kiu promesis al ili monon — kontraŭ repago nur post jaroj, je tre kontentigaj kondiĉoj — pro mi-ne-scias-kio subite ekdecidis pri novaj kondiĉoj, tiel streĉaj, ke ili ne plu povos akcepti. Krome, la onklino, kiu antaŭ longe promesis, ke kiam ŝi mortos, ŝia tuta riĉo — grandega, laŭdire — estos por ili, lastminute preferis tute malsaman aranĝon kaj decidis doni preskaŭ ĉion al hospitaloj, muzeoj, bibliotekoj kaj similaj institucioj, tiel ke nun, kiam ŝi mortis, ŝia riĉego transiras al nefamilianoj, kaj Eduardo retroviĝas senigita ankaŭ je tiu espero solvi la monproblemon.

Sed vi konstatos, se vi renkontos lin, ke tio ne ŝajnas tuŝi lin. Ĉiu alia persono, en similaj kondiĉoj, havus gravajn zorgojn. Ne li. Li paroladis al mi dum proksimume du horoj pri nova libro, kiu ĵus aperis, kaj pri nova plano prezenti en proksimume dumilpaĝa libro la tutan leteraron de iu literatura grandulo, al mi perfekte nekonata.

Ĉu vi komprenas tian sintenon? Rimarku, ke tiu sinteno ebligas al li forkuri de la malplaĉa realo, protekti sin kontraŭ doloraj zorgoj, ne studi la fundon de l' problemo. Li tuŝos la fundon de malriĉeco antaŭ ol konstati, ke mon-problemo stariĝas. Oni ĉesas maltrankviliĝi, kiam oni forflugas en nerealecajn konsiderojn pri nerealaĵoj. Kia metodo! Bona por li, verŝajne, sed ne por la edzino. Ŝi portas la tutan pezon de la materiaj zorgoj, de kiuj forkuras la literaturama edzo. Ĉu vi trovas tion ĝusta? Mi ne.

Aliflanke, tia li estas de naskiĝo, tia li certe restos ĝismorte. Mi dubas, ĉu li povus fariĝi iom pli praktika, post tiom da jaroj da flugado en la alta spirita aero.

«Mi respektas viajn ideojn», li foje diris al mi, «mi respektas viajn sintenojn kaj preferojn, respektu do miajn. Vi estas materi-ama, mi amas studadon kaj esploradon kaj literaturajn ĝojigaĵojn. Vi ĉesis interesiĝi pri libroj tuj, kiam vi eliris el la lernejo. Mi ĉesis okupiĝi pri sporto tiuepoke. Vi estas fortmuskola kaj korpe bonfunkcianta, sed kun malplena kapo. Mi fariĝis sengrasa maldikulo, mi tuj laciĝas, kiam mi faras ian braklaboron, kaj, kvankam mi estas malpeza, mi eĉ ne havas la rapidmovecon de tia ulo, kiel vi, sed mia kapo plenas je belaĵoj, kaj ili donas sunan koloron al mia vivo, eĉ en tempoj de malfacileco».

Nu, bone. Li bele parolas. Eduardo ĉiam estis senĉesa parolanto. Li jam montriĝis la plej belvorta el niaj samklasanoj, kiam ni kune lernejis. Sed mi ne ĉesas pensi pri lia kompatinda edzino, kies koron manĝetadas zorgoj pri l' morgaŭo.

«Kie ni trovos monon?» ŝi ripete demandas al si. «De kie diable mono venos? La muroj de nia domo jam komencas malrapide altiĝi, sed ni neniam sukcesos pagi ĝin. Kaj mi tiom antaŭĝojis je la ideo vivi en nia familia domo! Havi hejmon en sia domo, kia bela celo! Sed ni ne realigos ĝin. Oni forprenos la domon de ni kaj ĝin vendos, ĉar ni ne povos pagi. Aŭ polico venos, arestos nin, kaj oni ĵetos nin en malliberejon!»

Ŝi troigas, evidente. Sed tamen! Imagu al vi! Ŝi timas retroviĝi en malliberejo, kaj li, dume, revas nur pri literaturo kaj dumilpaĝaj libroj! Ĉu ilia para vivo sukcesos supervivi tian streĉiĝon, tian kontraŭecon en la manieroj pensi? Vere, ilia situacio min maltrankviligas.

Mi konstatis, ke ŝi multe maldikiĝis, kaj ke ŝia vizaĝo alprenis aĉan koloron, nesanan. Tiel ŝatinda virineto! Mia koro ŝiriĝis, kiam mi vidis ŝin tiel senhelpa.

24. a. 문학은 사랑스럽지만 그래도…

에두아르도의 지독한 점은 문학에만 관심이 있다는 겁니다. 그걸 인정하나요? 에두아르도는 오로지 문학에만 전념하고 있습니다. 나는 이것을 바로 어제 인식했고, 내일 그것을 다시 인정하는 데 의심의 여지가 없습니다.

어제 에두아르도를 만났을 때 그 아내는 도시 근처 시골에 짓고 있는 집 비용과 관련해 문제가 심각하다고 바로 말했습니다. 그 아내는 그들이 직면하고 있는 재정적 어려움에 대해 매우 정확하게 말했습니다. 내가 대부분 잊어버렸던 다각적인 일입니다. 사람들이 금전적인 문제를 알릴 때, 특히 에두아르도의 아내가 말할 때, 사실을 혼동하는 경향이 있어서 결코 편하지 않았음을 지금쯤 확인했을 것입니다. 그 아내의 설명을 따라가는 게 쉽지 않았습니다.

그러나 완전히 이해한 한 가지는, 즉 그들의 상황이 나날이 더욱 심각해지고 있다는 점입니다. 몇 년 후 아주 만족스러운 조건으로 상환한다는 대가로 그들에게 돈을 약속한 국가 기관은 갑자기 새로운 조건을 결정했는지 이유를 모르지만 그것이 너무 빡빡해서 더 이상 받아들일 수 없을 것입니다. 또한 오래 전에 사망 시 모든 재산, 사람들에 따르면 엄청난 재산을 그들에게 준다고 약속했던 이모가 마지막 순간에 완전히 다른 결정을 택해 거의 모든 것을 병원, 박물관, 도서관, 기타 유사한 기관에 제공하기로 마음먹었습니다. 그래서 이제 이모가 죽으면 그 막대한 재산은 가족이 아닌 사람들에게 넘어가고 에두아르도는 돈 문제를 해결할 희망도 없어짐을 알게 됩니다.

하지만 에두아르도를 만나보면 그것이 자신에게 영향을 미치지 않는 것 같다는 사실을 깨닫게 됩니다. 비슷한 상황에 있는 다른 사람이라면 누구나 심각한 우려를 가집니다. 에두아르도는 아닙니다. 에두아르도는 방금 나온 새 책에 대해, 내가 전혀 알지 못한 어떤 문학의 거장 편지 묶음을 약 2000페이지 분량의 책으로 발표하려는 새로운 계획에 대해 약 2시간 동안 이야기했습니다.

그런 태도를 이해하시나요? 이러한 태도는 문제의 근본 원인을 연구하는 것이 아니라 불쾌한 현실에서 벗어나 고통스러운 걱정으로부터 자신을 보호할 수 있게 해준다는 점에 유의하십시오. 에두아르도는 돈 문제가 발생하고 있다는 사실을 깨닫기도 전에 빈곤의 밑바닥을 만질 것입니다. 비현실적인 것에 대한 비현실적인 고려에 빠져들면 걱정이 멈춥니다. 정말 좋은 방법이에요! 아마도 에두아르도에게는 좋은 일이지만 아내에게는 그렇지 않을 것입니다. 그 아내는 문학가 남편이 도망가는 물질적 문제의 모든 무게를 짊어지고 있습니다. 그게 올바르다고 생각하시나요? 나는 아니에요.

반면에 에두아르도는 태어날 때부터 그랬듯이 죽을 때까지 틀림없이 그대로 있을 것입니다. 나는 에두아르도가 수년 동안 높은 영적인 하늘을 비행한 후에 좀 더 실용적이 될 수 있을지 의심스럽습니다.

"나는 네 생각을 존중해. 네 태도와 선호를 존중하니 내 생각도 존중해. 넌 물질을 사랑하고 난 공부와 연구, 문학적 즐거움을 좋아해. 넌 학교를 떠나자마자 책에 관심을 두지 않았어. 나는 그 당시 운동을 중단했지. 넌 근육이 튼튼하고 육체적으로 잘 활동하지만 머리는 비어 있어. 난 지방이 없는 마른 체형이 되어 어떤 수작업이라도 하면 금방 지치고, 가벼울지라도 너 같은 순발력도 없지만 머리가 아름다운 것으로 가득 차서 그것이 어려운 시기에도 내 삶에 햇살을 비쳐 줘.» 에두아르도는 때때로 나에게 말했습니다.

글쎄요. 에두아르도는 말을 잘합니다. 에두아르도는 항상 쉬지 않고 말했습니다. 우리가 함께 학교에 다녔을 때 이미 우리 반 친구들 중에서 가장 말을 잘했습니다. 하지만 나는 내일의 걱정이 마음을 조금씩 먹어가는 불쌍한 아내에 대한 생각을 멈추지 않습니다.

"돈은 어디서 찾을 수 있나요?" 그 아내는 스스로에게 반복해서 묻습니다. "도대체 돈은 어디서 나오나요? 우리 집의 벽은 이미 천천히 올라가기 시작했지만 우리는 그것을 감당할 수 없을 것입니다. 그리고 나는 우리 가족의 집에서 산다는 생각에 너무나 기대하고 있었습니다! 자기 집에서 가정을 이루는 것은 참으로 아름다운 목표입니다! 하지만 우리는 그렇게 하지 못할 것입니다. 우리가 돈을 갚을 수 없기 때문에 그들은 우리에게서 집을 빼앗아 팔 것입니다. 아니면 경찰이 와서 우리를 체포하고 교도소에 가둘 것입니다!"

분명히 그 아내는 과장하고 있습니다. 하지만 그래도! 상상해보세요! 그 아내는 교도소에 갇히는 것을 두려워하지만 에두아르도는 문학과 2000페이지의 책만을 꿈꿉니다! 그들의 부부 생활은 그런 긴장과 사고방식의 반대를 이겨낼 수 있을까요? 사실 그들의 상황이 걱정스럽습니다.

나는 그 아내가 살이 많이 빠졌고, 얼굴이 볼품없이 건강에 해로운 색으로 변했다는 것을 깨달았습니다. 정말 사랑스러운 작은 여인! 그 아내의 너무나 무력한 모습을 보고 마음이 아팠습니다.

b. La ĝojoj de petveturado

Ĉu estas vi, Johana? Kio okazis? Kial vi ne revenis hejmen? Kial vi telefonas tiel malfrue?

...

Kion? Kiun vi renkontis? Mi ne komprenas. Parolu pli klare, kara, bonvolu. Kio okazis al via voĉo? Mi apenaŭ rekonas ĝin.

...

En la hospitalo, ĉu? Vi estas en hospitalo! Mi timas. Diru al mi, kio okazis. Kion vi faras en hospitalo?

...

Kion vi ĵus diris pri aŭto? Mi fakte tre malbone aŭdas vin. La aŭto estas fuŝita? Kies aŭto? Ĉu mia aŭto? Johana! Kion vi faris?

...

Malfeliĉa hazardo, malfeliĉa hazardo! Kiajn vortojn vi uzas! Ŝajnas al mi, ke vi ne ŝoforis tre atente.

...

Kion? Ne vi ŝoforis! Sed mi ĉiam diris al vi, ke mi akceptas, ke vi uzu mian aŭton, sed ne ke iu alia ol vi ŝoforu!

...

Vi mem ne povis! Bela rimarko! Kaj kial diable vi ne povis ŝofori, dum vi lernis direkti aŭton jam antaŭ pluraj jaroj? Ne, Johana. Vere, mi ne komprenas vin.

...

Brando! Vi trinkis tiom da brando, ke vi ne plu klare vidis! Ĉu tion vi ĵus diris al mi? Kial do vi trinkis tiom da brando? Ili trinkigis vin, ĉu? Sed kiuj estas tiuj «ili»?

...

Vi ne scias! Vi ne konas ilin! Pli kaj pli bele! Vi renkontis ulojn, kaj trinkis kun ili tiom da brando, ke vi ne plu povis direkti mian aŭton, kaj vi nun telefonas el hospitalo. Vere, mi ne scias, kion pensi. Kion vi ĵus diris? Mortis, ĉu? Kiu mortis?

...

Li ankoraŭ ne tute mortis, sed estas nun mortanta? Ĉio ĉi estas neimageble serioza. Kiu troviĝis tie, kaj mortis, aŭ mortas?

...

La aŭto surveturis lin! Johana! Mi perdas la kapon! Vi parolas tiel trankvile! Kion? Ha jes, ili donis trankviligan substancon al vi. Jes, mi scias, kuracistoj estas tiaj. Tuj, kiam okazis io drama, nuntempe, ili havigas al oni trankviligilon. Tial vi parolas tiel strange. Sed kia terura okazaĵo! Vere, mia kapo turniĝas. Rediru al mi — ĉar mi nenion komprenas — kiu ŝoforis, kiam la aŭto surveturis tiun kompatindan sinjoron?

...

Kion vi diris? La ĉefo de la polico direktis mian aŭtomobilon?

...

Ne li? La ĉefo de la polico ne estis la homo en la aŭto, sed la homo, sur kiu la veturilo pasis? Kion? Ĉu la mortanto estas la policĉefo? Ho, Johana, ne estas vere, ĉu? Ne, ne! Filino mia, kion diable vi faris?

...

Ne vi faris! Sed kiu, kiu do? Kiu ŝoforis? Provu paroli pli klare, mi malbone aŭdas.

...

Nekonato! Sed kiel vi renkontis tiun nekonaton? Kion? Li petveturis? Ha jes, kompreneble, li petveturis! Mi tion imagas perfekte. Li staris apud la vojo signante al pasantaj aŭtoj, ke li deziras veturon. Kaj vi, simplulino, akceptis lin kaj ···

...

Bela! Li estis tre bela! Jen belega respondo! Johana, ĉu vere vi estas sesjara knabino? Tion oni kredus, aŭdante vin. Bela! Mi parolos al vi pri beleco kiam vi hejmenvenos! Vi aŭdos min, tion mi promesas al vi.

...

Kaj poste vi haltis por enaŭtigi alian. Kaj tiu havis botelon da··· kion vi diras? Biero, ne brando, biero, ĉu? Ha jes! Komence biero. Kaj poste vi trovis brandon! Kie? La sama, ĉu? Tiu dua petveturanto diris, ke li havas ankaŭ brandon, kaj vi··· nekredeble! Ĉu vi trinkis en la aŭto?

...

Ha, feliĉe vi havis la ideon halti por trinki. Kion vi···? Tion mi povas imagi, ke la naturo estis tre bela tiuloke. Ho jes, mi facile prezentas al mi enkape la vidaĵon: vi en bela naturo kun du beluloj, kaj··· Kion vi diris?

...

Nur unu estis bela! Jes, kompreneble. La alia estis nur la homo-kun-biero-kaj-brando. Sed poste, kio okazis?

...

Kompreneble, vi sentis vin necerta pri vi! Kiel povus esti alie, post tiom da trinkado? Kaj do vi petis tiun alian ŝofori. Sed verŝajne ankaŭ tiu trinkis tro multe, kaj··· Terure! Rakontu do precize, kio okazis, dum li direktis la aŭton.

...

Jes. En kiun urbeton vi eniris? Mi ne komprenis la nomon.

...

Ha jes, mi vidas, jes, tie. Kaj tuj post la unuaj domoj estas tiu vojo dekstre, kaj…

...

Kion? Li veturis en la nazon de alia aŭto, kiu alvenis, kaj li sukcesis samtempe surveturi piediranton! Kaj tiu estis la policĉefo! Johana, Johana, mia filino, kiel eblas!

...

Kion? Ĉu vi diris, ke viaj du petveturantoj sukcesis forkuri, antaŭ ol la polico alvenis? Kaj ĉu vere neniu ilin haltigis? Ĉu oni ne kaptis ilin? Neniu rimarkis! Sed ili estis krimuloj! Almenaŭ tiu, kiu ŝoforis!

...

Sed vi mem, kial vi nenion diris al la homoj tie? Jes, kompreneble, vi estis kelkmomente nekonscia, kaj dum tiu momento ili perdigis sin. Sed… sed… se tiuj du malaperis, tiam la polico neniam kredos, ke ili entute ekzistas! Ĉu iu ilin vidis?

...

Ne, kompreneble. Neniu vidis ion ajn. Ĉio okazis tro rapide. Tiuj du junulaĉoj malaperis for, kaj restis sur la strato vi, plena je brando, mortanta policĉefo, kaj du rompaĉitaj, pecigitaj aŭtoj. Kaj sur la aŭto, el kiu oni vidis vin eliri, kiam vi rekonsciiĝis, troviĝas mia numerplato!

...

Se almenaŭ vi ne estus mia filino, mi povus diri, ke oni ŝtelis mian aŭton, sed kun vi en ĝi···

...

Silentu, mi petas, Johana. Nenion diru plu. Kaj agu tuj. Jen mia koro reagas strange. Mi sentas doloron. Mi petas vin, telefonu al kuracisto, ke li venu tujtuj al mi. Mi··· Mi timas, ke nevole, jes ja, tute certe nevole, sed tamen··· mi timas, ke vi mortigis du homojn! Ne plu estas aero ĉi··· ĉi tie. M··· mi ne p··· ne plu po··· povas paro···

b. 무전여행의 기쁨

너니, 요하나? 무슨 일이야? 왜 집에 안 왔어? 왜 이렇게 늦게 전화해?

…무엇이라고? 누구를 만났다고? 이해가 안 가. 좀 더 분명하게 말해. 목소리가 어떻게 됐니? 그것을 거의 알아듣지 못해.

…병원이구나, 그렇지? 병원에 있구나! 무섭구나. 무슨 일이 있었는지 말해. 병원에서 뭐해?

…방금 자동차에 대해 뭐라고 말했니? 정말로 네 말을 잘 알아들을 수 없어. 차가 엉망이니? 누구의 차? 내 차? 요하나! 뭐 했어?

…안타까운 사고, 안타까운 사고! 왜 그런 단어를 쓰니! 아주 조심스럽게 운전하지 않은 것 같구나.

…무엇이라고? 네가 운전하지 않았다고! 하지만 내 차를 사용하는 것은 허용해도 다른 사람이 운전하는 것은 허용하지 않는다고 말했잖아!

…네 자신은 할 수 없었다고! 좋은 말이구나! 몇 년 전에 자동차 운전을 배웠는데 왜 운전을 할 수 없니? 아니, 요하나. 정말, 이해가 안 돼.

…술! 술을 너무 많이 마셔서 더 이상 똑똑히 볼 수 없다고! 그게 방금 나한테 말한 거야? 그럼 왜 그렇게 술을 많이 마셨니? 그들이 너에게 술을 마시게 했구나, 그렇지? 그런데 "그들"은 누구니?

…모른다고! 그들을 몰라! 점점 더 멋지구나! 남자들을 만났고 그들과 함께 술을 너무 많이 마셨기 때문에 더 이상 내 차를 운전할 수 없었고 이제 병원에서 전화를 하는구나. 정말, 어떻게 생각해야 할지 모르겠다. 방금 뭐라고 했어? 죽었다고? 정말? 누가 죽었어?

…아직 완전히 죽지는 않았지만 지금 죽어가고 있다고? 이 모든 게 상상할 수 없을 정도로 심각하구나. 거기에 있었고 죽었거나 죽어가는 사람은 누구니?

…차가 그 사람을 덮쳤구나! 요하나! 정신이 없구나! 정말 침착하게 말하는구나! 무엇? 아 그래, 진정제를 주셨구나. 그래, 알아. 의사들은 그런 사람들이야. 요즘은 극적인 일이 일어나자마자 진정제를 준다. 그래서 이상한 말을 하는구나. 그러나 얼마나 끔찍한 사건인가! 정말 머리가 핑핑 도는군. 다시 말해 - 아무것도 이해하지 못하니까 - 차가 그 불쌍한 신사를 쳤을 때 누가 운전하고 있었니?

…뭐라고 했니? 경찰서장이 내 차를 운전했다고?

…그 사람이 아니고? 경찰서장은 차에 탄 사람이 아니라, 차에 친 사람이었니? 무엇이라고? 죽은 사람이 경찰서장이라고? 오, 요하나, 그건 사실이 아니지, 그렇지? 아니, 아니! 내 딸아, 대체 무슨 짓을 한 거야?

…하지 않았다고! 그렇다면 누가? 누가 운전했다고? 좀 더 확실히 말해. 잘 들리지 않아.

…모르는 사람! 그런데 그 모르는 사람을 어떻게 만났니? 무엇이라고? 그 사람이 무전여행을 했다고? 아, 물론, 그 사람이 무전여행을 했다! 그것을 완전히 상상할 수 있구나. 그 사람이 길가에 서서 지나가는 차들에게 타고 싶다고 신호를 보냈구나. 그리고 네가, 순진한 여자애가 수

락했고….

…멋지구나! 그 사람이 매우 잘생겼구나! 정말 아름다운 답변이구나! 요하나, 너 정말 여섯 살 소녀야? 네 말을 들으면 사람들은 그걸 믿을 거야. 멋지구나! 집에 가면 아름다움에 대해 얘기해줄게! 내 말을 들어야 해. 약속할게.

…그리고 나서 너는 다른 사람을 태우기 위해 멈췄구나. 그리고 그 사람은 무슨 병을 가지고 있었는데… 뭐라고? 술이 아니라 맥주, 맥주, 맞지? 바로 이거 야! 처음에는 맥주. 그러다가 술을 찾았다! 어디서? 똑같다. 그렇지? 그 두 번째 무전여행자는 자기도 술을 가지고 있다고 말했는데, 넌… 믿을 수 없구나. 차에서 술을 마셨니?

…아, 다행히도 술 한 잔 하려고 잠시 멈출 생각을 했구나. 넌 무엇을…? 그 곳의 자연은 정말 아름다웠을 거라고 상상이 간다. 아, 그래. 아름다운 자연 속에 네가 두 명의 미남과 함께 있는 광경을 머릿속에 쉽게 상상할 수 있구나. 그리고, 뭐라고 말했니?

…하나만 잘 생겼다고! 물론. 다른 한 사람은 맥주와 술을 마시는 남자였고. 그런데 나중에 무슨 일이 일어났니?

…물론 스스로 불안감을 느꼈구나! 그렇게 많이 마신 후에 어떻게 그렇지 않을 수 있겠니? 그래서 다른 사람에게 운전을 요청했구나. 하지만 아마도 그 사람도 술을 너무 많이 마셨을 테고…. 끔찍하구나! 그러니 그 사람이 차를 운전하는 동안 무슨 일이 일어났는지 정확히 말해.

그래. 어느 마을에 들어갔니? 이름을 알아듣지 못해.

…아 그래, 그렇구나. 그래, 거기. 그리고 첫 번째 집 바로 뒤에는 오른쪽에 그 도로가 있고…

무엇? 그 사람이 도착한 다른 차의 앞부분을 들이받았

고 동시에 보행자를 치었구나! 그리고 그 사람은 경찰서장이고! 요하나, 요하나, 내 딸아, 어떻게 그게 가능해!

…무엇이라고? 경찰이 도착하기 전에 무전여행자 두 명이 도망쳤다고 말했니? 그리고 실제로 그들을 막은 사람은 아무도 없었니? 그 사람들은 잡히지 않았니? 아무도 눈치 채지 못했구나! 하지만 그들은 범죄자야! 적어도 운전한 사람은!

…그런데 왜 거기 사람들에게 아무 말도 하지 않았니? 그래, 물론 너는 순간적으로 의식을 잃었고 그 순간 그들은 숨었구나. 하지만… 하지만… 그 두 사람이 없어지면 경찰은 그들이 존재한다는 것을 전혀 믿지 않을 거야! 누군가 그들을 보았니?

…아니, 물론. 아무도 어떤 아무것도 보지 못했구나. 모든 일이 너무 빨리 일어났어. 그 두 젊은 놈은 멀리 사라졌고, 거리엔 너, 가득한 술, 죽어가는 경찰서장, 부서지고 찢겨진 자동차 두 대만 남아 있구나. 그리고 네가 의식을 되찾고 차에서 내리는 것을 사람들이 보았는데 그 차에는 내 번호판이 붙어있었어!

…적어도 네가 딸만 아니었어도 내 차를 도난당했다고 말할 수 있겠지만, 네가 차에 타고 있었으니….

…조용히 해, 요하나. 더 이상 아무 말도 하지 마. 그리고 즉시 움직여. 심장이 이상하게 반응해. 고통스럽구나. 부탁하건대 즉시 의사에게 와 달라고 전화해. 나는… 두려워. 본의 아니게, 그래. 물론, 본의 아니게 그랬을 거야. 하지만 그래도…. 두렵지만 넌 두 사람을 죽였어! 여기에는 더 이상 공기가 없구나… 난… 더 이상 말할 수 없구….

25. La tri plendoj de s-ro Kursano

Sinjoro policano, mi havas plendon. Tri plendojn, fakte. Ĉu vi bonvolas noti?

Mi esperas, ke vi povos fari ion, ĉar mia digno malbonfartas, kaj mi esperas, ke dank' al via interveno, ĝi refartos bone. Pri kio mi plendas? Pri multo, sinjoro policano, mi plendas pri multo. Multrilate oni malbonagis kontraŭ mi.

Unue mi plendas pri provo ŝteli de mi monon. Due pri persekutado. Kaj trie… atendu… lasu min pripensi momenteton, estis ankaŭ io alia, sed ŝajnas, ke mi forgesis. Ha jes, kompreneble! Pri malvera promeso. Malhonesta promeso, se vi preferas.

Oni diris al mi, ke, se mi pagos la kurson, mi finfine scios esprimi min en tiu lingvo, kaj mi konstatas, ke mi ne scias. Tio estas malhonesta, ĉu ne? Oni invitis min elpoŝigi mian monon, kaj kion mi ricevis? Ian komencan kaj malprecizan ideon pri la lingvo. Oni agis nejuste al mi. Mi ne ricevis ion samvaloran kiel la mono, kiun mi pagis. Tial mi petas vin skribi mian plendon, mian unuan: provo ŝteli monon de mi.

Dua plendo: oni min persekutis. Kiel oni persekutis min, vi volas scii? Ĉefe la instruanto min persekutis, sed fojfoje ankaŭ la kunlernantoj. Imagu tion: esti persekutata de siaj samklasanoj! Nekredeble, ĉu? Tamen tio okazis. Mi diras la veron. Mi estas homo sincera, kaj tial ne elportas malhonestaĵojn, kaj malhonestaĵojn mi konstante travivis dum la daŭro de tiu kurso. Ili persekutis min dirante, ke mia maniero min esprimi en la tutmonda lingvo ne estas ĝusta. Konstante mankis iu N, ili diris; mi uzis la vortfinaĵon A kiam devus esti E, ili diris, ktp ktp (= kaj tiel plu). Ĉiufoje mi aŭdis similajn rimarkojn, malestimajn. Ĉu mi povus allasi, ke oni min malrespektu tiamaniere? Ne, sinjoro policano. Mi povas akcepti multon malplaĉan, sed malrespekton mi firme rifuzas.

Kiam homo ne rajtas paroli tute simple sen ricevi de ĉiuj flankoj rimarkojn pri tio, ke li sin esprimas fuŝe, kiel nomi tion, se ne persekutado? Konstante oni alsaltis min, ĉar mi diris IGI kaj ne IĜI, aŭ DE kaj ne DA. Estis organizita milito kontraŭ mia sento pri memdigno, kontraŭ mia memvaloro. Oni konstante provadis malaltigi min kaj estigi en mi sentojn de malplivaloro. Ĉu ni ne vivas en libera lando, kie, laŭtradicie, la digneco de homa persono estas respektata? Mi kuraĝe rifuzis lasi ilin subigi min, sed ili insistis. Plurfoje mi konstatis, ke ili trovas plezuron en la fakto diri al mi, ke mi fuŝlernis. Estas faka vorto, kiu difinas tiun sintenon, sed mi momente forgesis ĝin. Mia memoro ne fartas tre bone post tiu laciga lingvokurso.

Kaj, trie, mi prezentas plendon pri malvera promeso. Oni promesis al mi, ke mi lernos facilan lingvon en plaĉa atmosfero. Fakte la lingvo estas tre malfacila, kaj la atmosfero··· nu, plej bone eĉ ne paroli pri ĝi. Mi opiniis, ke oni uzos seriozan lernolibron, kie ĉio estas bonorde prezentita kaj klare difinita. Fakte, oni uzis neinteresan rakonton, pri kiu mi nenion komprenis, verŝajne ĉar nenio estis kompreninda. Ili eĉ ne sukcesis uzi ĉiufoje tekston kun sama longeco. Kelkfoje, la teksto, kiun ni legis kaj studis, havis malpli ol unu paĝon, alifoje ĝi estis dupaĝa. Estis suferige, por mia digneco de mezjuna viro, devi sekvi la knabecajn rakontojn, kiujn tiu kurso proponis al ni. Jam antaŭ longe mi forlasis la infanetan lernejon kaj nur persono, kies kapo fuŝe funkcias, povis imagi, ke tia rakontaĉo kontentigos normalan kursanaron.

Cetere, kiom koncernas la normalecon de miaj samkursanoj··· nu, ankaŭ ĉi-rilate estas preferinde silenti. Jen, sinjoro policano. Ĉu vi notis ĉion? Ĉi tio estas mia plendo. Mi insistas, por ke vi transsendu ĝin al la superaj aŭtoritatoj. Mi deziras, ke oni rejustigu la situacion, ke oni repagu al mi mian monon, kaj ke oni informu ĉiujn personojn, ke la lernado estos tute malsama ol ili atendas.

Saluton, sinjoro policano. Fartu bone. Estas tempo, ke mi foriru. Kaj bonvole ne plendu, se mi brufermas la pordon. Mia furiozo devas esprimiĝi iamaniere, ĉu kun, ĉu sen N ĉe la vortofino. Ĝis la revido! Aŭ, pli bone eĉ, adiaŭ!

25. 수강생의 불만 세 가지

경찰관님, 불만이 있습니다. 실제로 세 가지입니다. 메모해 주시겠습니까?

자존심이 상했으니 경찰관님께서 뭔가를 할 수 있기를 바랍니다. 그리고 힘 써주신 덕분에 다시 좋아지기를 바랍니다. 제가 무엇에 대해 불만합니까? 많습니다. 경찰관님, 저는 불만이 많습니다. 저는 여러 가지 면에서 부당한 대우를 받았습니다.

먼저 제 돈을 훔치려는 시도에 대해 불만이 있습니다. 두 번째는 박해에 관한 것입니다. 그리고 세 번째로… 잠깐만요… 잠시 생각해보면, 다른 것도 있었는데 잊어버린 것 같아요. 아, 물론이죠! 거짓 약속에 대해서입니다. 다른 말로 한다면 부정직한 약속에 대해서 불만족합니다.

강좌 비용을 지불하면 마침내 그 언어로 제 자신을 표현하는 방법을 알게 될 것이라고 들었는데, 저는 알지 못했음을 깨달았습니다. 그건 부정직한 일입니다, 그렇죠? 사람들이 돈을 주머니에서 빼도록 시켰는데 저는 무엇을 받았습니까? 언어에 대한 어떤 초보적이고 부정확한 생각을 …. 저는 부당한 대우를 받았습니다. 지불한 돈만큼 가치 있는 것을 받지 못했습니다. 그렇기 때문에 경찰관님께 첫 번째 불만 사항, 즉 제 돈을 훔치려는 시도를 메모해 달라고 요청하는 것입니다.

두 번째 불만으로 저는 박해를 받았습니다. 어떻게 박해를 받았는지 알고 싶나요? 주로 선생님이 저를 박해했지만 때로는 급우들도 박해했습니다. 급우들에게 박해를 받는다는 점을 상상해 보십시오. 믿을 수 없지요, 그렇죠? 그러나 그런 일이 일어났습니다. 진실을 말합니다. 저는 진실한 사람이기 때문에 부조리를 용납하지 않으며, 그 과정 동안 끊임없이 경험했던 부조리를 용납하지 않습니다. 그들은 제가 세계 언어로 표현하는 방식이 올바르지 않다고 박해했습니다. 항상 어떤 N이 빠졌다고 말했습니다. 제가 E여야 할 때 A라는 어미를 사용했다, 등등으로 그들은 말했습니다. 무시하는 비슷한 말을 매번 들었습니다. 이런 식으로 무례하게 굴어도 될까요? 아니요, 경찰관님. 저는 많은 불쾌함은 받아들일 수 있지만 무례함은 단호히 거부합니다.

잘못 표현하고 있다는 말을 주위에서 듣지 않고 아주 쉽게 말하는 것이 허용되지 않는다면, 그것을 박해가 아니라면 무엇이라고 부를 수 있겠습니까? IĜI가 아닌 IGI, DA가 아닌 DE라고 말했기 때문에 저는 끊임없이 비난을 받았습니다. 그것은 제 체면, 제 자존감에 맞서는 조직적인 전쟁이었습니다. 그들은 끊임없이 저를 실망시키고 열등감을 느끼게 만들려고 했습니다. 우리는 전통적으로 인간의 존엄성이 존중되는 자유로운 나라에 살고 있지 않습니까? 저는 그들이 깔보는 것을 용감하게 거부했지만 그들은 끈질겼습니다. 제가 공부를 제대로 못했다고 말해서 그들이 기뻐한다는 것을 여러 번 깨달았습니다. 그런 태도를 정의하는 전문 용어가 있는데, 순간 잊어버렸어요. 그 힘든 언어강좌 이후로 제 기억력은 별로 좋지 않습니다.

그리고 셋째, 거짓 약속에 대한 불만을 제기합니다. 즐거운 분위기에서 쉬운 언어를 배울 것이라고 약속했습니다. 사실 언어도 너무 어렵고, 분위기도 그렇고…. 뭐, 얘기도 안 하는 게 제일 좋습니다. 모든 것이 깔끔하게 제시되고 명확하게 정의되는 충실한 교재가 사용될 것이라고 생각했습니다. 사실 그들은, 아마 이해할 만한 가치가 아무것도 없었기에 제가 전혀 이해하지 못한 재미없는 이야기를 사용했습니다. 그들은 매번 같은 길이의 본문을 사용하지도 못했습니다. 때로는 우리가 읽고 공부한 본문이 한 쪽도 채 안 될 때도 있었고, 어떤 때는 두 쪽이 되기도 했습니다. 이 강좌가 우리에게 제공하는 소년다운 이야기를 따라가야 한다는 것은 중년 남성인 제 존엄성에 있어서 고통스러웠습니다. 저는 오래 전에 어린이집을 나왔기에 머리가 제대로 작동하지 않는 사람만이 그러한 이야기가 정상적인 수강생들을 만족시킬 것이라고 상상할 수 있습니다.

게다가, 제 급우들의 정상성에 관한 한…. 뭐, 이 점에 있어서도 침묵하는 것이 바람직합니다. 여기요, 경찰관님. 다 적으셨나요? 이것이 제 불만입니다. 상급 기관에 전달해 주시길 바랍니다. 저는 여건이 바로잡혀서 제 돈이 환불되고, 학습이 기대했던 것과 완전히 다를 것이라는 사실을 모든 사람이 알 수 있기를 바랍니다.

안녕하십니까, 경찰관님. 잘 지내시길 바랍니다. 이제 갈 시간입니다. 그리고 제가 문을 쾅 닫아도 불평하지 마십시오. 제 분노는 단어 끝에 N이 있든 없든 어떻게든 표현되어야 합니다. 안녕히! 아니면 더 나은 표현으로 안녕히 계십시오!

번역자의 말

『게르다가 사라졌다』를 번역한 이후 쌍을 이룬 이 책도 번역하려고 했으나 차일피일 미루던 차에, 《함께 읽기》방을 통해 읽게 되어 마음먹고 번역에 동참했습니다.

힘든 과정이었지만 동료들과 함께 읽는 일정이라 빠지지 않고 참여해 완주하고 마침내 이 책을 펴내게 되어 매우 기쁘고 나아가 구매하신 모든 분께 감사드립니다.

이 책은 모두 언어교육심리학의 일반적인 원칙에 따라 작성되었다고 서문에 나옵니다.

처음에는 매우 간단하고 짧은 문장, 일반적인 단어 및 기본적인 문법 형식이 나오지만, 나중에는 점점 더 많은 단어와 형태를 도입합니다. 극도의 주의를 기울여 단어들이 반복됩니다.

『게르다가 사라졌다』의 한 장을 공부한 후 즉시 이 책에 있는 같은 번호의 글을 읽는다면, 그것을 이해하는 데 필요한 언어적, 문법적 지식을 이미 안 터 위에서 재사용하며 지속적으로 반복해 최소한의 노력으로 큰 효과를 얻을 수 있습니다.

다양한 주제로 독백하듯 말하는 내용이 재미도 있고 언어학습에도 큰 도움이 되도록 읽기 쉬운 책으로 만들었기에 단어와 문법이 부담스럽지 않아 에스페란토를 배우는 데 유익합니다. 오태영(Mateno, 진달래 출판사 대표)